Jacques Berndorf

# Auf eigene Faust

# Bis der Hass euch bindet

KBV

Die Originalausgaben erschienen 1970 und 1971
als Fortsetzungsroman in der Fernsehzeitschrift »*HÖRZU*«.

1. Auflage 2016


www.kbv-verlag.de
E-Mail: info@kbv-verlag.de
Telefon: 0 65 93 - 998 96-0
Fax: 0 65 93 - 998 96-20
Umschlaggestaltung: Ralf Kramp
unter Verwendung von: © Piotr Skubisz - www.fotolia.de
Druck: CPI books, Ebner & Spiegel GmbH, Ulm
Printed in Germany
ISBN 978-3-95441-299-0

# Auf eigene Faust

*Für die Fernsehzeitschrift HÖRZU schrieb Jacques Berndorf – damals noch unter seinem richtigen Namen Michael Preute – im Jahr 1970 diesen Fortsetzungsroman.*

*Er lebte als Journalist im Rheinland. Der Schauplatz Düsseldorf liegt ihm nahe. Und wenn sein Protagonist Gert Anderson, der gewiefte Bankkaufmann und Finanzjongleur, zu Beginn der Geschichte zum Düsseldorfer Flughafen fährt, ist dies ein Szenario, das Berndorf aus dem eigenen Erleben nur zu gut kennt. Die spontanen Flüge zu den Krisenherden der Welt, das rastlose Leben mit ständig gepacktem Koffer …*

*Was den Autor allerdings von seinem Hauptdarsteller unterscheidet, sind die Anlässe für diese Flüge. Anderson hat Appartements in Zürich, Berlin und Frankfurt, einige Freundinnen und ein paar Bankkonten in verschiedenen Städten. Berndorf sorgt dafür, dass diese bequeme Situation aus den Fugen gerät. Er stürzt ihn in eine nervenaufreibende Kriminalgeschichte von hitchcockschem Format, bei der er um sein eigenes Leben fürchten muss.*

## Teil I

Er kennt keine Schwierigkeit außer der einen, viel Geld in kürzester Zeit zu verdienen. Berufliche Hindernisse und private Probleme bewältigt er kühl: Gert Anderson, dreißig Jahre alt, Bankkaufmann. Er hat Appartements in Zürich, Berlin und Frankfurt, einige Freundinnen und ein paar Bankkonten in verschiedenen Städten. An diesem Freitag steht er in der Halle von Düsseldorf-Lohausen, um nach Zürich zu fliegen.

Wie üblich für einen Freitagnachmittag war der Flughafen voller Lärm, an den Gepäckschaltern stauten sich Fluggäste, Anderson musste lange warten, ehe sein Koffer auf das Fließband gelegt wurde und irgendwohin in den undurchschaubaren Mechanismus des Flughafens hineinglitt. Er hatte jetzt noch eine Stunde Zeit.

Draußen war es warm. Er zog den Trenchcoat aus und schlenderte hinüber zu den Parkplätzen. Er bemerkte die lange Schlange der Zuschauer, die auf einer Balustrade den startenden und landenden Maschinen zusahen. Er las das Schild an einem Kassenhäuschen, auf dem es hieß, dass Kinder und Erwachsene für das Zuschauen soundso viel Geld zu zahlen hätten. Wir sind unbezahlbar, dachte er, wir machen aus allem Geld. Und wir machen aus vielem einen Zirkus. Sogar aus einem ganz gewöhnlichen, durchschnittlichen Flughafen.

Er hatte sich abgewöhnt, deutsch zu fühlen. Er fühlte in Geschäften, und er war überall dort zu Hause, wo er Geschäfte machen konnte.

Er schlenderte die schmale Straße entlang, als er hinter sich einen Wagen herankommen hörte. Da es kein Trottoir gab, stellte er sich auf den Rasen in die Büsche, die die Straße säumten.

Der Wagen fuhr an ihm vorbei. Ein weißer BMW. Hinter dem Steuer ein junges Männergesicht. Auf dem Rücksitz bewegten sich zwei Gestalten mit tierhafter Heftigkeit.

Zwanzig Meter vor Anderson hielt der Wagen. Der Mann, der am Steuer gesessen hatte, stieg aus und riss den hinteren Wagenschlag auf. Er schrie etwas, was Anderson nicht verstehen konnte.

Ein zweiter Mann kam mit den Füßen und dem Hinterteil zuerst aus dem Wagen herausgerutscht. Er hielt mit beiden Händen eine Frau an ihren dunklen Haaren fest. Die Frau schrie nicht, ihr Körper knickte ein, die Beine plumpsten auf den Asphalt.

Der Mann, der den Wagen gefahren hatte, hielt eine Waffe in der Hand und richtete sie auf die Frau, die auf dem Rasen lag.

In diesem Augenblick begann Anderson zu laufen. Er brüllte: »Nein!«

Da schoss der Mann auf Anderson.

Anderson ließ sich fallen, und er spürte in seinem Mund Gras und Erde. Er hob den Kopf nicht, und er blieb auch liegen, als der Wagen davonfuhr.

Er hatte Angst davor, irgendwo an seinem Körper eine Wunde zu entdecken. Aber da er keinen Schmerz fühlte, nur die Halme und die feuchte Erde in seinem Mund, spuckte er ein paarmal in das Gras und stand so mühsam auf, als sei er schwer getroffen.

Etwa zehn Meter von ihm entfernt stand die Frau. Sie trug einen weißen Sommermantel, der auf dem Rücken schmutzig war.

Anderson setzte sich langsam in Bewegung und murmelte: »So etwas darf doch nicht sein. So etwas gibt es doch nicht.« Dann spürte er, dass sein Kinn nass war. Er zog hastig ein Taschentuch heraus und wischte sich über das Gesicht. »Gestatten, Anderson.«

Ihre Augen zeigten leichte Reflexe, als wisse sie noch nicht genau, wo sie sei. Und dann begann sie zu lachen und gluckste: »Gestatten, Anderson, gestatten, Anderson, gestatten, Anderson!« Ihr Gesicht war verzerrt.

Er sah, dass sie vor Angst und Entsetzen hysterisch war. Sie lachte noch immer, schlug sich mit beiden Händen auf die Oberschenkel, beugte sich vor, sodass ihr Haar wie ein Vorhang über ihr Gesicht fiel.

Anderson machte zwei Schritte, bis er vor ihr stand. Er nahm sie bei den Schultern und richtete sie auf. »Entschuldigung, ich habe nicht gewusst, dass es so etwas ...«

Ihr Lachen war wie weggeblasen. Sie sagte heiser, als tue ihr das Sprechen weh: »Ich lebe.«

»Sie leben.« Anderson war verwirrt. Er starrte die Straße entlang.

»Hat man Sie getroffen?«, fragte sie.

Er schüttelte den Kopf. Er dachte, dass er derartige Szenen oft im Fernsehen genossen hatte und dass er lächerlich und unglaublich wirken würde, wenn er irgendjemand erzählte: »Ich habe das in der Wirklichkeit erlebt.«

»Aber an Ihrem Mund ist Blut.«

Anderson nahm wieder das Taschentuch heraus und wischte sich über den Mund. »Sie müssen hier weg.«

»Ja«, sagte sie. »Haben Sie eine Zigarette?«

»Moment.« Er zündete ihr eine an, und sie rauchte sie hastig.

Ich werde sie jetzt nicht stören, dachte Anderson, sie ist verwirrt. Das ist ein merkwürdiges Gefühl: Sie verdankt mir ihr Leben. Was wird sie sagen, wenn ihr das klar wird?

Sie gingen hastig zu einem der Taxis vor der Ankunftshalle. Anderson zögerte einen Moment. Er dachte an die Maschine nach Zürich.

»Ich kann allein fahren«, sagte sie kühl. Sie hatte sich erstaunlich schnell gefangen.

»Ich bringe Sie selbstverständlich nach Hause.«

Er ließ sie einsteigen, ging um das Heck des Wagens herum und überlegte, woher er den Mut genommen hatte, auf eine Pistole zuzurennen. War er ein Narr?

Er öffnete die andere Tür. »Bitte, warten Sie einen Moment.«

Er rannte in die Abflughalle und sagte am Schalter, man habe seinen Koffer bereits in die Maschine geschafft, man solle ihn hier deponieren, er werde ihn abholen. Sein Platz sei frei für einen Fluggast auf der Warteliste.

Er ging geistesabwesend davon. Die Frau war jung, vielleicht achtundzwanzig. Anderson fragte sich, ob das Grund genug sei, nicht nach Zürich zu fliegen. Man hatte diese Frau töten wollen, das war ganz sicher. Er dachte, ob es nicht besser sei, sich herauszuhalten. Die Welt des Verbrechens war ihm so fremd, dass er immer noch nicht richtig begriffen hatte.

Er sprang die zwei Stufen vor der Ankunftshalle hinunter und öffnete die Tür des Taxis. »Ich musste nur noch meinen Flug abbestellen.«

Sie sah geradeaus. »Tatsächlich meinetwegen?« Dann gab sie dem Fahrer den Namen einer Straße an, die Anderson nicht kannte.

Später fuhren sie die Königsallee entlang, in die Altstadt hinein und hinunter zum Rheinufer. Schließlich sagte der Fahrer wie alle Taxichauffeure: »So, da wären wir.«

Anderson bezahlte und ließ sich eine Quittung geben. Dann folgte er der jungen Frau. deren Namen er noch nicht kannte, durch ein schmiedeeisernes Tor in einen Vorgarten zu einem altmodischen Haus. Im Vorraum an der Treppe war es kühl.

Sie biss sich für einen Moment auf die Lippen. »Ich wohne im ersten Stock.«

Anderson begriff. »Ich will nicht stören. Darf ich mich verabschieden?«

Sie hat nicht einmal danke gesagt oder irgend so etwas, dachte er.

Sie blickte die halbdunkle Treppe an und versuchte zu lächeln. »Das ist es nicht, ich wohne allein. Aber ...«

Er sah die Angst in ihrem Gesicht und sagte schnell: »Gehen wir hinauf.«

Oben hantierte sie mit dem Schlüsselbund, brachte aber die Tür nicht auf.

»Geben Sie her.« Er steckte den Schlüssel ins Schloss, drehte ihn herum und öffnete.

Er ging voran, blickte in jeden Raum der hohen Vier-Zimmer-Wohnung, sah Großmutters zierliche Peddigrohrmöbel, einen chinesischen Faltparavent, Konsoltischchen, Zeitungs- und Flaschenständer, ein bisschen englisch, auch ein bisschen düsseldörflich, aber sehr mädchenhaft und verspielt.

»Besuch ist nicht da«, rief er, »oder haben Sie jemanden erwartet?«

Sie ging nicht auf den Ton ein, den er als heiter empfand. »Da drüben ist etwas zum Trinken. Ich mache mich nur ein wenig frisch.«

»Einen Augenblick«, sagte er, »aber darf ich wenigstens noch Ihren Namen erfahren. Es spricht sich dann besser miteinander.«

»Maria Schloßheim.« Sie wandte sich ab und ging hinaus.

Anderson lief in den .Flur zurück und öffnete vorsichtig die Wohnungstür. Auf dem Schild stand tatsächlich ›Schloßheim‹. Im Wohnzimmer goss er sich Wodka in ein Glas und trank es in einem Zug aus. Dann beobachtete er seine Hände. Er dachte, dass es viel weniger aufregend sei, mit Aktien Geld zu verdienen, als in einem Stück Wirklichkeit mitzuspielen, das ebenso unglaublich und pathetisch war wie ein Film mit einem der stahläugigen Muskelmänner.

Er hörte eine Dusche rauschen und fragte sich, was geschehen würde, wenn plötzlich diese Revolverhelden erschienen, und ob er in der Lage wäre, gegen sie anzugehen. Aber es blieb eine Frage, denn niemand kam.

Dann hörte er ihre Stimme: »Machen Sie mir bitte einen Whisky. Mit viel Eis.«

Anderson nahm die Whiskyflasche und ein Glas. In der Küche klopfte er das Eis aus einem Behälter, füllte das Glas auf und ging zurück.

Die Frau, die Maria hieß, saß in einem der Rohrsessel. Sie trug ein lachsrosa Hemdblusenkleid mit einem Lederfransengürtel. »Danke, dass Sie mir das Leben gerettet haben. Meine Freunde werden sich jetzt nur fragen, wo ich geblieben bin.« Sie lachte und trank einen Schluck.

»Wie bitte?«, fragte Anderson vorsichtig. »Ihre Freunde?«

»Nun ja, wir machen einen Film. Wir haben eine Szene durchprobiert. Natürlich ohne Kamera.«

Anderson ging ans Fenster und sah hinaus auf den Rhein, an dessen Ufer Schiffe lagen, die im Dämmerlicht aussahen wie große Käfer. Er wusste, dass sie log. Und er wusste im gleichen Moment, dass er versuchen würde herauszufinden, warum sie es tat.

Er hatte ihre Augen gesehen, ihre Angst und ihr Entsetzen. Er hatte gehört, wie die Kugel neben ihm in die Büsche fuhr. Warum deckte sie diese Männer?

Er drehte sich herum und murmelte: »Werden die beiden hierherkommen?«

»Ich glaube nicht. Sie werden irgendwo ein Bier trinken. Wir haben die nächste Probe morgen früh.«

Er war von ihrer Lüge betroffen, und er wollte auf einmal nicht mehr mit ihr allein sein. »Gehen wir irgendwo essen?«

»Gern.«

»Darf ich telefonieren?«

»Natürlich.« Sie stand auf.

Er rief den Flughafen an und fragte, ob am kommenden Tag noch ein Platz nach Zürich frei sei.

»Achtzehn Uhr«, sagte das Mädchen in der Auskunft, »alles andere ist ausgebucht.«

Er buchstabierte seinen Namen und hängte ein. Danach bestellte er ein Zimmer im ›Excelsior‹.

»Ich brauche nur noch eine Kleiderbürste. Ich habe mich ja bei Ihren Proben vor Schreck auf den Rasen gelegt.«

»Glauben Sie im Ernst, dass jemand ausgerechnet vor dem Flughafen einen Mord inszeniert? Wo dauernd Autos vorbeifahren?«

Er nahm die Kleiderbürste, die sie ihm entgegenhielt. Irgendetwas stimmte tatsächlich nicht. Die Straße war vollkommen leer gewesen. Kein Auto, kein Bus, kein Fahrrad, kein Moped, kein Fußgänger. Er wusch sich im Bad und ging zurück in das Wohnzimmer. »Maria, wo stecken Sie denn?«

»Im Schlafzimmer. Drei Minuten noch.«

Anderson rief die Flughafenverwaltung an und fragte: »Am letzten Parkplatz vor Ihrem Gelände biegt eine Straße ab in einen Wald: Wo führt sie hin?«

Der Mann am anderen Ende sagte: »Das ist eine Sauerei mit dieser Stichverbindung. Sie soll seit einem Jahr fertiggestellt werden, aber sie endet an der alten Schutthalde. Diese Baubehörden! Da muss man doch extra einen Umweg von mindestens ...«

Anderson legte auf.

Maria stand in der Tür zum Wohnzimmer.

»Sie sind sehr nett, Maria, aber Sie haben mich belogen. Sie sollten wirklich ermordet werden. Die Straße ist eine Sackgasse. Ich mag wie ein Idiot ausgesehen haben, als ich im Dreck lag, aber ich bin keiner.«

»Können wir jetzt gehen? Es waren wirklich Filmproben.«

»Wie Sie wollen. Ich frage mich nur, wo die Brüder mit dem Wagen hingefahren sind, wenn es wirklich eine Sackgasse ist. Oder kann man an der Schutthalde vorbei irgendeine Straße erreichen?«

Sie gab einen Laut von sich, der nicht klar zu definieren war. Menschen können auf die gleiche Weise zu lachen und zu weinen beginnen. »Man kann an der Schutthalde entlang auf den Zubringer nach Wuppertal fahren. In der Schutthalde spielt übrigens auch eine Szene.«

Sie bestellten ein Taxi und tranken etwas, während sie warteten. Sie sprachen über Belanglosigkeiten, weil Misstrauen zwischen ihnen stand. Sie waren beide dankbar, als der Taxifahrer klingelte. Später aßen sie in einem kleinen Lokal, das sehr behaglich war mit seinem Hauch von Düsseldorf.

»Was sind Sie von Beruf?«, fragte Maria.

»Ich bin Bankkaufmann. Ich mache in Aktien und Geld und so.«

»Du lieber Himmel, davon verstehe ich nichts.«

»Müssen Sie auch nicht, und ich verspreche Ihnen, keinen Fachvortrag zu halten. Wie alt sind Sie eigentlich?«

Sie sah ihn erstaunt an. »Achtundzwanzig, kinderlos, nicht verlobt, nicht verheiratet, nicht geschieden und so weiter und so weiter.«

»Und von Beruf Schauspielerin?«

»Nein. Wir gehören zu den sogenannten Jungfilmern. Jungfilmer sind Leute, die sich etwas einbilden. Worauf, kann man nie genau feststellen.«

»Was sind Sie wirklich?«

»Na, was schon?« Sie sah ihn an, als sei sie dankbar dafür, dass es ihn gab. »Sekretärin. Und Sie? Sind Sie eigentlich reich?«

»Sie werden lachen: nein. Ich bin zwar ein Mann mit ein paar Konten, aber nicht reich.«

»Ich mag keine reichen Männer. Reiche Männer haben die dumme Angewohnheit, so zu tun, als seien sie genauso wie all die anderen. Aber sie sind es nicht.«

In diesem Augenblick ging hinter seinem Rücken die Tür auf.

Maria wurde blass.

Anderson drehte sich herum und sah einen Mann von vielleicht fünfzig Jahren. Er blieb in der offenen Tür stehen. Dann sah er Maria, drehte sich herum und ging hinaus.

»Ein Bekannter?«, fragte Anderson.

»Wen meinen Sie?« Ihre Stimme klang heiser.

Es war nicht so, dass er sich Misstrauen von einer Stunde zur anderen zum obersten Gebot gemacht hatte, aber Maria hatte Angst, das war eindeutig.

Anderson gab ihr die Chance, sofort zu gehen. Er sagte: »Ich will tanzen.«

»Ich auch.«

Auf der Straße stellte er sich die Frage, ob vielleicht Maria doch mit irgendetwas Ungesetzlichem zu tun habe.

Er nahm ihre Hand, und sie schlenderten davon. Schon nach einigen Metern legte sie den Kopf an seine Schulter und sagte klagend: »Ich kenne nicht einmal Ihren Vornamen.«

»Gert.«

»Ich möchte nichts Verrücktes tanzen, irgendetwas ganz Normales«, murmelte sie.

Sie tanzten in einem kleinen Lokal, in dem die Band so schlecht war, dass sie nicht einmal die Harmonien der Beat-Nummern glatt bringen konnte, und zwischen uralten New-Orleans-Nummern spielte sie mit Grünspan besetzte Frivolitäten, wie die vom Hans, der mit dem Knie etwas tut, was seine Dame nicht begreift.

Sie hatte die Augen geschlossen, ihr Gesicht war weich. Er spürte ihre langen Beine, ihren Busen und die Muskeln auf ihrem Rücken. Er merkte, dass sie nichts als seine Nähe brauchte, das Gefühl, nicht allein zu sein.

»Warum hat eine Frau wie Sie keinen Mann?«, fragte er.

»Es ist die uralte Geschichte. Er war sehr nett, sehr lieb und voller Zukunftspläne. Und meine Eltern gaben mit ihm an, weil er aus einem vermögenden Haus stammte, und sparten meine Aussteuer zusammen. Drei Tage vor der Hochzeit ließ er mich sitzen. Seitdem finde ich die Männer zwar immer noch nett, aber ich verlasse mich nicht mehr auf sie.«

»Darf ich Sie besuchen, wenn ich wieder in Düsseldorf bin?«

»Wann wird das sein?«

»Ich weiß es nicht. Vielleicht in zwei oder drei Monaten.«

»Das ist eine lange Zeit«, sagte sie leise.

»Sie haben Ihre Arbeit, ich habe meine. Ich kann das Geschäft nicht lange liegen lassen. Ich muss am Montag in Liechtenstein sein.« Er lächelte auf sie hinunter. »Ich möchte eigentlich lieber bei Ihnen bleiben.«

Sie hatten einen Teil ihrer Masken abgenommen.

»Ich möchte einen Schluck trinken«, sagte sie.

Sie gingen an den Tisch zurück und hielten sich dabei an der Hand. Sie setzten sich nicht mehr einander gegenüber, sondern nebeneinander, und begannen sich zaghaft zu küssen.

»Ich möchte hier heraus, Gert.«

Er wurde ungeduldig, als der Kellner nicht sofort kam, um zu kassieren.

Draußen fragte sie: »Wann wirst du fliegen?«

»Morgen Abend.«

»Kommst du vorher noch einmal?«

»Ja. Morgen, wenn die Sonne aufgeht.«

»Wo wirst du schlafen?«

»Im Excelsior.« Er winkte einem Taxi.

Dann küssten sie sich, bis der Wagen vor dem Garten mit dem schmiedeeisernen Tor hielt.

»Bleib im Auto«, sagte sie hastig, »sonst werde ich noch schwach.«

»Das wäre gut.«

»Was?«

»Schwach werden!«

Sie stieg aus, ohne sich zum Abschied herumzudrehen.

Was erwartet sie, überlegte er, dass ich wegfahre oder dass ich aussteige?

Er tat das für ihn Nächstliegende: Er stieg aus, gab dem grinsenden Fahrer einen Schein und folgte Maria.

Sie hatte die Wohnungstür bereits aufgeschlossen und das Licht angeknipst.

Und hier im hellen Flur verdrängte Anderson plötzlich den romantischen Teil dieses Abends. Man hat sie töten wollen, dachte er, und sie bagatellisiert den irren Umstand, nicht tot zu sein. Es war keine Filmprobe, es war ein richtiger Mordversuch, und es ist nur deshalb beim Versuch geblieben, weil ich dazwischengekommen bin.

Im Wohnzimmer stellte er sich wieder an das große Fenster. Nur gelegentlich sah er Lichter von vorbeifahrenden Autos und schemenhaft die Ufer des Rheins. Er hörte Maria in der Küche hantieren.

»Warum hast du mich belogen?«, fragte er gegen die Scheibe.

Sie kam mit zwei Gläsern herein. »Bist du nur heraufgekommen, um das zu erfahren?«

»Möglich.«

Sie stellte die Gläser ab. »Was willst du trinken?«

»Irgendetwas. Es ist nicht wichtig.« Er wandte sich zu ihr. »Ich möchte wissen, aus welchem Grund du zwei Männer schützt, die dich ohne jeden Zweifel ermorden wollten. Du weißt sehr gut, dass ich deine Geschichte von der Filmaufnahme von Anfang an nicht geglaubt habe. Schauspieler schießen nicht auf Passanten, nicht wahr? Wovor hast du Angst, vor wem fürchtest du dich schier zu Tode?«

»Ich finde dich unverschämt, Gert!«

Er begriff gleich, dass sie ihn nicht wirklich unverschämt fand. Sie wehrte ihn ab, er war und blieb der Fremde, den eine offenbar interne Auseinandersetzung, bei der sogar das noch einmal davongekommene Opfer schwieg, absolut nichts anging.

Er streckte die Arme aus, um Maria an sich zu ziehen. »Ist das denn so schwer, mir alles zu sagen? Die Gefahr für dich ist doch noch nicht vorbei, meine ich.«

Sie entzog sich durch einen kleinen Rückwärtsschritt seiner Umarmung. »Es ist nicht erklärbar, Gert. Heute noch nicht, vielleicht morgen, vielleicht übermorgen.«

»Maria – ich würde vorschlagen, dass du in einem Hotel schläfst und nicht in deiner Wohnung. Wenigstens diese Nacht.«

»Und ich würde vorschlagen, dass du jetzt gehst und dir nicht meinen Kopf zerbrichst. Bitte!«

»Wie du willst. Ich komme morgen früh, oder?«

»Ich möchte nicht, dass es einen Misston zwischen uns gibt, Gert.«

»Du bist gut! Bis morgen, Maria.«

Um sieben Uhr machte er sich mit einer Hast zurecht, die ihn selbst amüsierte. Er ließ sich das Frühstück in seinem Zimmer servieren, weil er dann beim Rasieren etwas essen und trinken konnte.

Um acht Uhr ließ er sich von einem Taxi zu Maria bringen. »Fahren Sie ruhig schneller, die Stadt schläft noch.«

»Aber nicht die Polizei«, sagte der Fahrer.

Anderson bezahlte und blickte hinauf zu den Fenstern im ersten Stockwerk. Er pfiff und lief durch den Vorgarten zur Haustür. Sie war offen.

Dort standen drei Männer. Ihre Gesichter wirkten ebenso amtlich wie ein staatliches Siegel.

Der Mann, der in der Mitte stand, blickte ihn an. »Zu wem wollen Sie, bitte?«

»Zu Fräulein Schloßheim. Sonst noch Fragen?«

»Kennen Sie Fräulein Schloßheim gut? Wann haben Sie sie zum letzten Mal gesehen?« Der Mann in der Mitte wirkte kompromisslos wie ein angreifender Stier.

Anderson wurde wütend. »Passen Sie auf: Ich bin mit Fraulein Schloßheim verabredet. Lassen Sie mich vorbei!«

Der Mann in der Mitte war klein und gedrungen. »Burger! Mordkommission!«

Anderson murmelte: »Ich war ein Idiot.«

»Wieso waren Sie ein Idiot?«

»Sie ist ermordet worden!«

Burger schüttelte den Kopf. »Unfall.« Er machte ein paar Schritte zur Seite.

Maria lag auf dem Rücken. Ihre Beine streckten sich weiß und lang die Stufen hinauf. Ihre Augen waren offen.

Anderson konnte nicht länger hinsehen. »Wann ist das passiert?«

»Der Arzt sagt, etwa zwischen Mitternacht und zwei Uhr morgens.«

»Ich bin um ein Uhr hier weggegangen«, sagte Anderson. Dann sah er den Lederkoffer und die verstreuten Wäschestücke. »Wollte sie verreisen?«

»Anscheinend«, sagte Burger, »Auf jeden Fall hatte sie den Koffer bei sich, als sie die Treppe hinunterstürzte. Schädelbasisbruch. Wir nennen das einen häuslichen Unfall mit Todesfolge. Vorläufig wenigstens.«

Anderson lehnte sich mit dem Rücken an die Wand und sah die tote Maria an. Er steckte sich eine Zigarette zwischen die Lippen und dachte darüber nach, was Maria bewogen haben könnte, vielleicht doch in ein Hotel zu gehen, und anscheinend unmittelbar nachdem er sie verlassen hatte.

»Sie irren, Herr Burger«, sagte Anderson, »das ist kein Unfall, das ist Mord!«

## TEIL II

Kriminalkommissar Burger betrachtete aufmerksam das Gesicht Andersons und sagte: »Der Herr neben mir ist Doktor Bentheim. Klären Sie diesen Mann auf.«

»Wenn jemand diese junge Frau hätte töten wollen, dann konnte er nicht mit dem puren Zufall rechnen, dass sein Opfer an einem Schädelbruch stirbt. Ein Mörder will seiner Sache sicher sein; er hätte also vorher geeignete Maßnahmen getroffen und erst hinterher einen Treppensturz zur Tarnung inszeniert. Aber sehen Sie sich einmal die Tote an.«

Sie ist immer noch schön, dachte Anderson. Er wollte aus dem Haus laufen, aber die Stimme des Arztes hielt ihn zurück.

»Das Gesicht sieht friedlich aus. Strangulationsmerkmale sind nicht vorhanden, Schlagwirkungen sind nicht feststellbar. Es war nur der Sturz, ein unbeabsichtigter Sturz.«

Anderson sah Kommissar Burger an. »Ich kannte sie kaum. Ich habe sie gestern Abend auf dem Flugplatz kennengelernt. Dort haben zwei Männer versucht, sie zu erschießen.«

»Wie bitte?« Burger drehte sich um, starrte der Toten ins Gesicht, als habe sie noch die Möglichkeit, Fragen zu beantworten. »Wann war das? Und wo genau?«

Anderson murmelte: »Ich kann das nicht ... ich kann nicht erzählen ...«

»Reißen Sie sich zusammen! Kommen Sie mit hinauf in die Wohnung.«

Er berichtete von seiner ersten Begegnung mit Maria unter diesen merkwürdigen Umständen und dem Schuss in der Stichstraße zur Schutthalde am Flughafen, und er hielt die Augen geschlossen, um die Konzentration nicht zu verlieren.

»Sie tauchten als rettender Engel auf«, sagte Burger, »ließen Ihren Flug Flug sein, brachten sie hierher und gingen dann mit ihr in die Altstadt. Sie aßen, Sie tanzten. Dann lieferten Sie Fräulein Schloßheim hier ab und gingen in Ihr Hotel. Und heute Morgen wollten Sie wieder hierherkommen.«

»So war es.«

In diesem Augenblick verlor der Kommissar die Nerven. »Himmel, Arsch und Zwirn, ich kann Sie ja verstehen. Sie haben diese Frau gern gehabt; und nun ist sie tot. Angenommen, ich glaube Ihnen den Mordversuch am Flughafen, dann bringen Sie mir doch einen Beweis. Nur einen ganz kleinen Beweis.«

»Die Kugel. Einer dieser Männer im weißen BMW hat auf mich geschossen. Die Kugel muss irgendwo da draußen sein.«

»Wie wollen Sie ein Geschoss finden, das so groß ist wie mein Daumennagel und das auf tausend Quadratmeter Buschland umherliegen oder in irgendeinem Ast stecken kann? Wir werden von Steuergeldern bezahlt, mein Bester.« Im gleichen Augenblick begriff er, dass er zu weit gegangen war. »Entschuldigung, aber Sie haben mich nervös gemacht. Der Staatsanwalt jagt mich zum Teufel, wenn ich ihm mit so einer Geschichte komme.«

»Schon gut«, sagte Anderson.

»Ich muss Ihre Aussage zu Protokoll nehmen. Und damit rollt eine Maschine an, die Sie nicht mehr aufhalten können. Konzentrieren Sie sich bitte, suchen Sie noch einmal nach Anhaltspunkten, die uns wirklich weiterhelfen.«

»Bin ich der Kriminalist, oder sind Sie es? Was wissen Sie eigentlich von Maria?«

»Wir recherchieren seit einiger Zeit«, sagte Burger müde. »Sie war eine gebildete, ledige Frau. Chefsekretärin eines bekannten Düsseldorfer Industriellen. Sie verdiente mehr, als ich verdiene. Ihr Leumundszeugnis ist einwandfrei.«

»Aber sie hat doch angeblich einen Film gedreht«, sagte Anderson heftig. Er stand auf und ging mit langen Schritten zum Fenster. »Wieso soll ausgerechnet ich so etwas Blödsinniges behaupten?« Anderson zündete sich wieder eine Zigarette an. »Schön, ich habe sie nur ein paar Stunden gekannt, und ich hatte sie gern. Aber wie verhält sich denn eine junge, bewegliche Frau, die oben an der Treppe stolpert und stürzt?«

»Zunächst bekommt sie einen Schreck«, antwortete der Polizeiarzt, »dann fasst sie instinktiv nach allen Gegenständen, die sie vor dem Sturz bewahren. Zum Beispiel nach den Stangen, die das Geländer tragen. Es kann aber auch vorkommen, dass sie so schwer und so schnell stürzt, dass sie keine Chance hat, sich irgendwo zu bremsen. Ich gebe allerdings zu, dass das bei jungen Menschen kaum passiert.«

»Aber das ist doch nichts für den Staatsanwalt.« Burger wirkte verkniffen.

Anderson fragte: »Soll ich uns einen Kaffee machen?«

»Das wäre gut. Wir nehmen ein kurzes Protokoll auf.«

Anderson ging in die Küche und füllte Wasser in einen Kessel. Er zündete die Gasflamme an und sah aus dem Fenster. Männer in grauen Uniformen und Mützen trugen eine Bahre aus dem Haus. Anderson murmelte: »Mach's gut, Mädchen!«

Dann begann er, nach Kaffee zu suchen. Und schließlich stand er vor dem Küchenschrank und weinte. Man hatte ihm etwas genommen, was er kaum besessen hatte.

Plötzlich war der Polizeiarzt in der Tür. »Junger Mann!«, sagte er vorwurfsvoll. »Schwache Nerven auf einmal?«

»Ich bin doch nicht verrückt. Ich habe gesehen, wie man sie erschießen wollte. Das habe ich verhindert. Vielleicht habe ich die zwei Männer nicht genügend erkannt, um sie möglicherweise zu identifizieren. Und dann verlieben wir uns ein bisschen, und wir verabreden uns. Und dann komme ich her, und sie ist tot. Tod durch Unfall? Schlicht die Treppe hinuntergefallen? Da stimmt doch irgendetwas nicht.«

»Burger glaubt Ihnen. Aber ohne Beweise steht er vor dem Staatsanwalt dumm da.«

Anderson wischte sich mit seinem Taschentuch über das Gesicht. »Es ist nur so, dass ich eine solche Frau noch nie getroffen habe. Wahrscheinlich macht mich das ein wenig verrückt.« Anderson nahm das Tablett mit den Tassen und der Kaffeekanne und trug es hinaus.

Burger stand im Wohnzimmer und telefonierte. »Herr Staatsanwalt, ich bin kein Anfänger. Irgendetwas ist faul an der Sache.«

Anderson stellte das Tablett auf den Tisch. »Lassen Sie es gut sein. Ich habe diesen Wirbel nicht gewollt.«

Burger winkte heftig ab. »Komisch ist doch, dass diese Frau mit einem relativ leichten Koffer eine Treppe von zwanzig Stufen hinuntergefallen ist, ohne sich unterwegs zu fangen. Ich bin der Meinung, dass sie schon tot war, ehe sie stürzte. Möglicherweise beerdigen wir eine ›Unfalltote‹, die ermordet worden ist.«

Er legte auf und wandte sich um. Er war wütend und sagte schroff: »Doktor wenn Sie nichts finden, können wir beide in Pension gehen. Achten Sie auf das Gehirn!« Burger setzte sich in einen Sessel. »Angenommen, Sie haben recht. Angenommen, Fräulein Schloßheim ist getötet worden. Dann muss es geschehen sein, bevor sie stürzte. Und es muss ohne Gewalt geschehen sein. Wir fahren erst einmal zum Flughafen. Ich will genau wissen, wo es passierte und wie.«

Der Arzt nahm seine Tasche. »Kommen Sie zu mir, wenn Sie draußen fertig sind.«

Burger nickte, als der Arzt ging. Er murmelte seufzend: »Und nun, Herr Anderson, werden Sie auf Herz und Nieren geprüft.«

Burger hatte zwölf Beamte angefordert, die den Rasen so eingehend untersuchten, dass es Anderson beinahe lächerlich vorkam.

»Hier sind Sie hingefallen?«, fragte Burger.

»Genau hier.«

»Erinnern Sie sich an den Schuss? Schlug die Kugel links oder rechts von Ihnen in die Büsche?«

»Links.«

»Stellen Sie sich etwa zwei Meter vor den Punkt, an dem Sie hinfielen«, rief Burger. Er stand jetzt dort, wo Maria auf dem Rücken gelegen und der Mann die Waffe auf sie gerichtet hatte. Er steckte einen Pflock in die Erde, befestigte daran ein Maßband, ging damit auf Anderson zu.

»Haben Sie eine ungefähre Vorstellung, wie nahe die Kugel an Ihnen vorbeiflog?«

»Ich hörte einen Ast brechen. Das war dicht neben mir.«

Burger zog die Messschnur weiter in die Büsche. Dann brüllte er: »Sucht genau an diesem Band entlang. Dalli, dalli.«

Nach zwanzig Minuten rief ein Beamter: »Ich hab sie.«

»Glauben Sie mir jetzt?«, fragte Anderson. Seine Hände zitterten. Er wandte sich ab und wartete, bis die Männer herausgefunden hatten, dass der weiße BMW am Rand der Müllkippe entlang den Zubringer nach Wuppertal hatte erreichen können.

Burger knurrte zufrieden. »Los, kommen Sie. Wir beide fahren zum Doktor. Vielleicht hatte er auch Glück.«

Der Arzt saß in seinem Büro. Als sie hineinkamen, lächelte er. »Kommen Sie, Burger, sehen Sie sich das an.«

Die beiden gingen hinaus, und Anderson ließ sich in einen Stuhl fallen. Vielleicht war es nicht einmal gut, so viel Wirbel um ihren Tod zu machen, dachte er. Vielleicht hätte sie es gar nicht gewollt Aber ich hatte begonnen, sie zu lieben.

Als Burger und der Arzt wieder eintraten, fragte er: »Nun, was ist es?« »

»Fräulein Schloßheim wurde durch Zyankali getötet«, sagte der Arzt. »Zyankali ist ein Gift, das im Körper bald abgebaut wird und dann nicht mehr nachweisbar ist. Verwendet der Täter auch nur so viel, dass es gerade reicht, einen Menschen umzubringen, so verätzt es doch die Magenwand. Die Magenwand unseres Opfers ist aber nicht in Mitleidenschaft gezogen. Trotzdem ist der Tod durch Zyankali eingetreten. Ich habe das Gehirn bloßgelegt. Man kann es deutlich riechen und nachweisen. Sie hat es also nicht mit irgendeinem Getränk oder einer Speise zu sich genommen. Unser Problem klingt grotesk: Wie kam das Zyankali in den Körper der jungen Frau?«

»Wie?«, fragte Anderson.

»Spray«, sagte Burger. »Man hat ihr Zyankali ins Gesicht gesprüht.«

Anderson kam erst abends um 22 Uhr ins Hotel zurück. Burger hatte ihn stundenlang verhört. Der Mord war nachgewiesen, aber es gab keine Spur zum Mörder.

Er hatte keine klare Vorstellung davon, was ihn eigentlich bewog, in Düsseldorf zu bleiben. Burger hatte gesagt, er könne gehen, wohin er wolle. Er spürte kein Rachegefühl, aber eine Neugierde auf den Mann, der das getan hatte. Und er fühlte sich unfähig, im gewohnten Rhythmus zu denken und zu arbeiten. Ihr Tod hat mich mehr verändert, als wenn ich sie geheiratet hätte, und ich glaube, ich hätte sie geheiratet, dachte er.

Gegen Mitternacht verließ er sein Zimmer, ging hinunter in das Restaurant und zwang sich, etwas zu essen. Er trank eine ganze Karaffe alten Genever und wurde ein wenig ruhiger. Er trank eine zweite Karaffe Genever, dann eine dritte, dann eine vierte. Als er gegen zwei Uhr in sein Zimmer ging, war er so betrunken, dass er sich am nächsten Morgen danach erkundigen musste, ob er bezahlt hatte.

»Sie haben selbstverständlich bezahlt. Möchten Sie Frühstück?«

»Nein, ich gehe schwimmen. Ist es voll?«

»Soweit ich weiß, nicht. Haben Sie Badesachen, oder soll ich welche schicken?«

»Schicken Sie Hose Größe vier.«

Er rasierte sich und fuhr dann mit dem Lift in das Bad im Keller. Es war ein großes Becken, weit genug, dass man sich austoben konnte. Und außer ihm war nur eine Frau da, die gleichmäßig von einem Ende zum anderen tauchte.

Obwohl das Wasser warm war, begann Anderson zu frieren. Er war verkatert.

»Sie haben drei ganze Karaffen Genever getrunken. Oder waren es vier?« rief die junge Frau.

»Ein Mann muss sich gelegentlich betrinken.« Dann sprang er flach ins Wasser und tauchte durch das Becken. Er prustete, tauchte erneut, kam an die Oberfläche.

»Für so viel Genever sind Sie sehr gut in Form«, sagte sie. Sie hatte ein hübsches, ruhiges Gesicht voller Spott. Vielleicht war sie zwanzig, vielleicht dreißig. Sie war einfach eine nette Person.

Aber da stand Burger im Eingang zur Schwimmhalle. »Herr Anderson, ich brauche Sie.«

»Schon wieder?«

»Sie sollten sich anziehen und mitkommen.« Burger machte eine ungeduldige Handbewegung, runzelte die Stirn und warf einen Blick auf die Frau.

Sie verließen das Hotel zehn Minuten später, und Anderson hatte zum ersten Mal die Pflicht, ein Schauhaus zu besuchen. Er murmelte: »Hoffentlich falle ich nicht in Ohnmacht.«

Burger sah auf die Fahrbahn. »Sie sind viel härter, als Sie tun. Das mit dieser Maria hat Sie getroffen, alles andere wird Sie kalt lassen. Nach meiner Erfahrung hat ein Bankkaufmann etwa Nerven wie Nilpferdhaut.«

Der Tote lag in Box 42. Ein Mann mit einer Gummischürze lief vor ihnen her und zog an der Schublade.

»Na?«, fragte Burger. »Fällt Ihnen etwas auf?«

»Es ist der Mann, der aus dem BMW stieg und dann Maria erschießen wollte.«

»Mit Sicherheit?« fragte Burger.

»Ganz sicher.«

Burger machte ein paar unsichere Schritte auf der Stelle. »Ich habe Ihnen doch erzählt, dass Fräulein Schloßheim die Sekretärin eines Düsseldorfer Industriellen gewesen ist. Der Tote, den Sie eben gesehen haben, war sein Fahrer. Damit sind zwei Personen aus der unmittelbaren Umgebung dieses Industriellen innerhalb von vierundzwanzig Stunden umgebracht worden. Der Mord an dem Chauffeur wäre noch erklärbar. Er sollte Fräulein Schloßheim erschießen. Aber er versagte. Dann ist er wahrscheinlich von dem zweiten Mann erschossen worden. Das erklärt aber noch nicht den Mord an Fräulein Schloßheim. Außerdem besitzt dieser Industrielle keinen weißen BMW, und er hat niemals ein solches Fahrzeug besessen.«

»Brauchen Sie mich noch?«, fragte Anderson. Er wollte aus diesem Wirrwarr an Vermutungen heraus. Es war ein Stück Leben, das ihm missfiel.

»Sie können gehen«, sagte Burger. »Aber Sie sollten noch einige Tage in der Stadt bleiben.«

In der Empfangshalle des Hotels war wenig Betrieb. Es war noch zu früh, Mittag zu essen. Anderson setzte sich an einen kleinen Tisch und ließ sich einen Martini bringen.

Als die junge Frau aus dem Lift kam, wollte er gerade in das Restaurant hinübergehen. Aber sie kam ungeniert auf ihn zu, sodass er ihr nicht ausweichen konnte. Sie hatte langes, hellblondes Haar und trug einen Hosenanzug aus dunkelblauem Tuch. »Sieh da, der Sportler vom Morgen.«

»Gnädige Frau«, sagte Anderson steif, verbeugte sich und rief: »Noch einen Martini, bitte.«

»Ich war eigentlich darauf aus, mit Ihnen zu essen«, sagte sie.

Ihre Offenheit störte Anderson, doch er stimmte zu: »Es wäre mir ein Vergnügen.«

»Wissen Sie, es ist furchtbar, ein Leben in Hotels zu verbringen. Und die Sonntage sind am schlimmsten. Ich weiß, dass ich mich unmöglich aufführe. Aber ich nehme das gelegentlich in Kauf, um nicht immer allein zu sein.«

»Warum sind Sie immer in Hotels?«

»Ich verkaufe Mode«, sagte sie. »So, wie Sie mit Aktien umgehen. Essen wir zusammen bei getrennter Kasse?«

»Wir essen zusammen, aber ohne getrennte Kasse.« Er bestellte mit Bedacht ein leichtes, langes Essen, und sie sprachen wieder über Hotels, mangelnde Bedienung und andere Belanglosigkeiten. Er war dankbar, dass sie ihn ablenkte, aber er konnte sich keinen Reim darauf machen, dass sie offenbar viel über ihn wusste. »Sind Sie verheiratet?«

»Nein, ich war es einmal. Und Sie?«

»Ich habe es nie versucht.« Er dachte einen Augenblick an das Gesicht von Maria. »Ich werde es wohl auch nicht mehr versuchen.«

»Das nenne ich Charakter!«

Plötzlich stand Anderson nervös auf. »Entschuldigen Sie bitte«, sagte er und ging hinüber an die Bar.

»Charlie«, fragte er hastig, »wer ist dieser Herr da an dem Tisch in der linken Ecke?«

Der Barkeeper sah den bezeichneten Mann an. »Düsseldorfer. Stammgast hier. Philipp Menser. Er macht irgendwelche Apparate. Reich.«

»Danke.« Das war jener Mann, der Maria einen so großen Schrecken eingejagt hatte, als sie in der Altstadtkneipe zusammen gesessen hatten.

Anderson lief in die Telefonkabine und ließ sich eine Freileitung geben. Er brauchte fünf Minuten, um Burger im Polizeipräsidium zu erreichen. »Sagen Sie mal, wie heißt eigentlich der Industrielle, den Sie dauernd erwähnt haben?«

»Das werde ich Ihnen nicht sagen«, murmelte Burger.

»Dann sage ich's Ihnen: Menser!« Andersons Stimme klang ein wenig hoch vor Heiterkeit. »Philipp Menser. Und jetzt weiß ich auch, wie der Mörder heißt.«

»Na, wie denn?«, fragte Burger zornig. »Was reden Sie da für einen Unsinn?«

»Der Mörder heißt auch Menser«, sagte Anderson. »Wetten wir um irgendeine Kleinigkeit?«

## TEIL III

Von wo aus telefonieren Sie?« fragte Burger.

»Vom Hotel aus«, sagte Anderson.

»Legen Sie sofort den Hörer auf! Sie sind ein kompletter Idiot.«

Anderson trat aus der Zelle und fühlte sich zu Unrecht beschimpft. Für ihn lag der Fall so einfach, dass Burger eigentlich nichts anderes zu tun hatte, als nach dem Grund zu suchen, weshalb Menser seinen Fahrer und seine Sekretärin hatte umbringen lassen.

Er dachte auf dem Weg ins Restaurant, dass er möglicherweise doch einen Fehler begangen hatte und dass Menser dort an dem kleinen Tisch womöglich mit den beiden Morden gar nichts zu tun hatte. Er blickte hinüber zu dem Mann, vor dem Maria Angst gehabt hatte.

»Was ist los mit Ihnen?«, fragte die junge Frau.

»Entschuldigen Sie! Aber ich habe auch eine Frage: Wie heißen Sie eigentlich? Ich muss das schließlich irgendwann erfahren.«

»Gabriele«, sagte die Frau, »Und ich glaube, ich falle Ihnen auf die Nerven.«

»Wie kommen Sie denn darauf?«

»Es ist so! Ich gehe ein wenig spazieren.« Sie stand auf und ging hinaus.

Gewiss, sie war nichts als eine Hotelbekanntschaft, aber ihr Abgang ärgerte Anderson doch. Er bezahlte und ging hinauf in sein Zimmer. Er legte sich angezogen auf das Bett und fragte sich, wie lange es dauern würde, bis Kriminalkommissar Burger auftauchte, um ihn weiter zu beschimpfen.

Burger kam nur wenig später, es konnte kaum eine Viertelstunde vergangen sein. Da Anderson das Zimmer nicht hinter sich abgeschlossen hatte, stürmte der kleine, bullige Mann herein, schlug die Tür zu, setzte sich und starrte Anderson an.

»Ich kann glatt Schutzhaft für Sie beantragen. Und ich bekomme sie bewilligt.«

»Aber wieso?«, fragte Anderson empört. »Ich habe doch mit keinem Menschen über den Fall gesprochen.«

»Sie haben lediglich den kleinen Fehler gemacht, von einem Hoteltelefon aus zu behaupten, der Herr Philipp Menser sei ein Mörder. Das kann die Dame in der Vermittlung ebenso mitgehört haben wie der Empfangschef. Und Sie kennen Herrn Menser nicht einmal.«

»Er sitzt doch unten im Restaurant und isst«, sagte Anderson.

»Ich weiß, dass Menser da unten sitzt. Ich habe ihn gesehen. Ich weiß über den Mann mehr, als Sie jemals in zehn Jahren erfahren werden. Und wissen Sie, warum?«

»Nein.«

»Weil ich ihn vier Stunden verhört habe, Sie Idiot!« brüllte Burger. »Seine Sekretärin ist ermordet worden und sein Fahrer. Glauben Sie vielleicht, wir lassen so einen Mann ungefragt durch die Gegend laufen?«

»Maria hat Angst vor ihm gehabt«, sagte Anderson. Er suchte verzweifelt nach einer halbwegs glaubwürdigen Entschuldigung, aber er fand keine.

»Hat sie Ihnen das gesagt?«

»Nein, aber ich habe ihre Augen gesehen.«

»Und weil Sie ihre Augen gesehen haben, soll ich den Mann wegen Doppelmordes verhaften lassen?«

»Ich möchte mich entschuldigen.«

»Schon gut. Und lassen Sie die Hände von der Sache. Sie haben doch hier diese junge Frau kennengelernt. Gehen Sie spazieren mit ihr oder meinetwegen auch ins Bett.« Burger grinste. »Übrigens – meine Frau hat Sandkuchen gebacken. Das kann sie hervorragend. Bevor Sie Ihren Blödsinn mit Menser anstellten, wollte ich Sie einladen. Meine Frau will mal einen Mann kennenlernen, der mehr als fünfzehnhundert brutto im Monat verdient.«

Anderson murmelte: »Ich würde ganz gern einmal Sandkuchen essen.«

»Dann lassen Sie uns fahren. Ich wohne draußen in Kaiserswerth.«

Unterwegs fragte er: »Weshalb waren Sie denn so sicher, dass Menser der Mörder oder wenigstens der Auftraggeber ist?«

»Maria hatte vor diesem Mann Angst. Das steht für mich fest, obwohl jetzt niemand beweisen kann, dass es stimmt. Denn Maria ist tot. Also habe ich gedacht: Menser hat sie umbringen lassen, weil sie etwas von ihm wusste. Und der Chauffeur ist umgebracht worden, weil er es nicht geschafft hat, Maria zu töten, oder weil er ohnehin auch getötet werden sollte.«

»Wenn man genügend Krimis gelesen hat und Durbridge öfter sieht, leuchtet das ein«, sagte Burger. »Menser ist ein gebildeter Mann. Er hat Jura studiert und Wirtschaftswissenschaft. Er ist seit drei Jahren Witwer, führt einen in jedem Winkel überschaubaren, einwandfreien Lebenswandel. Er besitzt übrigens einen Brief, den ihm Fräulein Schloßheim aus dem letzten Urlaub schrieb. Ich habe diesen Brief gelesen. Er quillt über vor Zuneigung. Liebe wie zu einem Vater.«

»Kann ich Düsseldorf verlassen, wenn ich Ihnen verspreche, mich an jedem Tag telefonisch zu melden?«

»Nach dem Sandkuchen können Sie fliegen. Aber Sie melden sich jeden Tag.«

»Jeden Tag«, sagte Anderson. »Laden Sie eigentlich häufig Leute ein, die mit Mordfällen zu tun haben?«

Burger schüttelte den Kopf. »Nie. Aber ich habe selten einen Mann erlebt, der mich so in meiner Überzeugung erschüttert hat wie Sie. Wenn Sie nicht aufgetaucht wären, hätten wir Fräulein Schloßheim möglicherweise als Unfalltote beerdigt. Und seitdem bewiesen ist, dass es Mord war, sind Sie mir unheimlich.«

»Aha«, sagte Anderson erheitert, »also doch nicht reine Freundschaft.«

»Absolut nicht. Was hat sie zu Ihnen gesagt, als Menser in der Kneipe auftauchte?«

»Sie stritt ab, ihn zu kennen.«

»Und Menser hat mir einen Brief gezeigt, in dem sie ihm schreibt wie einem Vater.«

Burger fuhr an die rechte Straßenseite, wendete den Wagen und erklärte: »Der Sandkuchen muss warten. Ein halber Sonntag ist sowieso schon herum.« Er fuhr direkt zu Andersons Hotel.

»Was soll das?«, fragte Anderson.

»Ich hole Sie abends ab, oder ich rufe Sie an. Und passen Sie ein wenig auf. Raus jetzt, ich habe zu tun.«

Anderson schlenderte hinein in die Halle und fragte am Empfang nach Post. Es lagen einige Telegramme vor und ein Zettel, auf dem stand: ›Ich bin im Bad. Gabriele.‹

Er ließ sich Badesachen in sein Zimmer bringen und fuhr dann hinunter in den Keller. Es war so, wie er erwartet hatte. Außer ihr war niemand dort.

Er kniete am Rand des Schwimmbeckens und sah ihr aufmerksam ins Gesicht. Sie würde wahrscheinlich leicht zu erobern sein und niemals Schwierigkeiten machen. Sie würde jede Begegnung unkompliziert gestalten. Anderson hatte dafür einen gewissen Instinkt entwickelt Er sprang ins Wasser und brüllte: »Ich möchte mich am liebsten besaufen.«

»Schon wieder?«, fragte sie.

»Man hat nur eine Leber. Kommen Sie, wir gehen in Ihr Zimmer oder in meines, und wir betrinken uns und hören irgendeine sentimentale Musik.«

Sie lachten sich an und stiegen aus dem Schwimmbecken. Es war alles klar.

»Kommen Sie in zehn Minuten«, sagte er. »Zimmer zweihundertzehn.« Dann ging er zum Lift und fuhr hinauf. Er bestellte Sekt und sagte dem Ober, man möge ihn nicht stören, er wolle schlafen.

Gabriele kam pünktlich. Sie öffnete die Tür, nahm das Schild ›Bitte nicht stören‹, hing es an die Klinke und schloss die Tor. »Es ist so grauenhaft unmoralisch, sich mit einem Mann in einem feinen Hotel zu treffen. Man hat immer das Gefühl, jeder weiß Bescheid, jeder grinst, aber keiner sagt etwas.«

Er deutete auf den Sessel gegenüber. »Fühlen Sie sich wie zu Hause.«

Sie beobachtete ihn, als er eine Sektflasche öffnete und eingoss. »Ihre Hände zittern.«

»Ich rauche zu viel.«

»Und irgendetwas bringt Sie durcheinander, nicht wahr?«

»Das ist eine Privatangelegenheit.«

»Es sind meistens Privatangelegenheiten«, sagte sie. »Ich will mich nicht aufdrängen.«

»Ich habe nicht den Eindruck, dass Sie sich aufdrängen.« Er zögerte eine Weile. »Ich finde Sie sehr nett.«

Sie verschluckte sich mit dem Sekt, und Anderson klopfte ihr auf den Rücken. »Sie sollten nicht so hastig trinken, Gabriele.«

»Ach was«, sagte sie, »ich möchte mich auch betrinken.«

Das war so ein Satz, das war so eine Kette, an der er sich festhalten konnte. »Sie sollten sich aber nicht eher betrinken, als bis wir wenigstens ein paarmal getanzt haben oder so.«

»Na schön«, sagte sie. Sie stand auf und ging hinüber an das Bett, an dessen Kopfende sich Knöpfe für das Radio befanden.

Sie tanzten ohne Scheu eng miteinander. Es war ein Spiel, das beiden vertraut war.

»Sie sind eine schöne Frau«, sagte Anderson, und er fragte sich im gleichen Augenblick, wann eigentlich Maria beerdigt werden würde.

»Du küsst gut«, sagte sie. Und: »Sonntage in einem Hotel sind hässlich.«

»Jetzt aber nicht mehr.« Er dachte an Maria, an Burger. Und beobachtete die Frau in seinen Armen. Es gab in ihrem Benehmen etwas, das ihn störte. Etwas Kaltes, Zielstrebiges.

»Ich möchte einen Schluck Sekt«, sagte er.

Sie goss Sekt ein und brachte ihm das Glas.

»Du bist ein sehr zärtlicher Mann«, sagte sie und öffnete ihre Schultertasche, »aber du hättest nicht am Flughafen auftauchen sollen.«

Plötzlich hielt sie in der rechten Hand eine blauschimmernde Waffe auf Anderson gerichtet. Es gab ein leises, klopfendes Geräusch.

»Nein«, sagte Anderson schwach. Er fühlte an der linken Schulter einen schweren Schlag und gleich darauf ein brennend heißes Gefühl.

Dann wurde er ohnmächtig.

Er wachte auf wie ein Betrunkener.

Vorsichtig hob er den Kopf nach rechts und sah den grauen Telefonapparat auf dem Nachttisch. Er erinnerte sich an die Nummer des Präsidiums und war zur gleichen Zeit erstaunt, dass es draußen noch nicht dunkel war.

Der Schmerz in seiner linken Schulter war gleichbleibend stark. Er richtete sich auf und beugte sich keuchend über den Apparat. Er spürte, wie Blut aus der Wunde über seine Brust lief. Er wählte die Nummer.

»Burger, bitte«, sagte er. »Schnell. Ich bin verletzt.«

»Wer spricht da?«, fragte die Frau am anderen Ende.

»O Gott«, murmelte Anderson. »Mordkommission. Sofort. Ich bin verletzt.«

»Wer ist denn da, bitte?«

»Burger soll kommen! Mein Name ist Anderson. Hotel Excelsior.«

Er ließ den Hörer fallen.

Bis jetzt war er nicht auf den Gedanken gekommen, irgendjemand aus diesem Hotel zu Hilfe zu rufen. Und als der Schmerz es später zuließ, vernünftig zu denken, kam Burger bereits herein und brüllte: »Verfluchter Mist!«

Anderson versuchte zu lächeln, aber es gelang ihm nicht. »Da, die Schulter.«

Hinter Burger kam der Polizeiarzt.

»Wer war das?«, fragte Burger.

»Die aus dem Bad. Gabriele. Ich kann's gar nicht begreifen.«

Burger lief hinaus.

»Ruhig bleiben«, sagte der Arzt. »Sie werden nichts spüren.« Er gab Anderson eine Injektion.

Als er später aus dem Nebel der Betäubung erwachte, hing neben ihm an einem Metallständer eine Flasche, von der ein Schlauch zu seiner rechten Armbeuge führte.

Burger stand mit dem Rücken zu ihm am Fenster. Jetzt drehte er sich herum. »Ich bin verdammt froh, dass die Dame so schlecht gezielt hat. Sie haben einen glatten Durchschuss. Sie haben eine Menge Blut verloren, aber Sie werden meinen Sandkuchen morgen Mittag essen können. Und nun erzählen Sie mal schön.«

»Also, es war so«, sagte Anderson und berichtete.

»Das ist Profiarbeit«, sagte Burger trocken. »Ein Mann ist nicht ganz da, wenn er mit einer Frau zusammen ist. Das ist genau der Zustand, den man braucht, um ihn dann total fertigzumachen.«

»Sie richtete eine Waffe auf mich. Die Waffe war sehr lang. Dann knallte es nicht, sondern es blaffte nur leise. Also Schalldämpfer oder so etwas. Dann rief ich an.«

»Sie hatte ganz sicher den Auftrag! Und ganz sicher heißt sie gar nicht Gabriele.«

»Aber sie wohnt doch hier«, sagte Anderson.

»Sie wohnt nicht in diesem Hotel. Sie ist am Morgen nach dem Mord an Fräulein Schloßheim hier aufgetaucht, hat sich auf Sie berufen und ist dann schnurstracks in das Bad hinuntergegangen. Und die sehr diskrete Hotelleitung, die Sie als spendablen Stammgast achtet, hat angenommen, es handelte sich um Ihre Freundin.«

»Und jetzt ist sie verschwunden?«

»Sie hat ein Taxi genommen. Der Fahrer sagt, er habe sie zum Flughafen gebracht. Das ist jetzt etwa drei Stunden her. In diesen drei Stunden sind vierzehn Inlandmaschinen gestartet. Nach München, Hamburg, Bremen und so weiter. Es wird nicht einfach sein.«

Burger seufzte. »Und ich soll nun diesem Herrn Menser zwei Morde und zwei Mordversuche nachweisen.«

»Wieso sind Sie jetzt davon überzeugt, dass Menser tatsächlich dahintersteckt?«

»Darauf haben Sie mich gebracht. Sie erinnern sich: Menser ist Witwer. Seine Frau starb vor drei Jahren. Sein Lebenswandel ist untadelig. Als wir beide zu unserem Sandkuchen fahren wollten, fiel mir ein, dass ich vergessen hatte zu fragen, wie denn seine Frau gestorben sei. Als Sie sagten, dass Fräulein Schloßheim Angst vor ihrem angeblich so väterlichen Chef hatte, bin ich darangegangen, den Tod der Frau Menser zu untersuchen. Und wie ist sie wohl gestorben, die Gute?« Burger schlug sich klatschend auf beide Oberschenkel. »Sie stürzte die Treppe hinunter. Todesursache: Schädelbasisbruch. Nur eines wird nie mehr beweisbar sein – dass seiner Frau vermutlich auch Zyankali ins Gesicht gesprüht wurde.«

# TEIL IV

Wenn diese Gabriele den Auftrag gehabt hatte, ihn zu töten, wieso hatte sie dann nicht getroffen? Anderson versuchte sich die Szene in Erinnerung zu rufen.

»Herr Burger«, sagte Anderson, »der erste Mordversuch an Maria schlug fehl. Dafür musste Mensers Chauffeur sterben. Der zweite Versuch gelang. Dann war ich an der Reihe. Gabriele, oder wie immer dieser Engel heißt, sollte mich umbringen. Als sie auf mich schoss, stand sie vielleicht zwei Meter von mir entfernt. Wieso hat sie mich verfehlt?«

»Ein Schalldämpfer ist das größte Hindernis für einen genauen Treffer«, sagte der Kommissar.

»Daher! Könnten Sie mir bitte den Schlauch mit der Nadel aus dem Arm ziehen?«

Burger kam ans Bett, bückte sich, riss den Streifen Leukoplast ab, mit dem die Nadel an Andersons Vene festgehalten wurde, zog sie glatt heraus, als mache er das jeden Tag. »Springen Sie jetzt nicht aus dem Bett. Ihr Kreislauf wird ein bisschen schwappen.«

»Helfen Sie mir aufzustehen«, sagte Anderson und streckte Burger den rechten Arm entgegen.

Anderson stand schwankend im Zimmer und schloss die Augen. Er sagte: »Dieses Düsseldorf macht mich verrückt. Erst bleibt man hier, weil man sich als Kavalier aufführt. Dann wird man angeschossen. Ich frage mich, was diese liebliche Perle am Rhein noch alles für mich bereithält.«

»Ich möchte Sie als Köder über die Königsallee laufen lassen, bis irgendjemand mobil wird und ein Maschinengewehr in Betrieb setzt.«

Sie grinsten sich an, und sie waren sich sympathisch, und Anderson wusste genau, dass dieser kleine bullige Mann alle möglichen Regeln seines Berufes überschritt: vom Bruch der Schweigepflicht bis hin zum privaten Verkehr mit einem Zeugen der Anklage.

Burger wohnte in einem kleinen Haus am Rande von Kaiserswerth.

Auf dem schmalen Plattenweg durch den Vorgarten stand ein Halbwüchsiger mit langen Haaren.

»Das ist mein Sohn Willi«, sagte Burger. »Das ist Herr Anderson. Gib ihm vorsichtig die Hand, er ist verwundet.«

»Na so was«, japste der Junge. Er mochte vielleicht fünfzehn Jahre alt sein. »Kommen Sie bitte mit. Aber auf dem Sofa liegt Sophia.«

»Meine Tochter«, murmelte Burger. »Vierundzwanzig. Lehrerin. Progressiv, antiautoritär, für die freie Liebe, gegen zu frühe Babys. Manchmal gegen mich, aber meistens in Ordnung.«

Der Junge lief vor ihnen her. Sie hörten ihn brüllen: »Sophia, verdammt noch mal! Papa bringt einen Verletzten! Runter von der Couch!«

»Ist es nicht besser, wenn ich in irgendein Hotel gehe – unter fremdem Namen?« fragte Anderson.

»Kommt nicht infrage. Ich nehme Sie nicht aus Liebe auf, sondern weil ich nicht weiß, wie groß das Netz der Informanten ist, die Menser zur Verfügung stehen. Sie müssen verschwinden. Und zwar total.

Anderson stand im Eingang des kleinen Hauses wie ein Ganove vor der Tür eines Gefängnisses. Alles in ihm wehrte sich dagegen, in diesem Haus zu leben. »Ich will nicht.«

»Es ist besser so«, meinte Burger. Er schob Anderson in den beängstigend schmalen Hausflur, schloss die Tür und brüllte: »Tilde, mach Kaffee! Wir haben einen Gast!«

Von irgendwoher kam eine Stimme. »Sieh mal an, mein Mann!«

»Jawohl«, knurrte Burger. Dann stapfte er vor Anderson her in ein Zimmer, in dem ein langbeiniges schlaksiges Mädchen, mit langen braunen Haaren, einem bunt karierten Oberhemd und Bluejeans herumfuhrwerkte, um wahrscheinlich so etwas wie Ordnung zu schaffen.

»Das ist Herr Anderson«, sagte Burger.

Sie drehte sich herum und sah ihn misstrauisch an. »Guten Abend.«

Anderson nickte und starrte sie an. Sie trug eine viereckige randlose Brille, hatte einen scheußlichen malvenfarbenen Lippenstift aufgelegt und zeigte einen

Gesichtsausdruck, der Anderson einwandfrei als Störenfried kennzeichnete.

»Sophia ist immer so«, sagte hinter ihm der Junge.

»Halt den Mund!«, sagte das Mädchen scharf. Dann nahm es einen Armvoll Bücher und schob sich an den Männern vorbei in den Flur. »Ich wünsche einen vergnüglichen Abend.«

Anderson wandte sich zu Burger. »Ich gehe. Sie haben doch gar nicht genügend Platz hier.«

»Wir haben. Sie bleiben hier!« Er ging ans Telefon, wählte und fragte aggressiv: »Sind die Fahndungsmeldungen nach dieser Gabriele schon raus? Gut. Versucht eine Verbindung zwischen ihr und Menser zu finden. Die Besprechung beginnt um acht.« Dann legte er auf und sagte zu Anderson: »Nehmen Sie es nicht so tragisch. Sie könnten auch tot sein.«

In der Tür stand eine rundliche Frau mit braunen Augen. Sie trug ein Tablett mit Kanne und Tassen.

»Ich störe doch nur«, sagte Anderson.

»Durchaus nicht. Es ist bei uns nicht so, wie Sie vielleicht gedacht haben.« Sie sah ihren Mann an. »Aber ich finde, wir sind eine gute Familie.«

Burger verließ das. Haus.

»Man könnte doch einen Sekt besorgen oder so etwas«, sagte Anderson. »Ich gebe eine Flasche aus. Schließlich bin ich fast eine Leiche gewesen.«

»In Ordnung«, sagte Willi. »Endlich wird der Staub rausgeblasen. Die ›Klause‹ hat auf. Ich hole das Zeug.«

Anderson nickte und dachte an die Zeit, in der er selbst so alt gewesen war wie dieser Willi. Er nahm seine Brieftasche, gab sie dem Jungen und sagte: »Bring bitte Zigaretten mit, ein paar Flaschen Sekt, vielleicht einen Kognak.«

Der Junge sah auf die Brieftasche. »Aber ich brauche doch nicht die ganze Brieftasche!«

»Sicher nicht«, sagte Anderson ruhig. »Aber du kannst herausnehmen, was du brauchst.« Er dachte daran, dass er einmal diese Art von Vertrauen gebraucht und nicht bekommen hatte. In der Brieftasche waren zweitausend Mark.

»Nimm die Tasche aus der Küche«, sagte Frau Burger.

»Haben Sie oft Gäste meiner Sorte?«

»Nein.« Sie lachte. »Mein Mann hat einen Narren an Ihnen gefressen. Und außerdem sind Sie seine Trumpfkarte. Das wissen Sie doch, oder?«

»Er hat manchmal eine Marotte«, sagte Sophia.

Anderson ärgerte diese Bemerkung. »Wenn alle diese Marotten hätten, könnte man friedlich leben.«

Der Junge kam durch den Flur gekeucht. »Mann, o Mann, ich habe aber siebenundvierzig Mark und fünfunddreißig ausgegeben.«

Anderson neigte sich zu Sophia. »Darf ich Sie zu einem Glas einladen?«

»Wenn Sie wollen«, sagte das Mädchen.

›Kalt wie eine Hundeschnauze‹, dachte Anderson. Eines Tages wird sie vor dem Spiegel stehen, die ersten Falten sehen und losheulen. Und dann schickt sie heimlich unter Chiffre eine Anzeige ein: »Dame, vierzig, schlank, sucht Partner zum Gedankenaustausch.«

Als das Telefon klingelte, war es zehn Uhr, und unten vom Rhein hörte man das aufdringliche Tuten eines Lastkahns.

»Es ist für Sie«, sagte Frau Burger.

Anderson stand auf, nahm den Hörer.

Burger war aufgeregt. Er sprach schnell und wiederholte einige Sätze. »Sie müssen zum Flughafen rauskommen. Zu dieser Müllkippe. Wir haben was gefunden.«

»Was?«

»Gabriele Soundso.«

»Sonst noch etwas?«, fragte Anderson.

»Was wollen Sie denn noch? Nehmen Sie kein Taxi. Nehmen Sie den Wagen von Sophia. Kapiert?«

Anderson legte den Hörer auf und sagte: »Ich brauche Ihren Wagen.«

»Nein!«

»Ihr Vater will nicht, dass ich mit einer Taxe fahre.«

»Warum nicht?«

»Wahrscheinlich glaubt er, dass man mich dann leichter verfolgen kann«, sagte Anderson kühl. »Geben Sie mir die Schlüssel.«

»Nein!«

»Ich habe gedacht, das hier wäre ein Team oder so etwas. Ich will Ihrem Vater helfen. Reicht es Ihnen, wenn ich eine Kaution hinterlege?«

»Nein.«

»Willi, ruf mir ein Taxi«, bat Anderson.

»Jawoll«, sagte der Junge. Er war schon am Telefon, ehe er dieses etwas zackige ›Jawoll‹ herausgebracht hatte.

Es passierte auf der Kreuzung, an der die Straße westwärts nach Angermund abbiegt, und es passierte schnell und bellend.

Hinter Anderson zerbarst die Heckscheibe des Taxis. Glasbrocken flogen ihm um den Kopf. Ein schwarzer Wagen huschte auf der Straße vorbei.

Anderson lag seitwärts auf dem Sitz.

»Mann!«, sagte der Fahrer, »raus jetzt, oder es knallt!« Er hatte sich umgewandt und hielt einen Revolver in der Hand.

Anderson sagte ohne eine Spur von Erregung: »Kriminalpolizei.«

Der Mann begann zu stottern: »Das Auto«, sagte er, »es ist neu!«

»Fahren Sie irgendwo in eine Einfahrt«, sagte Anderson.

Der Mann fuhr an, die Reifen kreischten, dann standen sie vor einer Garage.

»Der Wagen«, sagte der Mann wieder.

»Kriminalpolizei«, sagte Anderson. »Sie bekommen den Schaden ersetzt.« Er war auf die Schulter gefallen, es tat alles weh, es brannte, es vibrierte.

Und plötzlich war da die Stimme von Sophia.

Anderson hob vorsichtig den Kopf. Er sah ihr Gesicht. Sie trug keine Brille.

»Schnell«, sagte Anderson. »Ich steige um.« Er beugte sich nach vorn. »Sie fahren direkt zum Polizeipräsidium. Wenden Sie sich an die Mordkommission. Aber kein Wort zu sonst irgendjemandem. Hier ist Geld.« Er drückte dem Mann einige Scheine in die Hand.

Anderson stieg aus und rannte auf die Straße.

»Wie konnte ich nur so störrisch sein!« sagte Sophia schluchzend.

»Los!«, rief Anderson.

Sophias Auto war ein Fiat 500, und er hatte Schwierigkeiten, seine langen Beine unterzubringen.

»Ich kann nicht fahren«, sagte sie. »Ich bin vollkommen durcheinander.«

»Dann fahre ich.«

»Und Ihr Arm?«

»Zeigen Sie mir lieber den Weg!«

»Ich verstand überhaupt nicht, weshalb Papa Sie mitgebracht hat. Sie waren so verdammt arrogant.«

»Ich war nur unsicher. Unsichere Leute wirken oft arrogant. Und nun sagen Sie mir, wie ich fahren muss.«

»Geradeaus. Haben Sie eigentlich etwas gegen meine Familie?«

»Warum sollte ich?«

»Tut Ihr Arm sehr weh?«

»Könnte besser sein. Sie sollten einmal die Ventile nachsehen lassen.«

»Ich habe doch kein Geld.«

»Dann mache ich es morgen«, sagte er. »Ich war mal Kraftfahrzeugschlosser.«

»Warum haben Sie das nicht gleich gesagt?«

»Weil es Sie nichts angeht.«

»Ich finde Sie eigentlich nicht schlecht. Halt! Rechts rein!«

»Ich bin auch nicht vorbestraft«, sagte er und dachte: Diese Sorte Leben einmal pro Jahr ist für den Kreislauf besser als vier Wochen Teneriffa.

»Da ist der Flughafen«, sagte Sophia. »Mein Vater wird schimpfen, wenn ich mitkomme.«

»Sie sind doch erwachsen.«

»Aber wie ich aussehe! Nur Jeans und dieses Hemd. Und keinen BH.«

»Und keinen was?«

»BH.«

Sie fuhren an dem sehr hell erleuchteten Flughafengebäude vorbei und bogen hinter den Parkplätzen auf die Stichstraße ein, die zu den Schutthalden führte.

»Sie bleiben drin«, sagte Anderson.

Vor ihm stand eine Gruppe von Männern, und mitten darin sah er den heftig gestikulierenden Burger.

»Guten Abend«, sagte Anderson. »Ich bin schon wieder beschossen worden.«

»Wie bitte?«, fragte Burger. Es herrschte ein eisiges Schweigen.

Plötzlich sagte Sophia: »Es stimmt, Papa.« Sie kam heran, sodass einer der Scheinwerfer sie voll im Licht hatte. »Ich wollte ihm meinen Wagen nicht geben. Da ließ er Willi ein Taxi rufen. Aber ich hatte so ein ungutes Gefühl. Kaum war er weg, setzte ich mich in meinen Wagen und fuhr hinterher. Unterwegs überholte mich eine dunkle Limousine. Es war wohl ein Opel. Und dann krachte es. Sie schossen auf ihn.«

»Hast du das Kennzeichen des Wagens?«

»Er hatte überhaupt kein Nummernschild.«

»Na, denn«, sagte Burger. »Setz dich in deinen Wagen.«

»Ja«, sagte sie zaghaft und ging.

»Kommen Sie, Herr Anderson«, sagte Burger. »Ich will Ihnen etwas zeigen.«

»Wie hat man sie umgebracht?«

»Mit einer Drahtschlinge.«

»Hat Menser ein Alibi?«

»Und was für eins! Während diese Frau hier ermordet wurde, saß Menser in Ihrem Hotel und aß zu Abend. Dafür gibt es mehr als hundert Zeugen.«

»Also hat er nichts damit zu tun?«

»Selbst hat er es nicht gemacht, aber er hat es tun lassen. Und zwar wahrscheinlich durch den zweiten Mann, der bei dem Mordversuch an Fräulein Schloßheim dabei war. Denn ein Zeuge hat wiederum einen weißen BMW hier an der Müllkippe gesehen.«

»Das dürfte doch reichen«, sagte Anderson empört.

»Eben nicht. Denn der weiße BMW trug gestohlene Kennzeichen. Und er liegt unten in der Müllkippe. Und darin liegt die Leiche eines Mannes.« Er begann vorsichtig, den Müllberg hinunterzuklettern. »Ich wollte Ihnen von der vierten Leiche nichts sagen, um Sie nicht unnötig aufzuregen.«

Anderson machte eine heftige Bewegung mit beiden Armen. »Burger, ich möchte jetzt gehen. Ich halte das nicht durch.«

»Sie bleiben!«

»Aber nicht in Ihrem Haus. Ich verkrieche mich.«

»Wie Sie wollen«, sagte Burger. »Aber darf ich Ihnen wenigstens den Tipp geben, sich gut zu verkriechen?«

»Steckt wirklich Menser dahinter?«

»Diese Gabriele hatte einen Zettel bei sich, der möglicherweise von Menser beschrieben ist. Aber die Sachverständigen werden sich darüber streiten.«

# TEIL V

Gert Anderson wandte sich um und kletterte den Müllberg hinauf. Einmal rutschte er aus. Er war total verschmutzt, als er Sophia und ihren kleinen Wagen erreichte. »Los, fahren wir!«

»Einen Augenblick noch«, sagte sie hastig und starrte hinaus in das Licht der Scheinwerfer. Die Leiche der Frau, die sich Gabriele genannt hatte, wurde gerade fortgetragen. »Was ist das eigentlich für ein Fall? Papa hat mir nichts davon erzählt. Er ist immer so schweigsam.«

»Man hat da unten zwei Tote gefunden. Und Ihr Vater weiß nichts damit anzufangen. Das heißt, er hat einen Täter, aber keinen Beweis.«

»Und was haben Sie damit zu tun?«

»Ich bin rein zufällig hineingeschliddert«, murmelte Anderson nachdenklich. »Aber jetzt sind alle Beteiligten erledigt, und ich kann mich wieder frei bewegen.«

»Ich denke, es gibt einen Täter?«

»Nun ja, aber man kann ihm eben nichts beweisen. Er wollte übrigens auch mich aus dem Wege räumen lassen.«

»Und jetzt will er das nicht mehr?«

»Nein. Warum sollte er? Er hat alle Beteiligten zum Schweigen gebracht. Ich gehe in ein Hotel und fliege morgen ab. Es reicht mir endgültig!«

»Sie haben einen Fehler gemacht. Dieser Mann will Sie immer noch töten, denn er hat auf Sie schießen lassen, als die beiden da in der Müllkippe schon tot waren.«

Anderson startete den kleinen Fiat und fuhr am Flughafengebäude entlang der Stadt zu. Angst stieg in ihm auf. Die kleine Lehrerin hatte recht.

Er versuchte abzulenken.. »Glaubt Ihr Vater eigentlich wirklich, das Sie für freie Liebe und so weiter sind?«

»Nein«, sagte Sophia Burger. »Er hat mich längst durchschaut. Irgendwann hatten wir einen Krach, und ich habe ihm gesagt: ›Verdammt noch mal‹, habe ich gesagt, ›damit du es weißt, ich liege dauernd mit einem anderen Mann im Bett.‹ – Und wissen Sie, was er geantwortet hat?«.

»Nein«, sagte Anderson.

»Gar nichts. Er hat nur gelacht. Er ist eben ein netter Kerl, obwohl er ein Bulle ist.«

»Ein was?«

»Na ja, ein Bulle«, sagte sie etwas kläglich. »So sagt man doch heute.«

»Trimmen Sie sich doch nicht mit Gewalt auf rotzfrech«, murmelte Anderson. »Das steht Ihnen gar nicht.« Dieses langbeinige, arg zerknitterte Wesen neben ihm, das Bluejeans trug, ein Sporthemd und nach eigenem Geständnis keinen BH, verwirrte ihn.

Er sagte: »Jetzt fahren wir meinen Koffer holen, Sie ziehen sich ein Kleid an und meinetwegen auch einen BH, und dann gehen wir essen.«

»Mein Vater würde niemals dulden, dass ich mit einem fremden Mann ...«

»Mund halten!« sagte Anderson unhöflich. »Ich will Sie ja nicht heiraten.«

»Das fehlte mir noch«, murmelte Sophia. In ihrer Stimme war träge Zufriedenheit. »Also meinetwegen. Aber nur ein paar Frikadellen, ein Bier und so was.«

»Mund halten«, sagte Anderson. »Ich habe Wundschmerzen und möchte mich ihnen ganz hingeben.«

Sie mussten lachen. Anderson beschwerte sich: »Jedesmal, wenn ich lache, tut es weh. Seien Sie also gefälligst traurig!«

»Haben Sie interessante Menschen hier kennengelernt?« fragte sie.

»Ja«, sagte Anderson vergnügt. »Zum Beispiel eine Frau, die mich umbringen wollte.«

»War sie hübsch?«

»Ja, es geht.«

»Waren Sie in sie verliebt?«

»Nein«, sagte Anderson.

»Sind Sie oft verliebt?«

Er murmelte: »Neulich war ich es einmal. Aber die Sache ging schief.«

»Wieso?«

»Sie ist tot. Sie ist jetzt eine der Leichen, die Ihrem Vater so viel Kummer machen.«

»Das wollte ich nicht«, sagte sie zornig und sehr rasch. »Ich trample immer herum wie ein Elefant.«

»Schon gut«, sagte Anderson. »Ich bin mittlerweile auf Tritte eingerichtet.«

Burgers Haus kam in Sicht.

Es war fast Mitternacht, als sie in dem kleinen Fiat in die Innenstadt fuhren. Anderson nannte ganz mechanisch den Namen seines Hotels. Der Reiz des Abenteuers begann seine Vernunft zu überziehen wie ein dichtes Tuch.

»Das ist teuer und vornehm«, sagte Sophia. Aber es lag kein Vorwurf darin.

»Eben!«, erwiderte Anderson knapp.

Sie trug ein bunt geblümtes und sicherlich selbstgeschneidertes Kleid. Als sie neben ihm ging, bemerkte er, das sie sehr lange Beine hatte und gar nicht schlaksig wirkte. Und der Ausschnitt des Kleides wäre für ihre Schüler jugendgefährdend gewesen.

Anderson sah in ihr sehr weiches Gesicht. »Dieser Lippenstift ist besser als der malvenfarbene von vorhin.«

»Er passt zum Kleid«, sagte sie heiter.

Sie bekamen einen Tisch in einer Nische und begannen mit eiskaltem Wodka. Sophia war nach dem dritten Glas beschwipst und kicherte über jede Bemerkung, die Anderson machte.

Er dachte: Sie ist noch ein Kind. Aber immerhin ist ihr Vater ein netter Kerl, und warum soll ich nicht mit einem Kind feiern? Diese verdammte Mordgeschichte ist zu viel für mich. Ich feiere die Ruhepause mit einem Kind, und das Kind freut sich. Was will man mehr?

Sie aßen mit Heißhunger, und Sophia sagte ganz ungeniert: »Legen Sie ruhig noch etwas zu. Vor meiner Pensionierung komme ich nicht mehr hierher.«

»Bitte?« fragte der Ober.

»Ich sagte, ich habe Hunger«, stammelte sie verlegen.

Zwei Stunden später machten sie sich leicht angetrunken auf den Weg in die Altstadt, sangen Schnulzen und humpelten hintereinander her, ein Bein auf dem Bürgersteig, eines auf der Fahrbahn.

»Ich finde es schön«, sagte Sophia. »Warum bleiben Sie nicht ein paar Tage länger? Man könnte doch so etwas öfter machen.«

»Ich muss wieder Geld verdienen«, sagte er. »Außerdem kann ich dieses verdammte Düsseldorf nicht mehr ertragen. Zu viele Leichen!«

Sie fasste seinen Arm. »Da drüben ist ein Schuppen, in dem Jazz gemacht wird. Wollen wir?«

»Na, sicher!«, sagte Anderson. Er verstand zwar überhaupt nichts von Jazz, aber er wollte ihr jeden Gefallen tun. Denn sie war ein netter Kerl. Jawohl, das war sie, ein netter Kerl! Ein bisschen mehr Busen vielleicht, aber das konnte noch kommen. Er kicherte: »Ich sehe in drei Jahren noch einmal nach.«

»Wie bitte?«

»Na ja, ich komme noch einmal nachsehen«, sagte. er. Er fand es tröstlich, in die Albernheit flüchten zu können.

Es wurde eine lange Nacht.

Als sie das Haus des Kommissars erreichten, war es sechs Uhr morgens und quälend hell. Andersons Wunde schmerzte, und er sagte: »Ich Idiot musste auch noch tanzen!«

»Sie mussten nicht«, sagte Sophia, »Sie wollten.«

»Na, meinetwegen«, sagte Anderson. »Auf jeden Fall werde ich einen dicken Schädel haben.«

»Anderson!«, sagte Burger scharf. Er stand in der Tür zur Küche. »Warum sind Sie so einfach losgezogen?«

»Ich bin kein Kriminalist«, sagte Anderson müde. »Ich brauche gelegentlich Abwechslung, wenn mir zu viele Leichen begegnen.«

Burger machte einen vollkommen übernächtigten Eindruck. Er sagte: »Sophia, vergiss nicht, dass du um halb acht in der Schule sein musst. Und Sie« – er wandte sich Anderson zu – kommen mit mir ins Schauhaus. Ich möchte einen Versuch machen.«

»Schon wieder ein Toter?«, fragte Anderson. Und dann begann er unvermittelt zu brüllen: »Sind Sie eigentlich wahnsinnig geworden? Jetzt sind doch alle tot. Was soll ich denn noch hier? Glauben Sie, es macht mir Freude, ständig in neue Mordfälle hineinzurutschen? Ich habe die Nase voll. Ich fliege heute Morgen nach Zürich. Ist das klar?«

»Nein«, sagte Burger matt. »Das ist überhaupt nicht klar. Sie haben Angst.«

»Auf Wiedersehen«, sagte Sophia, »und vielen Dank!« Sie sah ihn an und ging an ihm vorbei die Treppe hinauf.

»Ich werde doch fahren!«, sagte Anderson bockig.

Burger bekam ein krebsrotes Gesicht. »Sie fahren nicht, Sie großkotziger Aktionär! Ich habe gedacht, wir verstehen uns.«

»Das tun wir doch auch«, sagte Anderson schwach, »aber meine Nerven sind für so etwas nicht gebaut.«

Burger schob ihn in die Küche. »Setzen Sie sich! Da steht Kaffee.«

Anderson ließ sich widerwillig auf die Eckbank sinken, deren Lack stumpf war und abblätterte. Burger setzte sich ihm gegenüber.

»Wieso haben Sie beim Anblick der Leiche des Mannes in dem weißen BMW sofort auf Zyankali getippt?«

»Weil sein Gesichtsausdruck so friedlich war, als hätte er den Sturz in die Müllkippe mit dem Wagen überhaupt nicht mehr erlebt.«

»Stimmt«, sagte Burger, »er war tatsächlich schon tot, als er mit dem Wagen in die Müllkippe jagte. Und er ist vermutlich der Mann, der vorher diese Gabriele umgebracht hat.«

»Wie spielte sich das Ganze ab?«, fragte Anderson widerwillig.

»Ganz einfach«, sagte Burger. »Wir haben es rekonstruieren können. Diese Gabriele, oder wie sie auch immer hieß, wurde am Flughafen von dem Fahrer in dem weißen BMW empfangen. Dafür haben wir zwei Zeugen. Sie fuhren zur Müllkippe. Dort brachte der Fahrer die Frau um und verfrachtete sie hinunter in den Müll. Als er wieder nach oben kam, sprühte ihm jemand Zyankali ins Gesicht, setzte ihn in den Wagen und schob die Karre den Abhang hinunter. Täter unbekannt. Philipp Menser kann es nicht gewesen sein. Er saß zur selben Zeit im Hotelrestaurant. Trotzdem glaube ich, dass er dahintersteckt Also war es leichtsinnig von Ihnen, heute Nacht bummeln zu gehen. Und ausgerechnet mit meiner Tochter!«

»Tut mir leid«, sagte Anderson matt. »Haben Sie Menser irgendetwas nachweisen können?«

»Nicht das geringste«, sagte Burger. »Den Zettel, den die tote Gabriele bei sich hatte, hat er auch nicht geschrieben.«

Anderson sagte nachdenklich: »Ich möchte diesen Menser kennenlernen. Ein Mann, der so viele Menschen tötet, ohne eine Spur zu hinterlassen, muss sehr intelligent sein.« Die Wunde schmerzte nicht mehr. Das erfüllte ihn mit einer Art kindlicher Dankbarkeit.

Burger zündete sich eine Zigarre an. »Für uns beide steht fest, dass Menser, der hochehrenwerte, wohlhabende Industrielle, dahintersteckt. Sein Chauffeur und seine Sekretärin wurden ermordet. Wahrscheinlich starb auch seine Frau vor drei Jahren nicht eines natürlichen Todes. Nun haben wir diesen Toten in dem weißen BMW. Sind Sie sicher, dass es der ist, der bei dem Mordversuch an Maria Schloßheim dabei war?«

»Nein, ich bin nicht sicher. Tote sehen immer anders aus.«

»Eben deshalb dürfen Sie nicht gehen«, sagte Burger. »Ich habe etwas für Sie herrichten lassen. Kommen Sie!«

Es ging zum zweiten Mal ins Schauhaus, und die Szenerie traf Anderson wie ein Schlag. Durch eine der großen Flügeltüren an der Stirnwand hatte man einen weißen BMW in den Saal gefahren. Das Licht der Neonröhren wirkte grell und grausam enthüllend. Um den Wagen standen mehrere Männer.

Burger wandte sich an Anderson. »Auf dem Rücksitz des Wagens liegt die Leiche unseres Freundes aus der Müllkippe. Vielleicht erkennen Sie ihn wieder, wenn wir alles noch einmal so machen, wie es beim Mordversuch an Maria Schloßheim war. Stimmt die Entfernung etwa?«

»Ja«, murmelte Anderson. Sein Mund war völlig trocken. »Vielleicht muss ich noch zwei Schritte zurückgehen.« Er ging zwei Schritte zurück und spürte an seinem Rücken das kühle Metall der Stahltür.

»Führen Sie uns die Sache mal vor«, sagte Burger genüsslich.

Gert Anderson überlegte kurz. »Einer muss an das Steuer«, sagte er. Und dann: »Jetzt bitte die Tür öffnen, an den hinteren Wagenschlag gehen und ihn aufreißen.«

Der Mann hinter dem Steuer gehorchte.

»Nehmen Sie eine Waffe in die Hand. Jetzt den Toten herausziehen. Der Mann rutschte auf den Knien rückwärts heraus und zog Maria an den Haaren hinter sich her. Dabei stand der andere mit der Waffe seitwärts. Als Maria auf den Boden fiel, setzte sich der Mann, der sie herausgezogen hatte, sofort hinter das Steuer. Der andere richtete die Waffe auf Maria. Dann schoss er auf mich.«

»Also los«, brüllte Burger, »macht schon, zieht ihn heraus!«

Der Beamte mit der Waffe trat einen Schritt beiseite, ein anderer zog den Toten rückwärts aus dem Wagen.

Als der Kopf des Mannes erschien, murmelte Anderson: »Das war er!«

»Danke«, sagte Burger. »Gehen wir ein Bier trinken!«

Es war eine Kneipe, in der sehr viele Männer an großen Fässern standen. Das Bier in schmalen, zylindrischen Gläsern war dunkel.

»Diese Gabriele hat Sie ermorden wollen«, sagte Burger. »Nehmen wir einmal an, es geschah auf Mensers Befehl. Fällt Ihnen dabei nichts auf?«

Anderson überlegte und trank einen Schluck Bier. »Ich bin müde«, sagte er. »Mein Gehirn funktioniert nicht mehr sehr gut.«

»Die Morgenzeitungen haben über den Fall noch nicht berichtet. Menser weiß also nur, dass die Frau bei Ihnen war und schoss. Aber beide wussten nicht, dass Sie noch leben.«

»Was soll das?«, fragte Anderson.

»Ich muss mich rasieren«, sagte Burger völlig unmotiviert. »Sie übrigens auch. Lassen Sie uns nach Hause fahren.«

Anderson war von einer beinahe tödlichen Gleichgültigkeit. Er stapfte wortlos hinter dem Kommissar her. Im Wagen schloss er die Augen und schlief sofort ein.

Später, als sie nebeneinander vor dem Waschbecken standen und sich rasierten, murmelte Burger: »Ich muss mich bei Ihnen bedanken, dass Sie das alles so fein mitmachen.«

»Ich mache nicht fein mit«, widersprach Anderson, »ich werde gezwungen.«

»Das ist eine Frage des Standortes«, sagte Burger gemütlich. »Jetzt schlafen wir erst einmal zwei Stunden, und dann sehen wir weiter.«

Anderson schlief schlecht. Als er schweißgebadet erwachte, saß Burgers Frau neben ihm und sagte sanft: »Hier ist eine Tasse Kaffee. Sophia lässt fragen, wie es Ihnen geht.«

»Warum fragt sie nicht selbst?« murmelte Anderson aggressiv. »Wie spät ist es?«

»Erst elf«, sagte die Frau. »Ich werde Sophia holen.«

Sophia kam herein. Sie wirkte ein wenig verlegen. »Wie geht es Ihnen?«

»Gut«, sagte Anderson. »Wenn Ihr Vater nicht wäre, ginge es mir noch besser.«

Sie lachte, aber es war ein kläglicher Versuch. »In der Schule war es langweilig. Es gab nur Rechnen und Schreiben und ein wenig Lesen. Heute Nacht war es interessanter.«

»Hat Ihr Vater Sie nicht ausgeschimpft?«

Sie setzte sich auf einen Hocker und sah verblüffend hübsch aus.

»Beschimpft hat er mich nicht gerade. Er hat nur gesagt, ich solle mich von so einem Mann wie Ihnen nicht beeindrucken lassen. Er hat gesagt, Sie würden auch nur mit Wasser kochen.«

»Das ist richtig«, antwortete Anderson heiter. »Aber es gibt Wasser unterschiedlicher Qualität.«

Sophia lächelte etwas mühsam. »Wann werden Sie Düsseldorf verlassen?«

»Fragen Sie mein Kinderfräulein«, sagte Anderson. »Ich bin vollkommen im Unklaren, was Ihr Vater mit mir vorhat.«

»Das ist jeder«, stellte sie ruhig fest. »Mein Vater geht immer sehr eigene Wege.«

»Den Eindruck habe ich auch.« Anderson langte nach seinen Zigaretten auf dem Stuhl. »Haben Sie Muskelkater vom Tanzen?«

»Ein bisschen«, sagte sie. »Ich tanze nicht sehr oft.«

»Das sollten Sie ändern.« Anderson drückte die Zigarette im Aschenbecher aus. Ich rauche noch immer zu viel, dachte er mechanisch. Man müsste so etwas wie einen Charakter haben und nicht mehr rauchen. Er fragte: »Wollen wir etwas spazieren gehen?«

Sophia nickte, aber in der Tür stand Burger und sagte: »Daraus wird nichts. Ich brauche Sie. Sie müssen jetzt zum Essen fahren.«

Sophia verzog den Mund und stand auf. Sie sagte: »Bis heute Abend! Zur nächsten Leiche fahre ich Sie. Aber vielleicht gibt es heute ausnahmsweise keine.«

»Hau ab!«, sagte Burger zärtlich.

Sophia ging hinaus, und Anderson fragte matt: »Wen soll ich denn jetzt wieder identifizieren?«

»Sie sollen essen gehen«, wiederholte Burger. »Richtig teuer und stundenlang essen.«

»Auf Kosten der Polizei?«

»Nein, auf eigene Kosten«, sagte Burger. »Und zwar in Ihrem Hotel, in Ihrem Restaurant.«

»Wieso das?«

»Weil Menser auch dort sitzt. Und zwar jeden Mittag und jeden Abend. Ich habe für Sie den Tisch ihm gegenüber reservieren lassen. Im Restaurant sitzen drei meiner Leute. Sie brauchen also keine Angst zu haben. Sie gehen hinein, schlenkern mit den Armen, tun so, als sei nichts gewesen, und setzen sich hin. Dann bestellen Sie sich ein gutes Essen und hauen kräftig rein. Natürlich wäre es gut, wenn Sie ohne Armschlinge gingen. Die Wunde tut doch nicht mehr weh, oder?«

»Nein«, sagte Anderson verwirrt.

»Also gut«, seufzte der kleine Mann. »Sie setzen sich da hin, essen und bestellen einen prima Wein. Aber bitte langsam essen, schließlich sind Sie ein Genießer, nicht wahr? Und zwischendurch starren Sie ausgiebig den Herrn Menser an.«

»Was soll denn das, zum Teufel?«, fragte Anderson.

Burger machte aus seinem Unwillen kein Hehl. »Haben Sie nicht selbst den Wunsch geäußert, Menser etwas näher kennenzulernen?«

»Ja, das schon«, sagte Anderson gequält. »Nur, was soll dieses Theater im Restaurant?«

»Ganz einfach«, sagte Burger. »Menser glaubt doch, Sie wären tot. Und ich möchte einmal sehen, was er für ein Gesicht macht, wenn Sie mit ihm zusammen zu Mittag essen.«

## Teil VI

Sie fuhren gegen zwölf Uhr mittags; die Sonne war unangenehm grell, die Luft war feucht.

»Es ist ganz einfach«, sagte Burger. »Sie gehen in das Restaurant. Sie sitzen Menser gegenüber am Tisch. Er glaubt, Sie seien tot. Nun sitzen Sie plötzlich da. Ich will seine Reaktion erleben, verstehen Sie das?«

»Ich verstehe«, sagte Anderson. »Wie viele Ihrer Leute werden im Restaurant sein?«

»Drei. Sie sitzen so verteilt, dass sie Menser genau beobachten können. Ich werde ihn vom Küchendurchgang aus im Auge behalten.«

Anderson überlegte – und fand den Fehler schon nach kurzer Zeit: »Ich habe nicht vermutet, dass Sie so einen groben Schnitzer machen könnten. Sie laufen mit einem Denkfehler herum.«

Burger reagierte nicht.

»Sie wollen mich diesem Menser als große Überraschung präsentieren«, sagte Anderson nicht ohne Schadenfreude. »Ich kann aber doch gar keine Überraschung sein! Er hat auf mich geschossen oder schießen lassen, als ich aus Ihrem Haus kam. Also weiß er, dass ich noch lebe.«

Burger antwortete eine Weile nicht, aber es wurde deutlich, dass er getroffen war. »Sie haben recht, ich habe das übersehen. Das verändert die Lage. Man übersieht meistens die einfachsten Dinge.« Er seufzte.

»Ich möchte trotzdem essen gehen«, murmelte Anderson. »Vielleicht sieht man eine hübsche Frau oder so etwas. Irgendetwas, das angenehmer aussieht als Sie.«

»Hm.« Burger klopfte ungeduldig auf das Lenkrad. »Menser wird es als Herausforderung ansehen, wenn Sie sich ihm gegenübersetzen.«

»Das soll er«, sagte Anderson. »Setzen Sie mich hier ab. Ich laufe das letzte Stück zu Fuß.« Er öffnete die Tür und stieg aus.

Gert Anderson ging langsam hinüber zum Eingang des Restaurants. Er stieß die Schwingtür auf und sah sofort die beiden kleinen Tische mit den Schildern *Reserviert*. Menser war noch nicht da.

Anderson sah sich um. Er konnte niemanden entdecken, der so aussah wie ein Kriminalbeamter. Er ging zu seinem Tisch und setzte sich.

Kurze Zeit später kam Menser herein. Anderson sah Menser an, und Menser lächelte ihm zu wie einem Bekannten. Er verbeugte sich sogar leicht.

Was soll das? dachte Anderson verblüfft.

Menser setzte sich, legte eine Zeitung neben das Besteck; nahm die Speisekarte und begann darin zu lesen.

Anderson sah ihn unverwandt an. Als Menser den Blick hob, stand ein offenes, freundliches Lächeln in seinen Augen. Anderson starrte in sein Glas. Er kam sich unsagbar dumm vor.

Plötzlich stand Menser neben ihm und fragte: »Sie gestatten?«

»Natürlich«, sagte Anderson mit trockenem Mund.

Menser setzte sich. Er war ein schlanker, großer Mann, vielleicht fünfzig Jahre alt. Sein Gesicht war eines von den Gesichtern, die man gewöhnlich als ›gütig‹ bezeichnet. Sein Haar war grau und weiß, modern geschnitten; im Nacken lang.

Er sagte ohne jeden Unterton: »Ich wirke vielleicht aufdringlich, aber ich denke, wir sind beide in denselben Fall verwickelt. Ich habe gehört, dass man versucht hat, Sie umzubringen. Charly an der Bar hat es mir erzählt.«

»Gestern Abend hat man wieder versucht, mich zu erschießen. Ich weiß nicht, warum. Denn ich sehe keinerlei Zusammenhänge«, sagte Anderson. »Ich bin auf jeden Fall froh, wenn ich aus dieser Mühle heraus bin.«

»Das kann ich verstehen«, sagte Menser. »Wenn man sogar versucht, Sie in einem Taxi zu erschießen.«

»Diese Mordfälle sind bestimmt nicht so schnell aufzuklären«, murmelte Anderson nachdenklich.

»Hat Burger Ihnen das gesagt?«, fragte Menser. »Soviel ich weiß, wohnen Sie doch unter seinem Schutz in seinem Haus. Charly an der Bar hat es mir erzählt«

»Ja«, sagte Anderson, »das ist richtig.« Er dachte: Charly an der Bar! Warum müssen die Leute so viel schwätzen? Er stand auf und sagte: »Entschuldigen Sie mich einen Moment.«

»Natürlich«, sagte Menser liebenswürdig.

In der Toilette riss Anderson ein schmales Fenster auf und atmete einige Male tief durch.

Hinter ihm fragte Burger leise: »Na, und?«

Anderson drehte sich um. Er sagte: »Menser ist der Mörder. Ich habe jetzt einen Beweis. Menser hat einen Fehler gemacht. Ich erzählte ihm, man habe gestern Abend erneut auf mich geschossen. Und er sprach gleich darauf von einem Taxi. Das hatte ich ihm nicht gesagt Nichts von einem Taxi. Woher weiß er das?«

Burger sagte verblüfft: »Das ist gut, das ist sehr gut! Sie müssen verschwinden. Sie gehen nicht wieder zurück an diesen Tisch, sondern fahren zu mir nach Hause.«

»Er weiß, dass ich bei Ihnen logiere«, sagte Anderson trocken. »Charly an der Bar hat es ihm erzählt. Ich werde zurückgehen. Dieser Mann ist klug. Ich muss ihn davon überzeugen, dass ich nichts weiß, dass ich völlig ungefährlich bin. Also gehe ich zurück an den Tisch.«

»Nein«, sagte Burger. »Warum ein solches Risiko?«

»Ich will weiterleben«, erwiderte Anderson. Dann begriff er plötzlich, dass Burger ihn nicht aus der Toilette herauslassen würde. Er sagte:. »Grüßen Sie Sophia von mir!« Gleichzeitig stieß er dem kleinen Mann seine Faust in den Magen.

Burger knickte zusammen und hielt sich mit beiden Händen den Leib. Dann fiel er zurück gegen die Tür.

»Entschuldige«, sagte Anderson und verspürte plötzlich Ekel vor sich selbst. Er stieg über Burger hinweg, der erstickt sagte: »Du Idiot, bleib doch hier!«

Anderson ging in den Speisesaal zurück, setzte sich an den Tisch und sagte: »Ich werde einen Spaziergang machen, denke ich. Frische Luft wird mir guttun.«

Menser nickte gedankenvoll. Er murmelte: »Wissen Sie was? Sie fahren mit mir. Ich setze Sie im Jachthafen ab. Dort habe ich ein kleines Motorboot, es heißt ›Poseidon‹. Legen Sie sich auf die Deckplanken und sonnen Sie sich. Ich muss leider in die Fabrik zurück.«

»Mach ich«, sagte Anderson.

»Kommen Sie mich heute Abend besuchen.« Menser gab Anderson seine Karte ...

Das Motorboot ›Poseidon‹ war größer, als er erwartet hatte.

Anderson ging an der Reling entlang nach vorn unter den Mast, zog das Jackett aus und legte sich auf die heißen Planken. Er schlief ein und wachte erst auf, als ein Mädchen ihn mit der Fußspitze leicht in die Seite stieß.

»Wer sind Sie denn?«, fragte das Mädchen.

Anderson öffnete die Augen, blinzelte und fragte mit trockenem Mund: »Und wer sind Sie?« Dann stand er schwerfällig auf.

»Ich bin Claire«, sagte das Mädchen. »Ich habe unten in der Kajüte geschlafen. Sie haben mich vielleicht erschreckt!« Sie hatte langes blondes Haar, die Augen einer Puppe und wirkte auch wie eine Puppe.

»Ich bin ein Bekannter von Herrn Menser«, sagte Anderson. »Ich wollte mich nur sonnen.«

»Ach so – na ja.« Sie lächelte. Ihr Lächeln war hübsch, aber ihre Augen blieben dümmlich.

»Gibt es hier etwas zu trinken?«, fragte Anderson.

»Nur Pernod ist da«, sagte das Mädchen, »Und fades Mineralwasser.«

»Dann lieber Pernod«, sagte Anderson. Er sah auf die Uhr. Es war sechs. Er hatte beinahe vier Stunden geschlafen. »Sie sind also die Freundin von Philipp Menser?«, fragte er.

»Das kann man nicht gerade sagen. Wir sind so eine Clique. Ein paar Männer und ein paar Mädchen.«

Anderson folgte ihr die drei Stufen hinunter in die Kajüte. Es war kühl, ein Ventilator lief.

Claire machte sich mit den Gläsern und der Flasche zu schaffen. »Sind Sie ein guter Freund von Menser?«

»Ziemlich gut«, sagte Anderson und trank einen großen Schluck.

»Geschäftlich oder privat?«

»Privat«, sagte Anderson, »nur privat.« Er lächelte sie an, weil es ihm nötig erschien, ihr Vertrauen zu gewinnen. »Sind Sie eine gute Freundin von Philipp Menser?«

»Na ja, kommt drauf an. Er bezahlt meine Miete und so. Aber er ist ein prima Kerl. Und völlig normal. Manchmal gibt's Kerle mit Geld, die verlangen die unmöglichsten Sachen.«

»Das glaube ich«, sagte Anderson. »Menser ist schon in Ordnunng.« Er fragte sich, was dieses Mädchen wissen könnte. »Kennst du Maria Schloßheim?«

»Keine Ahnung«, sagte Claire.

»Vielleicht eine Gabriele? Langes hellblondes Haar, rundes Gesicht, etwa um die Dreißig.«

»Auch nicht«, sagte Claire. »Was soll das?«

»Es war nur eine Frage.« Er stand auf.

»Kommst du wieder?«

»Warum nicht?«, sagte er und zog sein Jackett an. »Bist du immer auf diesem Boot?«

»Wenn die Sonne scheint«, sagte sie. »Du bist ein netter Kerl.« Und dann begann sie völlig übergangslos zu weinen.

Anderson sagte kein Wort mehr. Er schloss die Tür der Kajüte hinter sich, stieg eine der Treppen hinauf zur Uferstraße und wartete auf ein Taxi.

Als er vor dem Haus des Kommissars ausstieg, hatte er sich entschlossen, weder zu Philipp Menser zu gehen noch bei Burger zu bleiben. Er hatte die Nase gründlich voll. Morgen früh würde er Düsseldorf endgültig verlassen.

Nachher lag er in dem Zimmer, das Burgers Sohn Willi seinetwegen hatte räumen müssen, ausgezogen auf dem Bett, starrte an die Decke und dachte darüber nach, wie groß seine Chance sei, am Leben zu bleiben.

Er hatte sich nicht zugedeckt. Es war schwül in dem Haus, das den ganzen Tag über die Hitze aufgesogen hatte wie ein Schwamm.

Er bewegte sich kaum, als Sophia hereinkam. Sie starrte ihn an und wurde verlegen. »Ich wollte nicht ...«

»Sicher«, sagte er gelassen und zog die Decke hoch. »Sie konnten ja nicht wissen, dass ich hier ohne was rumliege.«

Sie hielt sich den verwaschenen blauen Bademantel über der Brust zu. »Ich hätte nicht mehr hierherkommen sollen.«

»Aber warum denn nicht? Ich habe ohnehin nicht geschlafen.«

Ihr Mund war plötzlich ganz schmal. »Sie denken vielleicht, ich bin hergekommen, um mich Ihnen an den Hals zu werfen. Aber es ist nicht ...«

»Kein bisschen!« sagte Anderson. »Daran hab ich wirklich nicht gedacht, ich schwör's Ihnen.«

»Ich bin ein richtiger Trampel«, sagte sie. »Jawohl, das bin ich, ein richtiger Trampel. Ich komme hier so einfach in Ihr Zimmer und … Mein Gott, bin ich ein Trampel!«

»Unsinn«, sagte er. »Sie sind einfach noch ein bisschen unerfahren, aber kein Trampel. Sie sind hübsch, mit einem ruhigen, etwas ironischen Gesicht und klugen Augen, die auch eine ganze Menge versprechen. Oder?«

Sie sagte ernsthaft: »Das mit den Augen hat mir schon mal ein netter junger Mann gesagt.«

»Warum haben Sie nicht zugegriffen?«, fragte Anderson grob.

»Er wollte sofort das eine«, sagte sie verkniffen.

»Das wollen alle Männer.«

»Eben!« Ihre Stimme klang auf einmal höher, fast ein wenig schrill. »Man lernt sich kennen – und husch, husch soll es passieren.«

»Die Zeit ist eben schnelllebig«, sagte Anderson väterlich. Er konnte sich nicht länger beherrschen.

»Sie lachen ja!«, sagte Sophia empört. »Sie lachen über mich!«

»Aber nein!«, sagte Anderson und musste lachen, dass ihm die Tränen in die Augen traten. »Wie käme ich dazu, über Sie zu lachen?«

Die Lehrerin Sophia stand auf und erklärte fest: »Ich gehe!«

»Warum denn?«, fragte Anderson und hörte auf zu lachen. »Es ist nur – du bist so herrlich unerfahren.«

»Ich bin nicht unerfahren«, sagte sie und weinte plötzlich. »Ich weiß genug vom Leben – und ich war dumm genug, mich in dich zu verlieben. Das ist scheußlich! Hau mir eine runter, damit ich beleidigt sein kann.«

»Nein!«, sagte Anderson betroffen. »Das kann doch nicht wahr sein.«

»Doch«, schluchzte sie, »ich bin verliebt. Aber ich will's nicht.«

»Komm her!«, sagte er sanft.

Sie kam zu ihm und legte sich neben ihn und schluchzte fassungslos.

»Na, hör mal«, sagte er vorwurfsvoll, »Verliebte müssen doch glücklich sein!«

»Ich bin es ja – ein bisschen«, murmelte sie. »Wirst du mir auch nichts tun?«

»Nein, bestimmt nicht.«

Als sie morgens um sechs aus dem Zimmer ging, sagte sie leise: »Aber ein bisschen was hättest du vielleicht doch tun können.«

Er blieb liegen. Erst gegen acht stand er auf und machte sich fertig. Frau Burger brachte ihm das Frühstück. Sie sah den gepackten Koffer.

»Sie wollen fort?«

»Ja, ich gehe.«

»Das ist nicht klug«, sagte sie. Und dann nur: »Lassen Sie den Tee nicht kalt werden!«

Als Sophia hereinkam, rauchte er gerade eine Zigarette und telefonierte mit dem Flughafen: »Dann nehme ich die Maschine um sieben – ja, nach Zürich.«

»Du bist verrückt!«, sagte die Lehrerin Sophia und hatte ein auffallend blasses Gesicht.

Er legte auf und wollte es ihr erklären, fand aber nicht die richtigen Worte. »Schön, dann bin ich eben verrückt«, sagte er nur.

Sie setzte sich in einen Sessel und schlug die Beine übereinander.

»Setz dich nicht so hin, dass man gleich bis zum Bauchnabel sieht!«, sagte er lächelnd. »Willst du mich etwa verführen?«

»Heute Nacht«, sagte sie erheitert, »hast du mich nicht einmal geküsst. Und jetzt soll ich dich verführen? Außerdem – wenn du mich nicht magst, kann es dir doch egal sein, wie ich sitze und ...«

»Es passt nicht zu dir.«

»Du magst mich also doch?«

Anderson starrte auf ihre Beine und sagte schwach: »Na schön, wenn du darauf bestehst – ich mag dich. Aber es sind mehr freundschaftliche Gefühle, oder eher väterliche ...«

»Wie gut!« Sophia stand auf, kam zu ihm und küsste ihn auf die Stirn. »Ich meine es doch auch so schrecklich mütterlich.«

Er wollte sie fragen, warum sie nicht in der Schule sei, wollte ihr erklären, dass er seinen Entschluss keineswegs ändern, sondern abends nach Zürich fliegen werde, wollte ›ganz vernünftig‹ mit ihr reden – und tat nichts von alledem.

Sophia ließ ihm keine Chance.

»Es ist sinnlos, fliehen zu wollen«, sagte sie. »Menser kann dich überall finden, wenn er will. Also ist es doch besser, du stellst ihn gleich hier.«

»Und wie, bitte?«, fragte Anderson sarkastisch. »Hast du auch ein todsicheres Rezept dafür?«

Sie zog sich die Schuhe aus und hockte sich auf das Bett. »Vater und du, ihr seid doch überzeugt davon, dass Menser vor drei Jahren seine Frau umgebracht hat – oder sie umbringen ließ, nicht wahr?«

»Ja, das stimmt.«

»Gut. Seine Sekretärin erfährt davon – aber warum erst drei Jahre später? Weil sie erst nach dem Tod seiner Frau zu Menser kam, und zwar aus Wuppertal – wie Mensers Frau!«

Anderson sah sie verblüfft an.

Sophia nickte triumphierend. »Sie hieß auch nicht Maria Schloßheim, sondern Maria Martens und war Frau Mensers Schwester.«

»Woher weißt du das alles?«, fragte Anderson ungläubig.

»Vom Einwohnermeldeamt«, sagte die Junglehrerin schlicht. »Ich habe heute Morgen schon ein bisschen herumtelefoniert. War ganz einfach.«

»Zu einfach, fürchte ich«, sagte Anderson. »Menser hätte niemals seine Schwägerin als Sekretärin ...«

»Er hat sie vorher nie gesehen. Sie war in Amerika bei einer deutschen Firma. Als sie zurückkam, hat sie den Namen ihrer Mutter angenommen. Also doch ganz einfach.«

»Weiß dein Vater das alles?«

»Ich glaube nicht«, sagte Sophia, »aber ich werde ihn anrufen.« Sie ging hinunter ins Wohnzimmer. Nach ein paar Minuten kam sie zurück. An ihrem Gesicht sah er, dass sie enttäuscht war.

»Nun?«

»Vater hat es gewusst – und Menser angeblich auch.

Das mit dem anderen Namen hat er damit erklärt, dass man ihm keine Vetternwirtschaft vorwerfen sollte.«

»Mist!«, sagte Anderson. Und dann plötzlich hatte er eine Idee. »Wir werden trotzdem etwas unternehmen!«

»Und was?«

»Einbrechen ...«

Nach dem Mittagessen fuhren sie los. Burger war nicht erschienen. Er hatte jedoch angerufen und Anderson strikt untersagt, Düsseldorf zu verlassen.

»Wo fahrt ihr denn hin?«, fragte Frau Burger.

»Ins Präsidium, zu Vater«, erklärte Sophia, und draußen im Wagen sagte sie: »In der Luisenstraße kenne ich eine gute Pension, da können wir unterkriechen.«

»Du willst also bei mir wohnen?«

»Sicher!« bekräftigte Sophia. »Es ist dir doch recht, oder?«

»Natürlich«, log Anderson. Er ahnte, dass sein glattes Leben künftig nicht mehr so glatt sein würde. Aber er mochte Sophia, weiß der Teufel, er mochte sie!

Die Pension in einem alten Patrizierhaus wirkte muffig und war eher drittklassig als gut.

»Ich wollte mit dir einfach irgendwohin«, verteidigte sich Sophia gegen Andersons Vorwürfe. »Ich kannte nur das Schild an der Tür, mehr nicht.«

Er ergab sich in sein Schicksal. »Marsch, in dein Zimmert Wir schlafen zwei Stunden, dann geht's los.«

»Am helllichten Tag?«

»Nur Anfänger brechen nachts ein«, sagte er und warf sie brutal hinaus. Dann zog er sich aus, legte sich auf das Bett und schlief sofort ein. Er wurde davon wach, dass die Tür leise knarrte.

»Ich kann nicht schlafen«, sagte Sophia ein wenig kläglich und setzte sich auf die Bettkante. Sie trug wieder ihren scheußlichen abgewetzten Bademantel. »Magst du mich?«

»Sehr!«, sagte Anderson mit seltsam trockenem Mund.

»Ich dich auch. Aber ich muss immer an das Flugzeug denken, mit dem du abfliegst.« Und als er keine Antwort gab, weil er keine wusste, die nicht verletzend gewesen wäre, sagte sie mit erstickter Stimme: »Nimm doch nicht immer so viel Rücksicht auf mich!«

Er zog sie zu sich herunter und murmelte: »Du kleines Luder!«

»Ich hab dich doch nur lieb.«

»Deswegen brauchst du nicht gleich zu heulen.«

»Ich heul ja gar nicht. Aber ich hab dich jetzt endlich da, wo ich dich schon lange haben wollte – und da muss ich halt heulen ...«

Als sie schlief, lag er wach neben ihr und hatte Menser samt Mordfällen vergessen. Er überlegte, wo sie später wohnen würden, vielleicht in Zürich oder auch in Berlin, und dass ihn dieses verdammte Düsseldorf mit seinen Mördern, seinen Leichen und mit einem süßen Biest von Lehrerin ganz schön aus der Bahn geworfen hatte.

Er seufzte und sagte: »Aufstehen, du faules Luder! Wir müssen los, einbrechen.«

Sophia hielt die Augen geschlossen.

»Wirst du mir einen richtigen Heiratsantrag machen?«

»Fällt mir nicht ein!«

»Aber du musst bei meinem Vater um meine Hand anhalten.«

»Ich denke nicht daran.«

»Wir müssen uns offiziell verloben. Ich bin ein ehrbares Mädchen.«

»Gewesen!«

»Du Schuft!«

»Dann passen wir ja zusammen. Also gut, ich werde dich heiraten. Bist du glücklich?«

»Und wie!« Jetzt sah sie ihn an.

»Na, fein. Dann scher dich endlich aus meinem Bett! Es wird Zeit ...«

Eine halbe Stunde später, als der Verkehr auf den Straßen seinen Höhepunkt erreicht hatte, betraten sie das Haus, in dem Maria Schloßheim gestorben war. Auf der Treppe konnte Anderson noch Reste der Kreidestriche erkennen, die die Lage der Toten gekennzeichnet hatten.

Die Tür zu Marias Wohnung war versiegelt. Anderson hatte vorsorglich einen Schraubenzieher mitgebracht. Er löste den Klebestreifen mit dem polizeilichen Siegel, bog den Plombendeckel auseinander und zog den Draht heraus.

»So, jetzt die Tür!«

Er drückte den Schraubenzieher in die Ritze hinter dem Türrahmen und stemmte sich mit aller Kraft gegen das Holz.

Es gab einen höllisch lauten, scharfen Knall, als das Schloss herausbrach. Sekundenlang horchten sie atemlos ins Treppenhaus. Jeden Augenblick konnte sich eine Tür öffnen ...

## Teil VII

Anderson schob Sophia hastig in den schmalen Vorraum und drückte die aufgesprengte Tür leise wieder zu. »Wir ziehen besser unsere Schuhe aus«, sagte er.

»Meinst du, unten in der Wohnung könnte man uns hören?«

»Möglich.« Er dachte nach. Dann sah er Sophia fragend an. »Wo bewahrt eine Frau wie Maria Schloßheim Briefe auf, die niemand finden soll?«

»Ich würde sie zwischen meine Unterwäsche legen«, sagte die Lehrerin. »Aber da haben Vaters Leute bestimmt schon nachgesehen.«

»Eben! Na, versuchen wir trotzdem unser Glück.«

Die Stille in der Wohnung war beklemmend, fast unheimlich. Und der Gedanke daran, dass Maria Schloßheim alias Martens tot war, von Mensers Leuten ermordet, verstärkte das Unbehagen. Sie sprachen kein Wort mehr.

Nach zwei Stunden fanden sie den Brief in einem Verdunstungsbehälter am Heizkörper im Wohnzimmer. Er war unvollständig und bestand nur aus einem Blatt. Die erste Seite fehlte, ebenso der Schluss.

Anderson las halblaut vor: »... mich freuen, wenn Du kommst. Ich habe ja sonst wenig Abwechslung. Aber ich will mich nicht beklagen, Philipp ist aufmerksam und liebevoll. Nur stört mich manchmal seine beinahe diabolische Intelligenz.

Wir hocken stundenlang am Kamin und tüfteln irgendwelche raffinierten Pläne aus, richtige Verbrechen. Dabei denkt Philipp niemals an Gewalt, nur immer an menschliche Schwächen, die er ausnutzt. Er spielt mit den Menschen wie mit ... Hier geht's nicht mehr weiter.«

Anderson faltete das Blatt zusammen und steckte es ein. »Komm, wir verschwinden wieder!«

Er hatte Mühe mit der Tür. Endlich schnappte das Schloss ein. Auch das Siegel brachte er wieder in Ordnung. Sie verließen ungestört das Haus. Am Bahnhof kauften sie einige Lebensmittel und fuhren dann in die Pension.

Anderson war entmutigt. Er sagte: »Wir müssen den Brief deinem Vater bringen. Nur wird er nicht viel damit anfangen können. Wir wissen ja nicht einmal, ob Mensers Frau ihn geschrieben hat.«

»Das kann er sicher feststellen. Aber er wird wissen wollen, woher wir ihn haben.«

»Sagen wir's ihm halt.«

»Und noch etwas«, murmelte Sophia. »Dass ich mit dir zusammen bin. Ich will ihn nicht kränken.«

»Es geht eben nichts über gutbürgerliche Verhältnisse«, sagte Anderson spöttisch.

Sie sah ihn vorwurfsvoll an. »Das habe ich nicht verdient.«

Er entschuldigte sich kleinlaut. Aber die Stimmung blieb getrübt, bis Anderson beim Essen sagte: »Sei mir nicht mehr böse, ja? Siehst du, bei mir war alles ganz anders. Schon als Kind die Eltern verloren, in einem Internat aufgewachsen – ich war eigentlich immer allein.«

Sophia nickte. »Hab ich mir fast gedacht. Wir sind eben in zwei ganz verschiedenen Welten groß geworden.« Und weil ihr das schon verdächtig sentimental klang, lenkte sie rasch ab: »Wollen wir jetzt meinen Vater anrufen? Er ist sicher noch im Präsidium, wie ich ihn kenne.«

»Und was wird mit dir?«, fragte Anderson nachdenklich.

»Wieso – mit mir?«

»Na ja, wenn er mich zu sich bestellt oder sogar herkommt. Weiß der Teufel, was sich wieder alles ergibt. Ich möchte nicht, dass du hier so lange allein ...«

»Du wirst doch nicht die ganze Nacht im Präsidium bleiben!«

»Und deine Mutter?«

Sophia biss auf ihrer Unterlippe herum und schwieg.

Anderson seufzte; »Also gut, rufen wir erst mal an. Nachher werden wir weitersehen.«

Sie gingen nach unten und verließen die Pension, um in einer Telefonzelle ungestört sprechen zu können. Anderson wählte die Nummer des Präsidiums und ließ sich mit dem Kommissar verbinden.

»Burger ...«

»Anderson. Schimpfen Sie nicht, bevor Sie zugehört haben! Ich rufe von einer Zelle aus an. Sophia ist bei mir. Wir waren vorhin in der Wohnung der Schloßheim und haben ...«

»Wie sind Sie da überhaupt reingekommen?«

»Eingebrochen«, sagte Anderson gelassen. »Und es hat sich gelohnt. Wir haben einen Brief gefunden. Der Text ist meiner Meinung nach ...«

»Ich pfeife auf Ihre Meinung, verdammt noch mal!« brüllte Burger.

»Gut, dann ...«

»Bringen Sie den Brief sofort her! Aber dalli, verstanden!«

»Und Sophia?«

»Soll sich nach Hause scheren, auf der Stelle! Mit der rede ich später noch, sagen Sie's ihr!«

»Jawohl, Herr Kommissar«, sagte Anderson grinsend. »Aber ob ich Sie als Schwiegervater akzeptiere, muss ich mir noch sehr überlegen.«

Er hängte ein, schob Sophia sanft aus der Telefonzelle auf die Straße und erklärte ruhig: »Es ist besser, du fährst nach Hause.«

»Ja«, sagte sie beängstigend fügsam. Und nach einer Weile: »Musst du es dir wirklich noch überlegen?«

»Was?«

»Na, das mit dem Schwiegervater.«

»Kommt darauf an«, sagte Anderson leichthin. »Schließlich bin ich an Familientragödien auch nicht gewöhnt. Warten wir's ab.«

Sie gingen in die Pension zurück. Sophia packte ihre paar Sachen zusammen, brachte sie hinunter, warf sie hinten auf den Sitz und setzte sich ans Steuer – und das alles ohne ein Wort.

»Ich möchte doch lieber erst mit deinem Vater sprechen«, sagte Anderson und fand es lästig, auf einmal so etwas wie ein Gewissen zu haben.

»Immerhin«, sagte Sophia. »Zwar hast du schon mit mir geschlafen, aber immerhin!«

»Sei nicht so frivol!«

Sie schwieg, bis sie das Präsidium erreichten. Als Anderson die Wagentür öffnete, fragte sie: »Kommst du nachher mit Vater zu uns?«

»Das hängt von ihm ab, fürchte ich. Und von deiner Mutter.«

Sie beugte sich zu ihm hinüber und küsste ihn. Ihr Lächeln kam ihm recht dünn vor, als sie wortlos den Gang einlegte und losfuhr. Sie drehte sich nicht mehr um.

Burger faltete den Brief wieder zusammen, schlug damit gegen seinen linken Daumennagel, faltete ihn erneut auseinander und las noch einmal.

»Sagt Ihnen das etwas?«, fragte Anderson ungeduldig. »Warum hat Menser alle diese Leute umbringen lassen?«

Der Kommissar hob den Blick. »Wenn Sie sich Zeit nehmen, werden Sie das Motiv entdecken. Es ist ganz einfach, man muss nur ein bisschen nachdenken.«

»Die Zeit, Detektiv zu spielen, habe ich nicht. Ich will nur weg aus diesem verdammten Düsseldorf.«

»Um so besser. Dann werden Sie ja keine Gelegenheit mehr haben, meine Tochter zu belästigen – das heißt, sobald ich Sie hier loslasse. Inzwischen verbiete ich Ihnen, Sophia noch einmal zu sehen.«

»Das wird nicht gehen«, sagte Anderson und wusste nicht recht, ob er lachen sollte. »Sie will mich nämlich heiraten.«

Burger kam so schnell aus seinem Schreibtischsessel hoch, dass Anderson unwillkürlich eine abwehrende Bewegung machte. »Sagen Sie das noch einmal!«

»Sie will ... Wir wollen heiraten«, sagte Anderson und starrte auf den Fußboden. »Sophia hat gesagt, ich müsste bei Ihnen um ihre Hand anhalten.«

Burger ließ sich in den Sessel zurückfallen. Sein Gesicht war hochrot. »Ich war ein Idiot«, murmelte er. »So was wie Sie in mein Haus zu bringen!«

»Ihre Tochter ...«

»Eben! Ausgerechnet meiner Tochter muss das passieren!«

»Ihr hätte auch Schlimmeres passieren können«, sagte Anderson pikiert.

Burger schwieg.

Er war so stolz auf seine Tochter, und jetzt hat er Angst um sie, dachte Anderson und verspürte fast etwas wie Mitleid mit dem kleinen bulligen Mann, der mit seinem Latein am Ende zu sein schien. Das hier war kein Kriminalfall. Der Kommissar Burger sah sich den Liebesaffären seiner Tochter nicht gewachsen.

Anderson schüttelte sein Mitgefühl ab und zog es vor, über Burger verärgert zu sein. Für wen hielt der Mann ihn eigentlich? Für einen Playboy, einen lausigen Windhund? Außerdem war Sophia schließlich alt genug, sich ihr Vergnügen zu ...

»Gehen wir noch einmal alles genau durch«, unterbrach Burger seine Gedanken. Er sprach sachlich kühl, beinahe kalt. Als hätten sie die ganze Zeit nur von Menser und den Morden gesprochen.

»Was denn, von Anfang an?«, fragte Anderson verdutzt.

»Ja, von Anfang an.«

»Aber Sie wissen doch schon alles, verdammt noch mal! Ich hab's Ihnen mehr als einmal erzählt.« Anderson stand wütend auf. »Ich denke nicht daran, Ihnen den ganzen Blödsinn zum hundertsten Male ...«

Das Telefon läutete.

Burger nahm mit einer widerwilligen Handbewegung den Hörer von der Gabel und raunzte: »Ja, was ist?« Sein Gesicht veränderte sich plötzlich und erstaunlich heftig. Jäh aufkeimende Wut, in der nächsten Sekunde schon Resignation.

Der Kommissar hörte etwa drei Minuten lang zu, ohne den Anrufer zu unterbrechen. Dann sagte er nur: »Ja!«, und legte auf. Anderson hatte sich wieder hingesetzt. Er starrte Burger an, verbiss sich aber jede Frage, um den anderen nicht zu reizen.

Burger hob den Kopf, blickte jedoch an Anderson vorbei zur Wand. Seine Augen waren leicht zugekniffen.

Er sagte: »Menser ist weg.«

»Weg? Geflohen?«

»Er ist heute Abend mit einer Privatmaschine von Lohausen aus gestartet. Die Maschine wurde nur bis zu einem Funkfeuer in der Gegend von Lüneburg verfolgt. Dann war Stille.«

Anderson glaubte deutlich zu spüren, wie die Spannung in ihm plötzlich zerbrach. Er sprang auf, atmete tief durch und sagte erleichtert: »Gott sei Dank!«

»Sie sind ein Idiot!«, schrie Burger ihn an.

»Mag sein«, sagte Anderson ruhig. »Aber jetzt kann Menser mich nicht mehr umbringen. Jetzt ist er selbst auf der Flucht. Herrje, der große Menser ist auf der Flucht!«

Die Angst war von ihm abgefallen. Er hatte seine Freiheit wieder, war nur noch der Bankkaufmann Gert Anderson, nichts weiter. Kein Zeuge mehr, kein gefährlicher Mitwisser, kein Todeskandidat. Er würde wieder in Hotels wohnen, in Flugzeugen sitzen, hier und da mit einem Mädchen schlafen, Geld machen. Er konnte alles vergessen: die Leichen, die Stadt, ihre Menschen – sogar Sophia.

Er sah Burger an und dachte nahezu amüsiert: Du brauchst dir keine Sorgen zu machen, mein Lieber, dass ich deine Tochter heiraten könnte. Das war nur Angst, eine Art Reflex. Es ist vorbei, ich werde alles hier vergessen, jawohl, restlos vergessen!

Laut fragte er: »Dann kann ich ja wohl gehen, oder?«

Burger stierte geistesabwesend auf das Blatt, das vor ihm auf der Schreibtischplatte lag. Jetzt schien er die Frage begriffen zu haben. Er nickte, ohne aufzublicken.

»Ja, Sie können gehen. Geben Sie dem Beamten im Vorzimmer bitte Ihre Adresse an – sämtliche Adressen! Ich werde Sie anrufen, wenn ich Sie wieder brauche.«

»Was hoffentlich nie mehr der Fall sein wird«, sagte Anderson mit einem Lächeln, von dem er genau wusste, dass es ihn arrogant erscheinen ließ. Er wollte rasch noch etwas sagen, um diesen Eindruck zu verwischen.

Burger kam ihm zuvor. Er sagte: »Mein Gott, sind Sie ein Hosenscheißer! Kaum will Ihnen mal jemand ans Leder, da laufen Sie rum und plärren. Sie haben sich wahrscheinlich nur an Sophia gehängt, um irgendjemanden zu haben, der Ihr Händchen hielt, wie?«

»Möglich«, sagte Anderson leichthin. »Grüßen Sie Ihre Tochter von mir!« Er dachte: Du lieber Himmel. Ist das alles kleinkariert und widerlich – dieser Kommissar, sein Bausparkassenhaus und seine Tochter, ja, auch sie ist kleinkariert.

Er ging zur Tür. »Ich bin in meinem Hotel – in dem, wo ich angeschossen wurde. Aber nur bis morgen früh, denke ich. Leben Sie wohl!«

»Ja, ja«, murmelte Burger mit einer abwehrenden Handbewegung. Er sah angewidert aus.

Anderson gab dem Beamten im Vorzimmer seine Anschriften in Zürich, Hamburg und Berlin an. Grinsend setzte er hinzu: »Die vierte Dame hat keinen festen Wohnsitz.« Aber der andere verzog keine Miene.

Im Korridor pfiff Anderson vor sich hin und versuchte, auf den glatten Fliesen wie auf einer Eisbahn zu schlittern. Es gelang nicht, seine Schuhsohlen waren zu stumpf. Doch das tat seiner guten Laune keinen Abbruch.

Himmel, Arsch und Zwirn, dachte er, ich bin die Geschichte los, ich habe sie vom Hals!

Er nahm ein Taxi, fuhr ins Hotel und ließ sich ein Appartement geben. Außerdem bat er, man möge seinen Koffer aus der Pension in der Luisenstraße holen.

»Sofort, Herr Anderson!«

»Sehr gut. Und dann buchen Sie bitte einen Flug nach Zürich und rufen Sie mein dortiges Büro an, damit die wissen, wann ich komme. Aber wecken Sie mich nicht, ich möchte endlich mal ausschlafen!«

Er fuhr hinauf, duschte und legte sich ins Bett. Er hatte das erste große Abenteuer seines Lebens bestanden und hoffte, dass es sich niemals wiederholen würde.

Mord ist nichts für einen Normalverbraucher, dachte er träge. Und vor lauter Aufregung hätte ich beinahe eine Lehrerin am Hals gehabt, noch dazu die Tochter eines Kriminalkommissars, du lieber Himmel!

Er schlief bis neun Uhr vormittags durch – und seine Welt war wieder rundherum heil. Er bestellte Kaffee, Zigaretten und einen Genever.

Man teilte ihm mit, dass an diesem Tag kein Platz mehr nach Zürich zu haben sei.

»Macht nichts«, sagte Anderson vergnügt. »Dann lassen Sie eben für morgen buchen.«

Als er unter der Dusche stand, hörte er den Zimmerkellner hereinkommen. Er rief ihm zu: »Bitte bestellen Sie mir einen Wagen. Er soll mich nach Essen fahren – in einer Stunde.«

Dieses Mädchen in Essen war Anderson eben erst eingefallen. Eine gute Bekannte, eine sehr gute. Man konnte auch Freundin sagen. Sie würde ihm helfen, dieses verdammte Düsseldorf mit allem Drum und Dran schneller aus seinem Gedächtnis zu streichen.

Während er sich frottierte, betrachtete er nachdenklich die Schusswunde in seiner Schulter.

Sekundenlang war er versucht, Burger anzurufen und zu fragen, ob man Philipp Menser schon erwischt habe. Aber Burger – das hieß auch Sophia, und er wollte die Lehrerin so gründlich vergessen, als hätte es sie nie gegeben.

Er rief das Mädchen in Essen an. »Ich habe bis morgen früh Zeit. Bist du zu Hause?«

»Bin ich – und solange du willst.«

»Na, gut, ich komme gleich.«

Während der Fahrt starrte er an dem breiten Rücken des Fahrers vorbei auf die Straße und versuchte sich die nächsten Stunden auszumalen und sich darauf zu freuen.

Sie würde in der Tür stehen, mit dem gewohnten Lächeln, hübsch, langbeinig, das braune Haar offen und mit nichts weiter an als einem Slip – wie gehabt. Sie würde nicht weinen wie die Lehrerin oder gar sagen: »Tu mir nichts!«

Zum Teufel mit der Lehrerin!

Der Wagen rollte über die Ruhrbrücke. Anderson beugte sich vor und sagte: »Ich muss anrufen. Halten Sie bitte an der nächsten Tankstelle oder wo ein Telefon ist.«

Burger hat recht, dachte er, ich bin ein Idiot und ein – wie hat er so vornehm gesagt? – Hosenscheißer. Ich hatte Angst, versteht sich. Aber ich habe sie noch immer. Nur jetzt in der falschen Richtung. Erst hat sie mich der kleinen Volksschullehrerin in die Arme getrieben, und nun ...

Sie ist ja gar nicht kleinkariert, verdammt noch mal! Wenn jemand es ist, dann bin ich es wahrscheinlich – nein, ganz sicher sogar.

»Dort drüben ist ein Telefon, Herr Anderson!«

»Ja, danke. Warten Sie bitte, es dauert nicht lange.«

Er stieg aus, ging zu der Tankstelle hinüber und wählte Burgers Privatnummer in Düsseldorf.

»Ja, bitte?« Es war Sophia, und es war eine kleine, gläserne, verlorene Stimme.

»Ich bin's, Gert«, sagte Anderson. »Entschuldige – ich wollte nur ... Du bist nicht in der Schule?«

»Ich bin eben nach Hause gekommen. Und du – bist du in Zürich?«

»Nein, nein«, sagte. Anderson rasch. »Ich hab's mir anders überlegt. Kann ich deinen Vater sprechen?«

»Er ist im Präsidium.«

»Was Neues von Menser? Haben sie ihn erwischt?«

»Nein, noch nicht. Er hat es mit irgendeinem Trick gemacht. Auf jeden Fall ist er verschwunden. Wo bist du denn jetzt?«

»Ganz in der Nähe«, sagte Anderson und musste sich räuspern. »Ich melde mich wieder.«

»Bestimmt?«

»Ganz bestimmt!«

»Gert ...«

»Ja, bitte?«

»Ich – ich will auch nicht mehr so dickköpfig sein und so stur. Ich bin ja auch kein kleines Mädchen mehr.«

»Ich weiß«, sagte Anderson. »Also, bis bald!« Er legte auf und dachte: Burger hat ihr nicht die Wahrheit gesagt. Sie denkt, ich wäre ihretwegen abgehauen. Sie wird den Fehler immer zuerst bei sich suchen. Herrje, war ich ein Trottel!

Als er zum Wagen zurückkam, sagte er: »Wir machen kehrt. Fahren Sie mich wieder ins Hotel. Ich habe umdisponiert.« Dabei wusste er genau, dass er gar keine Wahl mehr hatte, wenn er sich selbst nicht für einen ziemlich miesen Zeitgenossen halten wollte.

Seltsamerweise bedrückte ihn der Verlust seiner Entscheidungsfreiheit viel weniger, als er befürchtet hatte. Aber dass er Burger gegenüber seine Niederlage eingestehen musste, wurmte ihn.

»Sie können sich Zeit nehmen«, sagte er zu dem Fahrer. Jede Minute, um die er den Zeitpunkt des Wiedersehens hinausschieben konnte, war ihm kostbar.

Aber Düsseldorf kam unaufhaltsam näher, und schließlich hielt der Wagen vor dem Hotel.

Der Empfangschef verzog keine Miene, als Anderson die Buchung nach Zürich streichen ließ.

»Selbstverständlich, Herr Anderson! Vorerst kein neuer Termin, wenn ich recht verstanden habe«, sagte der Mann höflich.

»Sie haben recht verstanden.«

»Und das Appartement ...«

»Behalte ich auch – vorerst. Ich sage Ihnen noch Bescheid.« Anderson lächelte und kam sich wieder reichlich arrogant vor. Aber diesmal versuchte er nicht, den Eindruck zu korrigieren.

Er aß zu Mittag, vertrödelte maßlos viel Zeit, studierte die Aktienkurse, als wollte er sie auswendig lernen, und entschloss sich dann, ein oder zwei Stunden zu schlafen.

Es wurde nichts daraus, er konnte kein Auge zumachen. Den Rest des Nachmittags verbrachte er in öder

Langeweile bei einem ziellosen Bummel durch die Straßen, bis er gegen fünf Uhr endlich den Mut fand, ein Taxi zu nehmen und zum Präsidium zu fahren.

Er hoffte, dass Burger in seinem Büro war. Was er eigentlich von ihm wollte, davon hatte er absolut keine klare Vorstellung. Etwas über Menser erfahren, natürlich. Aber war das wirklich alles?

Anderson trat aus dem Lift in den Korridor. Auf der Bank vor Burgers Zimmer saßen ein paar Leute. Erst im letzten Moment sah Anderson, dass zwei von ihnen schussbereite Kameras umgehängt hatten.

Presse! dachte er alarmiert, drehte sich auf der Stelle um und ging die Treppe hinunter in die nächste Etage. Die zweite Tür rechts war offen. Er trat ein, drückte die Tür hinter sich zu und sah sich um. Der Raum war mit Regalen vollgestellt, auf denen bündelweise Aktenordner lagen.

In der hintersten Ecke entdeckte er ein Telefon, daneben hing an der Wand ein Verzeichnis der Hausanschlüsse. Er wählte Burgers Nummer.

Der Kommissar meldete sich.

»Anderson. Ich bin in der Etage unter Ihnen, in so einer Art Archiv. Vor Ihrem Zimmer saßen mir zu viele neugierige Leute rum.«

»Verstehe«, sagte Burger kühl. »Und was wollen Sie?«

Anderson suchte nach Worten. »Ich dachte … Wenn es vielleicht etwas Neues gibt, wollte ich ...«

»Bleiben Sie da, ich komme.«

»Danke«, sagte Anderson und kam sich lächerlich vor. Er hockte sich auf den abgeschabten, trostlos leeren Schreibtisch und zündete sich eine Zigarette an.

Burger wird mich kalt abfahren lassen, dachte er, weil er davon ausgeht, dass ich seine Tochter verführt habe, und jetzt wird er mich dafür kalt abfahren lassen.

Er hörte, wie die Tür geöffnet wurde. Burger kam um das letzte Regal herum und blieb vor Anderson stehen, eine müde, abgekämpfte Figur.

»Ich frage mich, ob Sie schon wieder eine Leiche gefunden haben. Oder haben Sie zur Abwechslung mal jemanden umgebracht?«

»Nichts von alldem. Ich wollte nur hören, ob Sie Menser schon haben und wie die Sache steht.«

Burger sagte: »Geben Sie mir eine Zigarette.« Er ließ sich Feuer reichen, nahm einen tiefen Zug und fuhr fort: »Ich bin nicht befugt, irgendwelche Auskünfte zu erteilen. Außerdem – wollten Sie nicht aus Düsseldorf verschwinden?«

»Ich war schon fort – oder so gut wie«, sagte Anderson. »Ich bin zurückgekommen, um mich zu entschuldigen.«

Burger kniff die Augen zusammen. »Wofür entschuldigen?«

»Ich war ... Ich hatte nicht die richtige Einstellung«, sagte Anderson. »Ich hätte mich besser benehmen sollen.«

»Falls Sie damit meine Tochter meinen – das kann ich nicht beurteilen. Sie ist freiwillig mit Ihnen gegangen. Aber das gehört nicht hierher. Wir jagen einen Mörder.«

»Ich meine nicht Ihre Tochter«, sagte Anderson. »Diese Sache mit den Morden hat mich aus dem Gleichgewicht gebracht. Sie hat mein Leben ...«

»Ich bin kein Seelendoktor«, sagte Burger kühl. »Es ist ganz einfach so, dass ich Sie für verantwortungsbewusster gehalten habe, als Sie wirklich sind. Das ist alles.«

»Na, gut, ich hab's ja jetzt begriffen«, sagte Anderson leicht gereizt.

»Sieh an, Sie haben es begriffen!« Burger schnaufte durch die Nase, es hörte sich fast verächtlich an. »Und was, bitte?«

»Das mit den Morden und der Pflicht zur Mithilfe bei der Aufklärung und so. Herrje, Sie wissen schon, was ich meine! Es klingt nur so verdammt geschwollen.«

»Ja, und?« Burger schien sich zu amüsieren.

»Ich will jetzt endlich wissen, wie die Sache steht!« Anderson war mit seiner Geduld fast am Ende. »Schließlich war ich es, der die ganze Geschichte ins Rollen gebracht hat. Und ich habe ein Recht darauf ...«

»Sie haben überhaupt kein Recht!«, sagte Burger scharf.

Anderson schwieg hilflos.

»Also, schön«, sagte der Kommissar nach einem erneuten Schnaufen, das diesmal nicht verächtlich klang, »ich will Ihnen das Wichtigste verraten. Geben Sie mir noch eine Zigarette.«

Anderson gab sie ihm und steckte auch sich selbst eine an.

»Philipp Menser charterte die Kiste in Lohausen, eine zweimotorige, mit Ziel Hannover.« Burger sprach monoton, sozusagen ohne Punkt und Komma. »Die Maschine kam aber dort nie an. Sie verschwand irgendwo über Niedersachsen aus der Luftstraße. Natürlich wurde sie gesucht. Wir schalteten Interpol ein, und die wandten sich an die NATO.«

»Aber eine Maschine kann doch nicht so einfach ...«

»Der entscheidende Punkt war, dass Menser die beiden Piloten, die ihn nicht kannten, rumgekriegt haben muss, ihn zu seinem wirklichen Ziel zu fliegen, das er von vornherein im Auge hatte. Was sie auch taten, denn sie landeten in Avignon.«

»Das weiß man also?«

»Das weiß man. Dort ging Menser von Bord, und die Maschine flog wieder nach Hause. Der Zoll war kein Problem, da Menser praktisch nur Zahnbürste und Pyjama bei sich hatte, seinem dürftigen Gepäck nach zu urteilen. Geld genug hat er ja rechtzeitig auf ausländische Konten transferiert – auch das wissen wir inzwischen.«

Anderson wartete darauf, dass Burger weitersprach. Der Kommissar drückte seine Zigarette aus, wischte sich die Aschespuren vom Daumen an seiner Hose ab und schnäuzte sich mit einem zerknüllten Taschentuch die Nase. Aber er schwieg.

»Und? Weiter!«, drängte Anderson.

»Nichts weiter«, sagte Burger.

»Das heißt also ...«

»Genau! Menser ist verschwunden, und aller Voraussicht nach wird er es auch bleiben.« Burger zögerte. »Es sei denn ...«

»Ja?«

»Es sei denn, er hat die Jagd nach Ihnen noch nicht aufgegeben ...«

## Teil VIII

Verblüfft stellte Anderson fest, dass er bei Burgers Worten nicht erschrocken war, jedenfalls nicht zu Tode erschrocken, wie es eigentlich hätte sein können. Oder wollte Burger ihn auf den Arm nehmen?

Er sah den Kommissar misstrauisch an. »Glauben Sie wirklich, dass Menser noch immer hinter mir her ist?«

»Sie wissen zuviel«, sagte Burger müde. »Oder zumindest bildet Menser sich ein, Sie wüssten mehr über ihn, als ihm lieb sein kann.«

»Dann muss er wieder auftauchen, und dann haben wir die Chance ...«

»Ja, ja, ich weiß.« Burger strich sich mit beiden Händen über das Gesicht, als könnte er so die Knitterfalten der Erschöpfung wegwischen. »Und nun lasssen Sie mich gehen, ja? Ich möchte nach Hause, schlafen.«

Anderson rutschte von der Schreibtischplatte herunter. »Ich wollte Sie nicht aufhalten, tut mir leid.« Er folgte dem Kommissar, der an den Archivregalen vorbei zur Tür ging.

»Sie können wieder zu Ihren Aktien fliegen«, sagte Burger. »Ich hab ja Ihre Adressen.«

Anderson wurde verlegen. »Das ist nicht so einfach. Das Geschäft kann ein paar Tage ohne mich laufen, das ist es nicht. Aber ...« Er stockte.

»Ja?«

»Ich möchte das Ende dieser Sache erleben – und ich möchte Ihre Tochter wiedersehen.«

Burger blieb stehen und sah ihn an. Sein Gesicht war ernst. »Ich kann Sie nicht davon abhalten. Aber – machen Sie es ihr nicht zu schwer.«

»Nein, bestimmt nicht!«, sagte Anderson heiser. Sie verließen das Archiv und traten in den Korridor. »Ich bin im Hotel, wenn Sie mich brauchen.«

Burger gab keine Antwort. Er ging die Treppe hinauf und verschwand um die Ecke. Anderson fuhr mit dem Lift hinunter, verließ das Präsidium und nahm ein Taxi zum Hotel. Burger hatte ihn nicht aufgefordert, mit ihm nach Hause zu kommen.

Ob Sophia wartete?

Anderson schlief erst sehr spät ein. Als das Telefon ihn weckte, war es bereits Mittag. Er hob ab und meldete sich.

»Eine Dame möchte Sie sprechen«, sagte das Mädchen in der Zentrale. »Ich habe darauf hingewiesen, dass Sie nicht gestört werden wollten ...«

»Stellen Sie bitte durch. – Hallo?«

»Gert ...« Sophias Stimme klang ein wenig belegt.

»Ja«, sagte er nur. Es war ein merkwürdig verwirrendes Gefühl, ihre Stimme zu hören.

»Gert, ich ...« Ihr kleines Lachen verriet, wie aufgeregt sie war. »Ich habe gehört, du willst hierbleiben, bis die Sache geklärt ist?«

»Nicht ganz«, sagte er wahrheitsgemäß. »Schließlich kann es Monate dauern. Aber ich wollte dich wiedersehen und mit deinem Vater sprechen.«

»Das hat er mir gesagt. Liegst du noch im Bett?«

»Ja.«

»Wie sieht dein Zimmer aus? Stehen Blumen darin?«

»Ja, nebenan. Es sind zwei Zimmer. Warum willst du das wissen?«

»Nur so«, sagte sie. »Ich möchte eben wissen, wie alles um dich her aussieht. Bisher ist noch nie jemand nach Düsseldorf gekommen, nur um mich zu sehen.«

»Dann wurde es Zeit.«

»Wie siehst du aus? Bist du schon rasiert?«

»Noch nicht. Ich sehe vermutlich aus wie ein zerknautschter Hamlet.«

»Und wie sieht ein zerknautschter Hamlet aus?«

»Wie ich«, sagte er und war glücklich, auf eine für ihn ungewohnt einfache Weise glücklich. Es ist wie bei Pennälern, dachte er, wie die erste Liebe. Ich bin zu lange daran vorbeigelaufen, viel zu lange ... Er kam sich romantisch vor – und ein bisschen albern.

Er sagte: »Entschuldige, dass ich nicht schon angerufen habe. Gestern Abend wollte ich nicht mehr stören, und jetzt habe ich zu lange gepennt. Vielleicht können wir ...«

»Ja?« fragte sie, als er nicht weitersprach.

»Mir fiel eben etwas ein ...«

»Was denn? Betrifft es uns beide?«

»Nein, es ist – geschäftlich. Ich habe ja auch noch so etwas wie einen Beruf. Kannst du mir das verzeihen?«

»Nur ungern«, sagte die Lehrerin.

»Gut, dann hör zu! Ich habe noch eine ganze Menge zu erledigen, damit ich auch guten Gewissens hierbleiben kann. Wir werden uns also erst am Nachmittag sehen können, fürchte ich. Schlimm?«

»Sehr! Ich hasse Aktien und Börsenkurse und Bankkaufleute aus Zürich!«

»Eben! Nachher bin ich dann nur noch Hamlet, unzerknautscht.«

Er hörte sie leise lachen. »Aber nicht für lange, wenn du mich fragst. Wirst du mich fragen?«

»Du bist eine schamlose Person«, sagte er vergnügt und legte auf. Er hielt den bundesdeutschen Bildungsnotstand, zumindest in Düsseldorf, für nicht mehr ganz so besorgniserregend wie bisher.

Zwei Stunden später war Anderson auf dem Weg zum Jachthafen.

Er hatte Sophia belogen. Was ihm während des Telefongesprächs mit ihr eingefallen war, hatte absolut nichts mit seinen Geschäften zu tun. Er hätte auch nicht sagen können, was ihn auf die Idee gebracht hatte, Claire könnte etwas wissen.

Er versuchte, sich an sie zu erinnern. Claire, das Mädchen auf Mensers Boot ›Poseidon‹: blond, gute Figur, ganz hübsch, wenn auch mit den leeren, etwas dümmlichen Augen einer Puppe.

Als er am Jachtklub aus dem Taxi stieg, empfand er die Hitze wie einen sanften Schlag. Er ging an der vollbesetzten Terrasse des Restaurants vorbei zum Steg hinunter.

Das Boot lag an derselben Stelle wie damals. Es schwankte leicht, da eben ein Lastkahn vorbeigetuckert war. Claire war nicht an Deck.

Anderson zog seine Schuhe aus und sprang auf die Heckbank. »Hallo!«, rief er, um auf sich aufmerksam zu machen. Er wollte nicht einfach in die Kajüte gehen und das Mädchen erschrecken, falls es gerade schlief.

Die Kajütentür schwang halb zurück, Claires Stimme sagte von drinnen: »Moment, ich hab doch gar nichts an! Wer sind Sie denn?«

»Anderson, Gert Anderson.«

»Wer?«

»Ich habe neulich hier ein Sonnenbad genommen. Erinnerst du dich?«

»Ach, du!« Sie schien sich ehrlich zu freuen. »Komm rein! Diesmal ist auch Whisky da, nicht bloß Pernod.«

Er stieg die drei Stufen hinunter, und da stand sie, hatte nur ein Badetuch um die Hüften, lächelte und sah recht hübsch aus, wenn auch alles andere als intelligent.

»Na, so eine Augenweide!«, sagte Anderson. Es fiel ihm schwer, Begeisterung zu heucheln.

»Mach mich nicht verrückt! Männer wie du machen mich immer verrückt.« Claire lachte. »Das kribbelt so auf der Haut, weißt du.«

»Na ja, soll's ja wohl auch«, sagte Anderson. Er schloss die Tür. Es war angenehm kühl hier unten. »Seit wann bist du denn hier?«, fragte er.

»Schon seit zwei Tagen. Es ist so saumäßig heiß. Ich hab hier geschlafen. Keiner hat mich abgeholt. Da hab ich mir gedacht, ich bleib am besten gleich hier. Menser ist wohl weg oder so.«

»Ich weiß auch nicht, wo er ist«, sagte Anderson. »Dabei müsste ich ihn dringend sprechen – wegen einer Sache in Avignon.«

Sie reagierte nicht darauf. »Ach, der!«, sagte sie wegwerfend. »Der gondelt doch immer in der Weltgeschichte rum und sagt nie, wohin er fährt. Dann ist er plötzlich wieder da.«

»Na ja, kann man nichts machen«, sagte Anderson. »Krieg ich einen Whisky?«

Claire kicherte albern. »Zum Schlafen oder zum Einschlafen?«

»Eins nach dem andern«, sagte er und versuchte überzeugend zu grinsen. Sie wollte sich ausschütten vor Gelächter. Er unterbrach sie: »Menser ist weder in der Fabrik noch zu Hause. Ich habe angerufen.«

»Dann vielleicht in dem Hotel, wo er immer diese widerlichen Froschschenkel futtert?«

»Auch nicht.«

»Dann ist er nicht in Düsseldorf«, sagte Claire bestimmt, und Anderson dachte dasselbe.

»Schade«, sagte Anderson. »Gerade jetzt hätte er mir bei einer wichtigen Sache helfen können.«

»Kann er das nicht auch noch, wenn er wieder da ist? Er wird's bestimmt tun. Wenn man Hilfe braucht, kriegt man sie von ihm, das weiß ich.«

»Hat er dir oft geholfen?«

»Ja, oft«, bestätigte Claire. »Einmal hat er mich sogar in seinem Appartement wohnen lassen, volle zwei Monate lang und ohne einen Pfennig Miete.« Sie trank ihr Glas aus und füllte es wieder. »Was ist das für eine Sache in ... in ...«

»Avignon«, sagte Anderson. »Eine geschäftliche Transaktion, bei der viel Geld zu machen ist. Na, vielleicht taucht er bald wieder auf.«

»Noch einen Whisky?«

»Tut mir leid, aber ich muss gehen. Ein andermal vielleicht.«

»Das kannst du mir doch nicht antun!«

»Ich muss.« Er stand auf und ging zur Tür. »Mach's gut – bis bald!«

»Hoffentlich!« rief sie ihm nach.

Er lächelte schwach und stieg hinauf in die lähmende Nachmittagshitze, enttäuscht und mutlos. Claire wusste nichts, wie hätte sie ihm da etwas verraten können. Er hätte nicht erst herzukommen brauchen, völlig sinnlos, das alles ...

Burgers Haus in Kaiserswerth sah unter der grellen Sonne nicht viel besser aus als eine Gartenlaube. Anderson war sekundenlang versucht, wieder umzukehren. Er wusste nicht, was er Burger wegen Sophia sagen sollte.

Er war erleichtert, als sie selbst in der Tür stand und sagte: »Komm herein! Vater ist nicht da, Mutter hat ihr Kaffeekränzchen, und Willi ist in der Berufsschule.«

Anderson sah sie an, ohne etwas zu sagen.

»Was ist denn?«, fragte sie verlegen.

»Ich sehe dich an«, sagte er. Ihre Nase war klein und sehr gerade, und sie hatte hohe Backenknochen, sanft geschwungene Brauen und kluge Augen. »Schließlich habe ich dich lange genug nicht gesehen.«

»Ja«, sagte sie nur. Sie trug wieder die verwaschenen Jeans und ein kariertes Hemd, das am Hals weit offenstand. An beiden Händen und am Haaransatz bemerkte er Spuren von Wasserfarbe.

»Marsch, in die Badewanne!«, sagte er. Dann nahm er sie in die Arme und murmelte: »Ich wollte fortlaufen.«

»Ich weiß«, sagte sie. »Bist du weit gelaufen?«

»Nicht sehr.«

So standen sie vor dem Haus des Kriminalkommissars Burger in der Sonne und hielten einander fest, als wäre ihnen Trauriges widerfahren.

»Ich liebe dich«, sagte Sophia.

»Ich dich auch. Wie war es heute Morgen in der Schule?«

»Ich war nicht dort, ich habe auf dich gewartet.«

»Das ist gut«, sagte er. »Lass uns jetzt hineingehen.«

In der Küche fragte sie: »Möchtest du etwas trinken? Kaffee oder Tee? Ich glaube, es ist auch noch Kuchen da. Und Brot und Aufschnitt.«

»Ich bin nicht hungrig ... Wir haben uns nicht einmal geküsst.«

»Ja«, sagte sie, aber sie drehte sich nicht zu ihm herum.

»Das ist alles so neu«, sagte er.

»Ja«, sagte sie wieder. Sie stand am Kühlschrank, sehr gerade, fast steif, und strich mit den Fingerspitzen über die Deckplatte.

»Kannst du dich nicht wenigstens mal umdrehen?«

»Doch«, sagte sie, aber sie drehte sich nicht um.

Es ist wirklich wie bei Pennälern, dachte Anderson, und es gefällt mir. Er nahm sie bei den Schultern und drehte sie zu sich herum. Dann küsste er sie. Sophia wehrte sich nicht. Sie presste sich an ihn, als müsse er jeden Augenblick in den Krieg ziehen.

»Ich – ich kriege keine Luft mehr«, murmelte sie.

»Hm ...« Anderson lächelte. Er sah sich um und sagte: »In einer Küche kann man sich nicht anständig lieben.«

»Natürlich nicht«, sagte Sophia. »Aber meine Mutter kann zurückkommen oder Brüderchen, oder Vater ruft an. Und das finde ich grässlich. Stell dir vor, wir haben uns oben lieb, und hier unten geht die Haustür auf.«

»Sicher – das wäre nicht gerade angenehm.«

»Willst du wirklich nichts zu essen oder zu trinken?«

»Vielleicht einen Schnaps.«

»Aber du hast doch schon Whisky getrunken, ich hab's gerochen«, sagte sie. »Und das am helllichten Tag!«

»Der Whisky war schlecht, und jetzt ist mir schlecht. Und die Hitze ist scheußlich.«

»Schnaps bei Hitze ist auch scheußlich«, sagte sie schnell. »Schnaps ist überhaupt scheußlich.«

Anderson grinste. »Du fängst an, mich zu erziehen, was? Kaum glaubst du, du hast mich, fängst du schon damit an.«

»Sicher!«, sagte die Lehrerin Sophia. »Eine Frau kann heutzutage nicht früh genug anfangen, wenn sie etwas aus ihrem Mann machen will.«

Sophia ging ins Wohnzimmer und kam mit einer Flasche Kognak zurück. Sie tranken beide einen Schluck. Dann schellte das Telefon. Sophia hob ab.

»Nein, ich habe jetzt keine Zeit ... Ja, ich bin krank. – Also, dann ...«

Sie sagte: »Das war eine Freundin von mir.«

»Muss ich die mitheiraten?«

»Nein.«

Anderson überlegte, was er Claire vorhin auf dem Boot noch hätte fragen können. Aber ihm fiel nichts ein. Er versuchte sich ihr Gespräch in allen Einzelheiten noch einmal durch den Kopf gehen zu lassen.

»Woran denkst du?«, fragte Sophia. »Wieder an diesen Menser?«

Anderson nickte. »Irgendwas an der Sache gefällt mir nicht. Erst spielt Menser die Intelligenzbestie und ermordet fast pausenlos Leute – und dann flüchtet er auf einmal. Das passt doch nicht zusammen!«

Sie waren in das Wohnzimmer hinübergewechselt Sophia hockte mit angezogenen Beinen auf dem Sofa. Sie sagte: »Ich weiß, was du meinst. Seine Eitelkeit, nicht? Du denkst, er wird zurückkommen und versuchen, alle an der Nase herumzuführen.«

»Genau das meine ich!«

»Und ich glaube nicht daran. Menser wird nicht so dumm sein, wieder hierherzukommen. Außerdem kann mein Vater besser Morde aufklären als du. Und nicht zuletzt will ich dich für mich haben.«

»Sehr schön. Aber mich hast du erst richtig, wenn Menser geschnappt ist. Solange er frei rumläuft ...«

»Na, gut«, sagte Sophia erheitert, »dann soll Menser von mir aus lieber heute als morgen kommen. Denn hier hat er keine Chance, alles wird überwacht, und eine Stunde später haben sie ihn. Ich versteh auch ein bisschen was vom Beruf meines Vaters ...«

Plötzlich fiel es ihm ein.

Er sprang auf und ging in dem kleinen Wohnzimmer unruhig hin und her.

Anderson zündete sich eine Zigarette an. »Und ich hab gedacht, sie erzählt nur dummes Zeug«, sagte er vor sich hin. »Aber es war kein dummes Zeug, es war ...«

»Wer hat dir was erzählt?«

»Ich war vorhin auf Mensers Boot. Da ist ein Mädchen, Claire, und sie hat irgendwas gesagt ...«

»Ein Mädchen?« fragte Sophia, und ihre Stimme lag jetzt um mindestens einen Ton höher.

»Sei nicht albern!«, sagte Anderson gereizt. »Sie ist ein Spielzeug für reiche Leute. Ich bin nur hingegangen, weil ich herausfinden wollte, ob sie was von Menser und dem Flug nach Avignon weiß.«

»Und? Wusste sie etwas?«

Er schüttelte den Kopf. »Nein, sie hatte keine Ahnung. Und doch hat sie eine Bemerkung gemacht ... Verdammt, ich komm nicht drauf!« Er ließ sich in den Sessel neben dem Sofa fallen und streckte die Beine lang aus.

»Denk nicht mehr daran, vielleicht fällt es dir dann wieder ein. Wenn man es unbedingt erzwingen will, wird meistens nichts daraus.«

»Ich werd's versuchen.«

Natürlich klappte es nicht. Immer wieder musste er an Claire denken und daran, was sie gesagt hatte. Er war sicher, dass es eine direkte Beziehung zu Menser hatte. Aber jedes Mal, wenn er sich an sein Gespräch mit Claire zu erinnern versuchte, warf er alles durcheinander: Avignon, geschäftliche Transaktion, Froschschenkel futtern, mit Claire schlafen, Whisky ...

Es wurde etwas besser, als Frau Burger nach Hause kam und Sophias Bruder Willi kurz danach ebenfalls aufkreuzte.

»Bleiben Sie wieder hier?«, fragte Frau Burger. Sie streifte Sophia mit einem raschen Blick und sah dann wieder Anderson an. Ihr freundliches Gesicht verriet nicht, was sie dachte.

»Ich weiß noch nicht«, sagte er unsicher. »Es wird von Ihrem Mann abhängen. Wenn er meint, dass es sicherer für mich ist ...«

Sophia ging an ihrer Mutter vorbei zur Tür. Sie sagte nichts, aber sie blickte noch einmal zurück und lächelte ihm zu. Anderson fand, dass ihr Lächeln voll unverschämter Ironie war. Er nahm sich vor, ihr bei nächster Gelegenheit dafür den Hintern zu versohlen.

»Meinem Mann wird es recht sein, wenn Sie vorerst bleiben«, sagte Frau Burger.

»Ja, nur ...« Anderson schluckte und nahm einen erneuten Anlauf. »Da ist noch etwas. Ihre Tochter und ...«

»Ich weiß«, sagte Frau Burger unverändert freundlich. »Sie können Willis Zimmer wieder haben, er gibt es Ihnen gern.«

»Ja, danke – vielen Dank!«, sagte Anderson etwas hilflos.

»Es ist zwar kein Appartement, wie Sie es im Hotel ...«

Appartement!

Das war es, wonach er den ganzen Nachmittag schon gesucht hatte! Mensers Appartement irgendwo hier in Düsseldorf. Claire hatte dort wohnen dürfen, zwei Monate lang, ohne Miete zu zahlen – jetzt wusste er es wieder.

»Sie bleiben also?«

»Bitte?« Er schreckte aus seinen Gedanken auf. »Ja, sehr gern. Entschuldigen Sie, mir ist gerade etwas eingefallen ...«

Eine halbe Stunde später – es war kurz nach sieben, Burger hatte sich noch nicht blicken lassen – fuhr Anderson in einem Taxi zum Hotel, um seine Sachen zu holen. Soweit entsprach das, was er Sophia gesagt hatte, der Wahrheit. Dass es nur die halbe war, brauchte sie nicht zu wissen.

Sie hatte anfangs darauf bestanden, ihn in ihrem Wagen hinzufahren. Nach einem endlosen Hin und Her war es ihm gelungen, sie davon abzubringen.

Vom Hotel aus ließ er sich zum Jachthafen fahren. Während der ganzen Zeit hatte er die Befürchtung, Claire könnte das Boot inzwischen verlassen haben. Er wusste nicht, wo sie wohnte oder bei wem sie sich herumtrieb, wenn Menser fort war.

Seine Angst war unbegründet.

Als er das Deck der ›Poseidon‹ betrat, hörte er Claire unten in der Kajüte hantieren. Er hoffte, dass sie inzwischen etwas übergezogen hatte. Ihr textilfreies Leben ging ihm langsam auf die Nerven.

»Claire?«

»Wer ist da?« Sie erschien in der Kajütentür und hatte tatsächlich etwas an. Eine Cocktailschürze.

»Ich bin's noch mal. Ich hab's wieder vergessen ...«

»Was denn?«

»Mensers Appartement – wo war das noch? Luisenstraße ...«

»Nein, Geibelstraße siebzehn, das neunte Haus links. Warum? Willst du etwa hin?«

»Ja, ich versuch's mal. Vielleicht ist Menser dort. Je eher ich ihn finde, desto besser – für unsere Transaktion, du weißt schon.«

»Er wohnt ganz oben. Es ist so ein Haus auf dem Dache eines Hauses.«

»Ein Penthouse?«

»Ja, so nennt er's. Aber ich glaub nicht, dass er dort ist. Na, egal – du kannst ja anschließend herkommen, ich bin auf jeden Fall hier.«

»Gut – bis nachher!«

Anderson winkte ihr flüchtig zu und sprang auf den Steg hinauf. Sie tat ihm ein bisschen leid, weil sie nachher vergeblich warten würde – aber nur ein bisschen. Als er in das Taxi stieg, das auf ihn gewartet hatte, dachte er schon nicht mehr an sie.

Er nannte dem Fahrer Burgers Adresse in Kaiserswerth.

Unterwegs überlegte er, ob er dem Kommissar alles sagen sollte. Seine Bereitschaft dazu war nicht überwältigend groß. Burger hatte ihn praktisch als Feigling eingestuft. Und außerdem – vielleicht war Menser gar nicht in Düsseldorf.

Blamieren wollte Anderson sich vor Burger auch nicht. Also erst einmal abwarten, wie sich alles entwickelte. Wegen Sophia musste er mit dem Kommissar auch noch reden – nein, mit dem Vater Burger. Und das war wesentlich unangenehmer.

Er wurde der Schwierigkeit vorerst enthoben. Burger war nicht zu Hause.

»Vor ein paar Minuten musste er wieder weg«, erklärte Sophia. »Ein neuer Fall. Es kann spät werden.«

»Was Neues über Menser?«

»Nein – zumindest haben sie ihn bis jetzt noch nicht. Aber …« Sophia stockte und sah Anderson besorgt an. »Hat Vater dir gesagt, was er über Menser denkt?«

»Wieso, was denkt er denn?«

»Er hält ihn für krank, für geisteskrank. Menser, sagt er, habe kein eigentliches Motiv, er wolle beweisen, dass es das perfekte Verbrechen gibt. Und du sollst vorsichtig sein, hat er noch gesagt.«

»Woraus schließt er das? Ich meine, dass Menser krank ist.«

»Aus dem Brief seiner Frau – wo sie schrieb, er sei von einer fast diabolischen Intelligenz und tüftele Pläne für Verbrechen aus.«

Das also war es! Anderson verspürte etwas wie Enttäuschung. Er hatte ein raffiniertes Motiv erwartet, wie in einem Krimi. Aber das Leben war wohl mitunter ein bisschen anders.

Als er zu Bett ging, war der Kommissar noch nicht zurück. Anderson lag wach und horchte auf die Stille im Haus – bis Sophia zu ihm kam und ihn so durstig liebte, dass er alles andere vergaß.

Gegen drei Uhr – Sophia war eingeschlafen – stand er auf, zog sich an und verließ das Haus. Niemand hörte ihn.

Er musste zwanzig Minuten gehen, bis er ein Taxi auftrieb. Es brachte ihn zur Geibelstraße. An der Ecke stieg er aus und ging zu Fuß weiter. Vor dem Haus Nummer 17 blieb er stehen.

Es war ein Neubau, sechs Stockwerke hoch. Mensers Penthouse war von der Straße aus nicht zu sehen.

Anderson sah, dass der oberste Klingelknopf kein Namensschild hatte.

Er läutete.

Sekundenlang wartete er mit angehaltenem Atem. Das laute Summen des automatischen Offners erschreckte ihn. Er drückte die Tür auf und fuhr mit dem Lift nach oben bis zum sechsten Stock. Dann ging er die Treppe zum Penthouse hinauf.

Die Eingangstür stand weit offen.

Anderson blickte sich um. Es war vier Uhr, der Tag kam rosig heraufgekrochen wie ein Baby, das noch nicht laufen kann.

Er betrat zögernd den kleinen Flur. Im selben Augenblick öffnete sich die innere Tür – und da saß Menser hinter einem Schreibtisch und sagte lächelnd, als sei nichts geschehen: »Kommen Sie doch herein, mein Freund!«

»Guten Morgen«, sagte Anderson.

Er machte zwei Schritte auf Menser zu – und wusste im selben Augenblick, dass er in die Falle gegangen war.

Der Mann, der hinter der Tür gestanden hatte, versperrte ihm den Rückweg. Es war ein breitschultriger Mann mit einem kurzen, dicken Hals, schweren Augenlidern und einem fast kahlen Schädel.

Die Pistole in seiner Hand war auf Anderson gerichtet.

## Teil IX

Menser lächelte noch immer. Er sagte nichts. Anderson wollte sprechen und merkte, dass sein Mund völlig trocken war. Die Zunge klebte ihm am Gaumen. Das kommt davon, dachte er, wenn man einen Mörder fangen will, auf eigene Faust und unbewaffnet.

»Sie sind ein Mörder!«, sagte er.

»Mag sein. Sonst noch etwas?« Menser spielte mit einem Brieföffner, als langweile ihn das alles entsetzlich. »Sprechen Sie sich aus. Viel Zeit haben Sie nicht mehr.«

Anderson trat einen Schritt zurück – und zuckte zusammen, als der Mann an der Tür ihm die Pistole hart in den Rücken stieß.

»Stehen bleiben!«

Er dachte daran, wie alles begonnen hatte, mit dem Mordversuch an Maria Schloßheim. Sie war tot, ein paar Tage erst – und doch schon eine halbe Ewigkeit. Er dachte an Burger, den bulligen kleinen Kommissar, an das Haus in Kaiserswerth, an die Lehrerin Sophia und dass er nicht sterben wollte.

»Warum?« fragte er heiser.

»Warum was?«, fragte Menser.

»Die Morde«, sagte Anderson.

»Nun, vielleicht nur ein Spiel, ein Schachspiel mit lebenden Figuren.« Menser lehnte sich zurück. Er lächelte noch immer. »Sie dürfen sich aussuchen, was Sie sein wollen. Läufer? Oder gar Turm?«

Anderson schwieg.

»Aber womöglich reicht es nur zum Bauern. Spielen Sie Schach?«

»Sie haben einen Fehler gemacht«, sagte Anderson.

»So? Und welchen?«

»Ich habe Sie gefunden.«

Menser lehnte sich wieder vor. Er lächelte nicht mehr. Der Brieföffner in seinen Fingern drehte sich jetzt rascher.

»Claire«, sagte er, »ich weiß. Es war die einzige Möglichkeit, Sie in die Falle zu locken. Und Sie haben angebissen. Bleibt nur die Frage, wie wir Sie am besten verschwinden lassen. Doch das ist weniger meine Sache.« Er sah an Anderson vorbei.

»Ja, Chef«, sagte der Mann hinter Anderson.

Menser warf einen Blick auf seine Armbanduhr. »Ich gebe Ihnen noch drei Minuten, mein Freund. Irgendwelche Fragen?«

»Sie haben Burger vergessen«, sagte Anderson.

Menser verzog den Mund. »Ich? Sie sind es, der ihn vergessen hat. Er hätte Sie sonst nicht allein hierher kommen lassen. Nein, Anderson, ich habe Sie schon richtig eingeschätzt. Sie sind eitel und hochmütig, Sie wollten es diesem schäbigen kleinen Beamten mal richtig zeigen.« Er lachte verächtlich.

Anderson senkte wie schuldbewusst den Kopf und schabte mit der rechten Schuhspitze über den Teppich. Der Mann hinter ihm war einen halben Schritt seitwärts getreten, er konnte seine Füße sehen. Ich müsste seine Aufmerksamkeit auf Menser lenken, dann hätte ich vielleicht eine Chance, dachte Anderson.

Laut sagte er: »Burger kennt die Adresse.«

»Und wo ist er dann? Ja, ja, mein lieber Anderson, Sie sind ein Held, ich weiß. Aber Sie sind es nur noch eine Minute.«

»Na gut«, sagte Anderson und versuchte seiner Angst Herr zu werden, »aber Burger kennt auch Ihr Motiv. Er weiß, warum Sie Ihre Frau getötet haben und dann Ihre Schwägerin und die anderen, die auf irgendeine Weise mit den beiden Verbrechen in Zusammenhang gebracht werden konnten. Er weiß, warum Sie es taten.«

Menser schwieg.

»Ihr größter Fehler war, dass Sie sich stets für klüger hielten als alle anderen, erst recht für klüger als die gesamte Kriminalpolizei«, sagte Anderson, und jetzt sah er Menser herausfordernd an. »Aber Sie sind nicht klug, Menser – Sie sind nur geisteskrank ...«

»Schweigen Sie!« Menser war aufgesprungen. Der Brieföffner fiel ihm aus der Hand. Seine Lippen zitterten, das Gesicht war bis zur Unkenntlichkeit verzerrt.

»Sie wollen es nicht wahrhaben«, sagte Anderson, »obwohl Sie es vermutlich selbst befürchten. Aber es ist wahr, Menser! Sie halten sich für ein Genie, wie es viele verdeckt Geisteskranke tun, die ...«

»Sie lügen!«, schrie Menser. Seine Stimme überschlug sich. »Wer sind Sie denn schon, Sie ... Sie ... Ein Nichts!

Das ich auslöschen werde. Jawohl, auslöschen!« Er rang nach Luft.

»Ich weiß«, sagte Anderson rasch, bevor Menser weitersprechen konnte. »Erst lassen Sie mich von ihm umbringen« – er wandte vorsichtig den Kopf zur Seite und sah den Mann an, der mit der Pistole halb hinter ihm stand –, »und dann ist er dran. Weiß er es noch nicht?«

Der Mann starrte Menser an. Sein Gesicht ließ erkennen, das er nachdachte. Es kostete ihn Mühe. Er hatte die Augen zusammengekniffen, der Mund stand halb offen. Und die Mündung der Pistole hatte sich nach unten gesenkt.

Anderson warf sich gegen ihn. Es war heller Wahnsinn, und er wusste es. Er hatte so etwas noch nie getan. Superhelden wie James Bond fand er zum Kotzen. Er hatte noch nie ein Held sein wollen. Er war es auch jetzt nicht. Die Angst erstickte ihn fast.

Aber er warf sich herum.

Der Mann versuchte, die Waffe hochzureißen. Es gelang ihm nicht mehr. Anderson hatte zugepackt, gefährlich ungeschickt, fast blind. Doch er hatte Glück. Er bekam das Handgelenk zu fassen.

Instinktiv riss er das Knie hoch – und hörte den Mann vor Schmerz aufbrüllen. Gleichzeitig schmetterte er die Faust des anderen gegen die Wand. Es gab ein hässliches Knacken. Die Waffe fiel auf den Teppich.

Anderson bückte sich und hob die Pistole auf. Er richtete sie auf Menser. Der Mann mit dem kahlen Schädel war auf dem Boden zusammengesunken, hielt sich das Handgelenk und wimmerte.

Menser hatte sich in seinen Stuhl fallen lassen. Er saß weit zurückgelehnt und starrte mit leeren Augen auf die Tischplatte.

»Es ist nicht wahr«, murmelte er vor sich hin, »es ist nicht wahr, ich bin nicht ... ich ...«

»Sie sind krank«, sagte Anderson, »Sie gehören in eine Anstalt.«

Menser schwieg. Er hob nicht einmal den Blick.

Der Mann auf dem Fußboden stöhnte laut.

Anderson trat zwei Schritte zur Seite, um beide im Auge behalten zu können. Er sagte zu dem Mann: »Rufen Sie die Polizei an!«

»Meine – Hand ...«

»Los, die Polizei!« schrie Anderson wütend. Er musste an sich halten, um nicht loszudrücken. Dabei wusste er nicht einmal, ob die Waffe gesichert war oder nicht. Er hatte noch nie eine Pistole in der Hand gehabt.

Der Mann kroch wimmernd auf Mensers Schreibtisch zu, zog sich daran hoch und nahm den Hörer ab. Er legte ihn neben den Apparat. Dann wählte er mit der linken Hand.

Burger kam mit drei Leuten hereingestürmt. Er war rot im Gesicht und japste nach Luft. Sein Blick überflog das Zimmer. Dann wandte er sich Anderson zu. Er sagte: »Du verrückter Hund!« Aber es lag keine Anerkennung darin.

»Geschenkt«, sagte Anderson lahm und merkte kaum, dass Burger ihm die Pistole aus der Hand nahm. Er war auf einmal sehr müde. »Geben Sie mir eine Zigarette.«

»Ich hab keine«, sagte Burger.

»Auch egal. Wenn Sie nichts ...« Anderson unterbrach sich. »Wenn du nichts dagegen hast, fahr ich zu deiner Tochter. Ich bin diese verdammten Typen hier leid.«

»Es hätte schiefgehen können.«

»Ja, das hätte es«, sagte Anderson und fröstelte plötzlich. »Aber ich bin ein Sonntagskind.« Er ging zur Tür.

»Schönen Dank auch«, sagte Burger hinter ihm her.

Anderson drehte sich nicht mehr um. Er wollte nur noch fort, weg aus diesem Zimmer, zurück in die Sonne und in das friedliche, belanglose, fast spießig gleichförmige Leben, das er bisher geführt hatte – ohne Überfälle, ohne Leichen auf Schuttabladeplätzen und ohne geisteskranke Industrielle.

Als er das Haus des Kriminalkommissars Burger in Kaiserswerth erreichte, stand Sophia auf dem Gartenweg. Sie trug – wie hätte es anders sein können! – ein rot kariertes Hemd und die verwaschenen Bluejeans.

Sie wirkte wie ein Kind im Waisenhaus, dem man gerade gesagt hat, es habe doch Eltern und werde in Zukunft bei ihnen leben.

Anderson merkte, dass ihm warm war. Er zog sein Jackett aus, ließ es auf den Rasen fallen und ging ihr entgegen.

»War es schlimm?«, fragte sie.

»Nicht sehr.« Er nahm sie in die Arme und hielt sich an ihr fest.

Sie sagte leise: »Du brauchst dir keine Sorgen zu machen. Du musst mich nicht sofort heiraten.«

»Nein, nicht sofort«, sagte er, »frühestens morgen ...«

# Bis der Hass euch bindet

*1971 erschien dieser Roman als Fortsetzungsabdruck in der HÖRZU. Der Schauplatz ist ein exotischerer als in anderen Romanen Berndorfs: Ascona in den Schweizer Bergen – Ein Ort, der dem Autor bestens bekannt ist. Sein Literaturagent schickte ihn dort ab und an ins Schreibexil.*

*Der Alkohol spielte eine wichtige Rolle im Buch und im wirklichen Leben. Er verkörperte das Lebensgefühl der 70er und war der Teufel, der dem Autor beständig im Nacken saß.*

*Die Geschichte von Dr. Andreas Krumm beginnt eigentlich wie ein Kapitel aus Berndorfs eigenem Journalistenleben: Mit dem Auto in einer Tour von Hamburg an den Lago Maggiore. Nur für Bier und Korn wird die achtzehnstündige Fahrt dann und wann kurz unterbrochen. Ein rastloses Leben auf der Überholspur.*

*Ein Mann flieht aus seiner Ehe, die längst keine mehr ist und lernt eine Frau kennen, die versucht, vor ihrer Schuld davonzulaufen. Aber der Weg in den gemeinsamen neuen Anfang ist von tödlichem Hass verstellt. Ein bedrohliches Szenario fügt sich Stück für Stück zusammen. In einem winzigen Bergdorf im Tessin lässt Berndorf dann die Situation eskalieren. Hier zeigt sich das große Talent des Autors, Menschen in Extremsituationen darzustellen.*

## Teil I

Es war nicht einfach, allein zu sein. Man musste sich wahrscheinlich ebenso damit abfinden, wie man sich mit einer unheilbaren Krankheit abfindet: Man hatte die verdammte Pflicht und Schuldigkeit, das Beste daraus zu machen.

Er grinste und besah sich dabei im Rückspiegel. Er war unrasiert, weil er die ganze Tour von Hamburg bis hierhin durchgefahren war. Nicht einmal an Raststätten hatte er gehalten, sondern war – wenn er etwas essen wollte – von der Autobahn abgefahren und hatte stumpfsinnig in einer Dorfkneipe gehockt. »Ein Bier und einen Korn, bitte.«

Er hatte achtzehn Stunden hinter dem Steuer gesessen und kam sich vor wie alle diese Idioten, die ihren Urlaub damit begannen, in zwei oder drei Tagen eintausend oder zweitausend Kilometer zu fahren, um dann großspurig zu sagen: »Diesmal habe ich eine Stunde weniger gebraucht als im vorigen Jahr.«

Aber der Unterschied zu all den anderen Jahren war der, dass er allein war. Und die Tage, die vor ihm lagen, waren keine Urlaubstage.

Er stand mit seinem Wagen ziemlich exakt in der Mitte der Strecke zwischen Locarno und Ascona. Weiter vorn versuchte ein Verkehrspolizist, die Kreuzung freizuwinken.

Natürlich schien die Sonne. Im Tessin scheint sie meistens, das Tessin ist eine sehr sonnensichere Angelegenheit. Er fragte sich, warum er ausgerechnet hierhergefahren war, in dieses verdammte Tessin, wo alle Schweizer italienisch sprechen und so geschäftstüchtig sind, dass man glaubt, in Armenien zu sein.

Er erinnerte sich matt, dass seine Frau Astrid hier einmal ein Paar Schuhe gekauft hatte. Lächerliche, weiße leichte Dinger, die hundertfünfzig Mark gekostet hatten. Aber Astrid war nicht mehr seine Frau. Zumindest war dieser Gedanke tröstlich. Denn Astrid war ein kalter Hering, wie sich herausgestellt hatte.

Ich werde die Scheidung von hier aus durchsetzen, dachte er. Ich werde nicht nach Hamburg gehen und vor irgendeinem Trottel von Scheidungsrichter stehen, der mich unter Umständen fragt: ›Und wann, Herr Doktor, hatten Sie den letzten Verkehr mit Ihrer Frau?‹

Und da er häufig verletzend ehrlich war, würde er antworten: ›Wenn ich es mir recht überlege, habe ich sie vor zehn Jahren zur Frau gemacht. Alles, was dann kam, war fade und grau. Sie hat sich nie gehen lassen, Herr Vorsitzender. Sie hat dagelegen wie ein toter Hering ...‹

So oder so ähnlich würde er antworten.

Aber da waren noch die Kinder. Thomas, der acht, und Jennifer, die vier Jahre alt war. Wie konnte man in der Bundesrepublik nur ein Mädchen Jennifer nennen! Er musste verrückt gewesen sein, als er Astrids Wunsch nachgegeben hatte. Wie hatte sie doch gesagt? »Weißt du, Jennifer klingt so ein bisschen nach Welt.« Typisch Astrid!

In Ascona fuhr er zum Auto-Service gleich an der Ecke neben dem Supermarkt. Er sagte, was er gemacht haben wollte, und setzte sich dann in dem engen Büro des Tankwarts an das Telefon. Er fand ein Zimmer in einem kleinen Hotel am oberen Ende der Promenade. Dann ging er hinaus, um zuzusehen, wie die Männer seinen Wagen fertigmachten. Er war nicht im geringsten ungeduldig. Er hatte sehr viel Zeit. Wenn man es genau besah, hatte er zu viel Zeit.

Während er nachher an der Post vorbei zum See hinunterfuhr, dachte er mechanisch: Ich werde mich bemühen, eine Frau zu finden. Das ist das Beste, das ist entschieden das Beste. Es kann nicht schwer sein, eine zu finden, die einigermaßen intelligent ist und mich manchmal zum Lachen bringt. Aber vielleicht ist diese Art von Gebrauchsbiene nicht hier.

Krumm dachte vulgär, weil das ein gutes Ventil war. Man konnte bösartige Stimmungen abstreifen, man konnte ausgeglichener wirken. Und das um so mehr, je weniger man es war.

Das Hotel war nett und klein, und der Hausbursche – oder Besitzersohn oder Geliebter der Besitzerin, oder wer immer der Knabe war – trug sein Gepäck leicht und pfeifend die Treppe hoch.

»Sie haben aber viel Zeug mitgenommen«, sagte er. Er mochte achtzehn sein.

»Na ja«, sagte Krumm, »schließlich will ich was erleben und nicht dauernd in Cordhosen auf der Piazza hocken.«

»Das ist gut«, sagte der Junge, »das ist wenigstens mal ein Wort.« Er sah Krumm eine Weile an und setzte dann hinzu: »Meine Mutter nimmt es nicht so genau.«

Er war also der Sohn. Und es war klar, was er meinte.

»Ich habe nichts vor in der Richtung«, sagte Krumm. »Jedenfalls nicht die ersten zwanzig Tage.« Es war gelogen, aber es klang einigermaßen glaubhaft.

»Ich wollte nicht ...«, murmelte der Junge verwirrt.

»Schon gut«, sagte Krumm. »Ich bin froh, es zu wissen.«

Das Zimmer war groß und behaglich eingerichtet. Es war wirklich den Preis wert.

»Habt ihr das Haus voll?«

»Zwei Ehepaare mit Kindern«, sagte der Junge. »Dann ist da noch eine Dame. Komische Type. Sagt kein Wort, sitzt stundenlang auf der Piazza. Nimmt ein Boot, rudert hundert Meter rum, kommt wieder rein und darf sechzig Franken zahlen. So eine Type, die völlig ausgeflippt ist, verstehen Sie? So eine, die an irgendetwas kaut.«

»Ich verstehe«, sagte Krumm. »Holst du mir einen halben Liter Barbera?«

»Wieso nicht?«, sagte der Junge und ging den Wein holen.

Während er später drinnen die Koffer auspackte und die Sachen in den Schrank hängte, trank Krumm den Barbera auf dem kleinen Balkon. Er fragte sich plötzlich, ob er dazu in der Lage sei, einen Mord zu begehen. Er dachte dabei nicht an Mord allgemein, sondern an den Mord an seiner Frau. Es war bedrückend, von derartigen Gedanken befallen zu werden, aber welcher Gedanke war den Menschen fremd?

Krumm fand, dass er niemals einen Mord begehen könnte. Und schon gar keinen Mord an Astrid. Sie war es in seinen Augen nicht wert, ermordet zu werden. Würde man sie fragen, würde sie antworten: »Einen Mord? An mir? Den Gedanken finde ich chic!« Und sie würde es wirklich ›chic‹ finden. Schon deswegen war es keine gute Idee.

»Ich bin fertig«, sagte der Junge im Zimmer.

»Schönen Dank«, sagte Krumm, trank den Wein aus und ging hinein. Er duschte sehr lange und zog sich zum Abendessen um. Er würde in eine der kleinen Kneipen gehen oder vielleicht zu *Ivo*. Es war gleichgültig, wohin er ging. Wichtig war, dass er zu Fuß lief und sich nicht in das verdammte Auto setzte, das er seit beinahe vierundzwanzig Stunden nicht verlassen hatte in der panischen Angst, irgendetwas könnte ihn an seiner Flucht hindern.

Er ging also hinunter auf die Piazza, verschränkte die Hände auf dem Rücken und begann zu schlendern. Das war gar nicht einfach. Er musste sich förmlich dazu zwingen, langsam zu gehen. Er würde sich noch an vieles gewöhnen müssen.

Als er das Restaurant betrat, das *da Ivo* heißt und in dem man für einen nicht einmal hohen Preis Dinge essen kann, die unglaublich gut schmecken, war es noch viel zu früh. Kein Mensch war da. Nur ein Kellner stand gelangweilt herum und versuchte gar nicht erst den Eindruck zu erwecken, als sei er froh, wenigstens einen Gast zu haben. Der Mann war ehrlich.

»Einen Wodka«, sagte Krumm. Er wusste nicht, warum er Wodka bestellte, normalerweise trank er ihn nie. Aber nun war es eben Wodka.

»Mit Eis?«, fragte der Kellner. Er verstand nichts von Wodka, er wollte auch gar nichts von Wodka verstehen. Hier war man selbst im Trinken konservativ.

»Einen Dreifachen«, sagte Krumm. »Eiskalt. Ohne Eis. Nur so.«

»Gut«, sagte der Kellner.

Krumm trank den Wodka und bemerkte mit Unbehagen, dass es nicht gut gewesen war, erst einen halben Liter Barbera zu trinken und nun dieses Zeug, nachdem er so viele Stunden am Steuer gesessen hatte und einfach müde war. Aber er verspürte deshalb kein Schuldgefühl, es bedeutete nur eine Erinnerung, die schmerzte.

»Ich zahle«, sagte er. »Reservieren Sie mir einen Tisch für heute Abend. Acht Uhr. Eine Person.«

»Welcher Name, bitte?« Krumm sagte: »Doktor Krumm.« Er wusste, dass man hier auf Titel noch eher reagierte als anderswo.

Er ging hastig zurück zum Hotel, ohne eigentlich zu wissen, was er dort tun sollte. Dann kam ihm die Idee, zu Hause anzurufen. Seine Kinder mochten ihn, und sie würden sich Sorgen machen. Es war also gut, ihnen zu sagen, dass sie sich keine Sorgen zu machen brauchten.

Der Junge kam in sein Zimmer und sagte: »Sie müssen sich noch eintragen.«

Krumm nickte und schrieb, was er zu schreiben hatte. Name: Krumm. Vorname: Andreas: Beruf: Arzt. Nationalität: Deutsch. Dann kam der Punkt, an dem er log.

Verheiratet: Nein. Name der Ehefrau: Strich. In Begleitung der Kinder: Strich. Unterschrift.

»Da fehlt noch die Nummer des Passes«, sagte der Junge.

»Ich weiß nicht«, sagte Krumm.

»Ist auch scheißegal«, sagte der Junge. »Schreiben Sie halt irgendeine Nummer. Interessiert sich keine Sau für.«

»Stimmt«, sagte Krumm. Er schrieb einfach eine Nummer aus sechs Ziffern und grinste. »Was ist, wenn ich nun ein Gauner bin und gesucht werde?«

»Sie nicht«, sagte der Junge. Er war erstaunlich selbstsicher.

»Ich weiß nicht«, sagte Krumm nachdenklich. Er wusste es wirklich nicht.

Hinter ihm sagte eine Frau: »Habt ihr heute Abend etwas Gutes zu essen?«

»O ja«, sagte der Junge, »wir haben doch immer eine Menge guter Sachen.«

»Sicherlich«, sagte die Frau.

Krumm konnte sie nicht sehen, aber er konnte sie spüren. Sie roch nach einem unaufdringlichen Parfüm. Wahrscheinlich war es die Frau, von der der Junge ihm erzählt hatte. Wahrscheinlich war sie eine trockene Jungfer, die damit fertig werden musste, eine zu bleiben. Wahrscheinlich trug sie etwas Dunkles. Als er alles dies gedacht hatte, drehte er sich um.

Die Frau sah gut aus. Sie war nicht hübsch. Sie hatte ein weiches Gesicht mit großen Augen. Und sie schien klug zu sein. Sie trug zwar ein dunkelblaues Kostüm, aber sie war bestimmt keine Jungfer, die Angst davor haben musste, zu vertrocknen. Sie war eher jemand, der eine ganze Menge übles Zeug gesehen hatte. Der Junge konnte recht haben. Wahrscheinlich war sie hier, um irgendetwas zu vergessen. Es gab immer eine Menge Leute, die ins Tessin fuhren in der törichten Hoffnung, irgendetwas würde ihnen hier automatisch von der Seele genommen.

»Krumm«, sagte Krumm. Schließlich stand er dicht vor ihr und musste etwas sagen.

Sie murmelte Unverständliches, lächelte ihn sehr flüchtig an und ging dann hinüber in das Frühstückszimmer.

»Das ist die Ausgeflippte«, sagte der Junge. »Ich finde sie nicht mal so ohne.«

»Sie ist nett«, sagte Krumm. »Glaubst du … Ich darf doch du sagen?« Der Junge nickte. »Glaubst du, dass sie ein Glas Wein mit mir trinkt?«

»Ich weiß nicht«, sagte der Junge unsicher. »Sie müssen verstehen – die ist so schreckhaft.«

»Aber ja, ich verstehe«, sagte Krumm. Er begriff sich selbst nicht. Er war hierhergefahren, um hässliche Dinge zu begraben. Kaum war er hier, versuchte er, mit einer Frau zusammenzukommen, von der er nichts wusste und die sicherlich alles andere als dümmlich und willig war. Ich kann nicht allein sein, dachte er. Ich habe Angst davor, allein zu sein.

Er sagte: »Ich muss in Hamburg anrufen.« Er nannte die Nummer.

»Da drüben ist die Zelle«, sagte der Junge.

»Ich telefoniere hier«, sagte Krumm. »Ist ja sowieso kein Mensch da.«

Der Junge meldete das Gespräch an. Es dauerte nicht einmal eine Minute, bis es zustande kam.

»Bei Doktor Krumm ...«

Das war Astrid, verdammt noch mal! Krumm seufzte und sagte: »Gib mir mal eins der Kinder.«

»Wo bist du denn?«

»Eins der Kinder, bitte!« wiederholte er.

»Das geht nicht«, sagte Astrid. »Jennifer schläft schon, und ...«

»Dann weck sie auf«, sagte Krumm beharrlich. Er wusste, dass Jennifer niemals um diese Zeit schlief. Das war einfach gelogen.

»Also gut«, sagte Astrid, als habe ihr jemand eine entsetzliche Bürde auf die Schultern gelegt. Sie war eine Frau, die unendlich leidend wirken konnte, obwohl es ihr blendend ging.

Krumm musste einige Minuten warten. Wahrscheinlich flüsterte Astrid dem Kind zu, was es sagen sollte: ›Frag Papi immer wieder, wo er ist! Und frag ihn, ob er wieder zurückkommt! Und frag, wann er kommt!‹

»Hallo, Papi?«, sagte Jennifer. Sie sprach am Telefon immer sehr aufgeregt. Sie war ein kleiner Fratz, der den ganzen Tag Prinzessin spielte. Und in diese Spiele passte kein Telefon.

»Kleines«, sagte Krumm ganz ruhig, »wie geht's euch denn?«

»Gut«, sagte Jennifer eifrig. »Bist du in der Klinik? Operierst du? Operierst du einen Krebs?«

Krumm lächelte. »Nein, ich bin nicht in der Klinik. Ich bin jetzt für einige Zeit weg und wollte dir nur sagen, dass es mir gut geht. Ich musste schnell verreisen, aber es geht mir prima.«

»Kommst du bald wieder?«

»Aber sicher«, sagte er. »Tschüs!« Er hängte schnell ein, damit die Kleine nicht weiterfragte. Sie hatte kaum eine Chance, ihn jemals wiederzusehen. In einigen Jahren würde sie fragen, wer denn ihr Papi gewesen sei. Und Astrid würde sagen: ›Er taugte nicht viel. Er war ein kleiner Arzt.‹ Bestimmt würde sie so etwas sagen.

Krumm bezahlte das Gespräch und ging in das Frühstückszimmer, in dem die Frau verschwunden war. Er sagte zu dem Jungen: »Ich trinke noch einmal Barbera. Vielleicht esse ich auch hier.«

Die Frau saß an einem kleinen Tisch in der Ecke und sah hinunter auf den See. Sie wirkte weder nachdenklich noch trübselig. Sie wirkte auch nicht heiter. Sie schien die Gabe zu haben, völlig neutral zu wirken.

Krumm stellte sich an das Fenster und sah hinunter auf die Leute am See und unter den Arkaden. Hinter ihm fragte der Junge: »Wohin mit dem Wein, Herr Doktor?«

»Irgendwohin. Hierher vielleicht. Danke.« Es war idiotisch, aber er spürte den Zwang, mit jemandem zu sprechen. Er sagte: »Vor und nach dem Sommer lässt es sich am besten aushalten.«

»Ja«, sagte die Frau, »wahrscheinlich. Ich bin zum ersten Mal hier.«

Krumm nahm das Tablett mit der Weinkaraffe. »Ich setze mich zu Ihnen, wenn es Sie nicht stört.«

»Nein, es stört mich nicht«, sagte die Frau. »Der Junge wird Ihnen ohnehin gesagt haben, wer ich bin.«

»Das hat er nicht. Er sagte nur, Sie seien allein hier ...«

»Und ich säße dauernd rum oder hockte in einem Boot oder starrte aus dem Fenster: Er sagte Ihnen wohl, ich sei ein bisschen verrückt.«

»Nein«, erwiderte Krumm, »der Junge ist völlig in Ordnung. Er hat das alles gesagt, aber nicht in dem höhnischen Ton, den Sie vermuten. Er sagte es so, wie man es von einer Frau sagt, die einem gefällt. Der Junge ist wirklich in Ordnung.«

Sie sah ihn einen Augenblick erstaunt an und lächelte dann. »Ich bin hier zur Erholung.«

»Ich auch«, sagte Krumm. »Ich heiße Krumm, bin aus Hamburg und will ausspannen.«

Die Frau war offensichtlich verwirrt. Etwas an diesem Gespräch schien sie plötzlich zu stören. Oder vielleicht störte es sie überhaupt, wenn man mit ihr sprach?

Krumm stand auf. »Ich kann verstehen, dass man sich erholen muss. Wenn ich Ihnen auf die Nerven gehe, dann verschwinde ich lieber.«

»Das tun Sie doch gar nicht«, sagte die Frau hastig.

Krumm sagte ruhig: »Ich weiß, dass ich Ihnen auf die Nerven gehe. Ich kann's ja gut verstehen. Ich bin schon weg.« Er nahm die Karaffe mit dem Wein und das Glas und ging durch die Halle die Treppe hinauf in sein Zimmer. Er hockte sich auf den kleinen Balkon und dachte flüchtig, dass jemand dieser Frau sehr weh getan haben müsse.

Das Telefon klingelte. Es war der Junge. »Die Dame möchte Sie sprechen.«

Ehe Krumm protestieren konnte, klickte es, und die Frau fragte: »Sind Sie jetzt da?«

»Ja«, sagte Krumm höflich. Er dachte: Hoffentlich habe ich sie nicht auf dem Hals. Sie sieht kompliziert aus. Er setzte hinzu: »Falls Sie Bauchschmerzen haben, kann ich Ihnen nicht helfen. Ich bin Chirurg, ich weiß nichts von Bauchschmerzen.«

»Ich habe aber Bauchschmerzen«, sagte die Frau. »Ich war nicht sehr höflich zu Ihnen. Ich will mich entschuldigen.«

»Du lieber Himmel«, sagte Krumm, »was reden Sie ein Zeug daher! Sie sind überarbeitet. Sie kommen hierher, wollen Ruhe, Erholung. Da kommt so ein Mensch wie ich und quasselt Sie an. Also sind Sie sauer. Wäre ich auch. Das ist alles.«

»Ja«, sagte sie und begann übergangslos zu schluchzen. Sie sagte irgendetwas wie ›tot sein‹, aber Krumm konnte es nicht genau verstehen.

»Schon gut«, sagte er hastig und hängte ein. Gleich darauf rief er den Jungen an: »In welchem Zimmer wohnt diese Frau?«

»Drei Türen weiter«, sagte der Junge. »Wieso?«

»War sie von Anfang an so still und starr?«

»Ja«, sagte der Junge, »die ganze Woche schon.«

»Dann komm rauf!«, sagte Krumm ruhig. »Sie bekommt jetzt einen Nervenzusammenbruch. Ich kann nicht allein in ihr Zimmer gehen.«

Er hängte ein und fluchte laut vor sich hin. Aus seiner Nottasche nahm er eine Ampulle Valium, zog die Spritze auf und ging hinaus.

»Sie hat sich eingeschlossen«, sagte der Junge unruhig. »Und es ist ganz still drin.«

»Hallo!« Krumm klopfte gegen die Tür. »Machen Sie

auf, meine Dame! Soll ich meinen Barbera allein trinken, verflucht noch mal?«

»Sie liegt auf dem Bett«, sagte der Junge leise. »Man hört, wie sie sich bewegt.«

»Dann hängt sie noch nicht am Fensterrahmen«, sagte Krumm brutal. »Hol den zweiten Schlüssel.«

Der Junge war im Nu wieder zurück, schloss auf und ließ Krumm vorgehen.

Die Frau lag auf dem Bett und starrte Krumm empört an. Gleich darauf begann sie zu wimmern: »Ich kriege keine Luft mehr. Ich ersticke.«

»Blödsinn«, sagte Krumm ruhig. »Immer diese Leute, die unbedingt ersticken wollen. Sie haben Angst.«

»Ich ersticke.«

»Sie haben Angst«, sagte Krumm. »Machen Sie Ihren Hintern frei. Los, machen Sie schon! Haben Sie eine akute Erkrankung gehabt in letzter Zeit?«

»Nein.«

»Also Nerven?«

»Ich weiß nicht.«

»Haben Sie einen trockenen Mund?«

Die Frau nickte.

»Also, zeigen Sie mir Ihren Hintern. Ich habe so etwas schon häufiger gesehen.« Er drehte sich nach dem Jungen um und grinste: »Das heißt nicht, dass du gleich einen kostenlosen Striptease zu sehen kriegst. Hol mir die schwarze Tasche aus meinem Zimmer.«

Der Junge grinste zurück und verschwand.

Krumm schob den Rock der Frau hoch. Es war mühsam. Sie trug einen vertrackt engen Slip und Strumpfhosen. Und ihre Hände waren weiß und verkrampft. Sie konnte ihm nicht helfen.

»Na, dann wollen wir mal«, sagte er, legte die Spritze beiseite und zog der Frau die Wäsche ein Stück herunter. Dann nahm er die Spritze, klatschte ein wenig auf das feste weiße Fleisch und spritzte. Die Frau zuckte zusammen.

»Schon gut«, sagte Krumm. »Wenigstens anziehen könnten Sie sich selbst.«

Die Frau sah an sich herunter. »Was ist?« Sie hatte wahrscheinlich nicht sehr viel mitbekommen von der Spritze.

»Ich habe Valium gespritzt«, sagte Krumm. »Wenn Sie wollen, kann ich Sie auch mit Luminal umlegen, dass Sie zwölf Stunden schlafen.«

Der Junge kam mit der Tasche. Krumm prüfte Herz, Puls, Atmung und Blutdruck. Völlig normal außer einem leicht beschleunigten Puls.

»Nicht schlafen«, sagte die Frau.

»Dann müssen Sie mit mir essen gehen«, sagte Krumm ungerührt und lächelte. Es war zwar idiotisch, aber manchmal war es ganz gut, idiotisch zu sein.

»Wieso essen gehen?«, fragte die Frau.

»Weil Sie Menschen brauchen«, sagte Krumm. »Jeder braucht mal Menschen.«

»Wieso habe ich mich so unmöglich benommen?« Sie richtete sich auf.

»Das ist ganz einfach«, sagte Krumm. »Sie kommen hierher, total erledigt. Sie kapseln sich ab, grübeln ein paar Wochen lang. Dann wird alles Mögliche unerträglich, und man bekommt einen Kollaps. Das kann jedem passieren. Also, gehen wir essen?«

»Ja«, sagte die Frau.

»Ich hole Sie in einer halben Stunde ab ...«

Als Krumm mit der Frau auf die Straße trat, sagte sie: »Wenn Sie mich nicht angesprochen hätten, wäre wahrscheinlich gar nichts passiert, nicht wahr?«

»Ich weiß nicht«, sagte Krumm. »Irgendwann wären Sie auf jeden Fall zusammengeklappt. Sie müssen jetzt viel unter Menschen, müssen gelegentlich einen guten Cognac trinken und viel spazieren gehen. Sie müssen Ihren seelischen Stau abreagieren. Am besten ist, Sie werden ein richtig loses Frauenzimmer und gehen mit irgendeinem starken Oberkellner schlafen.«

Sie lachte. Sie lachte tatsächlich, obwohl es noch ein wenig spitz klang vor Aufregung. »Sie empfehlen also seelische Lockerungsübungen.«

»Nicht seelisch«, sagte er heiter. »Das mit dem Oberkellner trainiert auch den Körper recht schön.«

»Ich mag keine Oberkellner«, sagte sie.

»Sieh an, das Weib hat sogar menschliche Züge. Sie müssen aber zugeben, dass es Oberkellner gibt, die verdammt gut aussehen.«

»Es gibt auch Maurer, die gut aussehen. Ärzte, Matrosen, Bauern und Beatmusiker. Es ist doch egal.«

»Genau das meine ich«, sagte Krumm. »Die Hauptsache ist jetzt, dass Sie sich nicht isolieren. Sie müssen tatsächlich unter Menschen. Wahrscheinlich wäre es sogar am besten, Sie würden sich richtig besaufen.«

»Und dann einen katholischen Kaplan vergewaltigen?« fragte sie.

»In dieser Richtung etwa«, nickte Krumm. »So Kapläne sollen gewaltige Reserven ...«

»Hören Sie auf!«, sagte die Frau.

»Na schön.« Krumm war zufrieden, dass er sie über die erste Stunde gebracht hatte. »Gehen wir also bei *Ivo* essen. Ich habe einen Tisch reserviert. Und ich weiß Ihren Namen nicht.«

Sie überlegte einen Moment. »Ich heiße Vera Reiter«, sagte sie dann. »Ich habe mich beschissen gefühlt, und nun fühle ich mich nicht mehr beschissen. Darf eine Frau so etwas sagen?«

»Sie darf nicht nur, sie muss«, grinste Krumm. »Wenn Sie vor drei Wochen jemandem gesagt hätten, Sie fühlten sich beschissen, dann wäre es Ihnen drei Wochen lang besser gegangen. Haben Sie etwas gegen Knoblauch?«

»Eigentlich nicht«, sagte sie.

»Bei *Ivo* gibt es Bandnudeln in Knoblauchsoße!« Krumm starrte verzückt in den Himmel. Da muss die Vorsehung im Spiel gewesen sein, als sie Knoblauch mit Bandnudeln zusammentat.« Es war ein albernes Spiel, aber es schien ihr zu helfen, denn sie lachte.

»Hinein mit Ihnen!«, sagte Krumm. »Und besaufen Sie sich heimlich. Aber kichern Sie nicht über ältere Lustgreise und so.«

»Nein!« Sie kicherte.

## Teil II

Krumm und die Frau, die Vera Reiter hieß, saßen bei *Ivo* in Ascona auf der überdeckten Terrasse und aßen. Krumm hatte schon die zweite Flasche Wein bestellt. Er sagte: »Es muss doch möglich sein, besoffen zu werden.«

»Ich will aber nicht«, sagte die Frau. »Es wäre einfach zu schade, jetzt betrunken zu sein. Ich bin zum ersten Mal wirklich ganz ruhig und will das auskosten.«.

»Das ist richtig. Warum haben Sie auch soviel gearbeitet?«

»Ich habe nicht zuviel gearbeitet«, sagte die Frau. »Es ist etwas anderes. Aber ich möchte nicht darüber sprechen. Erzählen Sie von sich. Was treiben Sie eigentlich so?«

»Na ja, ich bin Chirurg. Hier mal ein Blinddarm, da mal die Galle und so weiter. Und nun ruhe ich mich aus.«

»Sind Sie nicht verheiratet?«, fragte die Frau.

»Nein, nicht die Spur.«

»Ich war sicher, dass Sie verheiratet sind.«

»Sind Sie verheiratet?«, fragte Krumm.

»Nein, nicht mehr. Einige Zeit schon nicht mehr. Sehe ich so aus, als brauchte ich einen Mann?«

Krumm lachte. »Eine Frau kann immer einen Mann gebrauchen. Aber Sie sehen so aus, als brauchten Sie sich nicht sonderlich zu bemühen, einen zu bekommen.«

Die Frau sagte: »Danke.« Dann: »Ich wüsste nicht mal, was ich mit einem Mann anfangen sollte, wenn ich einen hätte.«

»So etwas kommt vor«, sagte Krumm, als sei das eine große Selbstverständlichkeit.

»Aber das ist doch nicht normal!«

»Das ist normal. Sie können sich darauf verlassen, dass es normal ist. Wollen Sie etwas Käse hinterher?«

»Ja«, sagte die Frau. »Und nicht mehr über diese Dinge sprechen.«

»Natürlich.« Krumm bestellte Gorgonzola und überlegte, ob es nicht möglich wäre, diesen Abend abzubrechen. Er spürte die Müdigkeit wie einen schweren Mantel.

Aber die Frau war froh, sprechen zu können. »Hier sind schon komische Typen.« Sie lächelte.

»Ja«, sagte Krumm, obwohl er wusste, dass die Leute an den anderen Tischen auch ihn und die Frau als komische Typen klassifizieren konnten. »Haben Sie Lust, ein bisschen zu tanzen oder so?«

»Nicht sehr«, sagte die Frau. »Dass ich hier mit Ihnen gegessen habe, ist schon eine enorme Leistung gewesen.«

»Dann also marsch ins Bett«, sagte Krumm. »Es ist neun Uhr. Ich werde Ihnen ein Schlafmittel geben. Und morgen früh gehen Sie los und kaufen sich ein Kleid oder ein Paar Schuhe oder irgend so was. Sie müssen etwas unternehmen. Sie müssen sich selbst in den Hintern treten.«

»Ja«, sagte die Frau gehorsam wie ein Schulkind.

Im Hotel gab er ihr eine Schlaftablette und schickte sie resolut wie in der Klinik ins Bett. »Sie müssen schlafen!«

»Vielen Dank«, sagte sie.

»Schon gut«, sagte Krumm.

Er stand auf dem Balkon und sah auf den See. Es war ein wenig windig und kühl geworden. Ganz plötzlich hatte er das Gefühl, ersticken zu müssen. Er wusste genau, dass seine Nerven ihm einen Streich spielten, aber dieses Wissen schützte ihn nicht vor der Furcht.

Er wartete ab, bis die Furcht verschwunden war. Dann ging er hinunter und setzte sich auf eine Bank an den See. Er schlief ein und wachte irgendwann in der Nacht auf. Frierend ging er in das Hotel zurück.

Der Junge saß hinter der Rezeption und rauchte eine Zigarette. Er sah Krumm einen Augenblick lang an, entschied dann, dass er nicht betrunken war, und fragte: »Will sie sich das Leben nehmen?«

»Nein«, sagte Krumm, »ich glaube nicht.«

»Das ist gut. In unserer Branche hat man das nicht so gern.«

»Das hat keine Branche gern. Ich bin tatsächlich auf einer Bank eingeschlafen.«

»Dann ab ins Bett«, sagte der Junge.

Es war jetzt vier Uhr morgens, und Krumm war resolut genug, zwei Schlaftabletten zu nehmen.

Als er aufwachte, war es ein Uhr mittags. Er rief die Rezeption an: »Wie konnten Sie mich so lange schlafen lassen, Madame!« Er war nicht ernstlich böse.

Die Mutter des Jungen lachte. »Ich schicke Ihnen ... Was wollen Sie?«

»Einen Kaffee«, sagte Krumm. »Was gibt es zu essen?«

»Ich empfehle Ihnen Lammkoteletts«, sagte sie.

Er setzte sich in das Restaurant und verfluchte sich wegen des Schlafmittels. Sein Magen war nicht in Ordnung. »Einen großen Cognac!«, rief er dem Kellner zu. »So groß wie ein Fass.«

Er empfand es als etwas völlig Unvermeidliches, dass die Frau auftauchte und sich an seinen Tisch setzte. Er bemerkte zum ersten Mal, dass sie tiefschwarzes Haar hatte.

»Wie geht es Ihnen?«

»Gut, gut«, sagte sie eifrig. »Ich habe ein Kleid gekauft, Schuhe, einen Bikini und ...«

»Unterwäsche«, sagte Krumm.

»Und Unterwäsche«, erwiderte sie mutig. »So Sachen mit vielen Spitzen und so.«

»Ist das ein unsittlicher Antrag?«

»Nein«, sagte sie völlig ernsthaft, »ich habe die Sachen für mich gekauft.«

»Dann ziehen Sie sie an, und ich werde Sie bewundern.«

»Gut, ich brauche nur eine halbe Stunde nach dem Essen.«

»Von mir aus«, sagte er vergnügt. »Wir fahren die neuen Sachen spazieren.«

»Wohin?« Sie war ein eifriges, begieriges kleines Mädchen.

»Wir fahren nach Santa Maria Maggiore«, sagte er. »Der Weg ist schön und der Ort auch.«

»Wo ist das, bitte?«

»In den Bergen, in Italien«, sagte er. »Und jetzt werden Sie einen Cognac trinken. Wie haben Sie sich in dem Geschäft gefühlt?«

»Es war schön«, sagte sie. »Wissen Sie, wie ich in den letzten Monaten eingekauft habe? Ich habe mir alles von einem Versandhaus schicken lassen. Nicht, weil es billiger war, sondern weil ich mich nicht traute, in Geschäfte zu gehen.«

»Hm«, sagte Krumm. Er erwog ernsthaft, sofort in ein anderes Hotel zu ziehen. Wie konnte er mit seinen Sorgen fertig werden, wenn sie dauernd von ihren Ängsten sprach? Angst erzeugt Angst. »Trinken Sie einen Cognac. Vergessen Sie den Mist, der hinter Ihnen liegt ...« Es lag ihm auf der Zunge, weiterzusprechen. Er wollte ihr sagen, dass sie wirklich mit jemandem schlafen müsse, um endlich auf andere Gedanken zu kommen.

»Entschuldigen Sie«, sagte die Frau. Sie sah ihn eine Weile ernsthaft an und fragte: »Sie sind doch verheiratet, nicht wahr?«

»Ja und nein«, sagte er betroffen. »Aber das spielt doch keine Rolle.«

»Es spielt eine Rolle«, sagte sie. »Ich habe nämlich die ganzen Wochen über nur an mich gedacht. An meinen Mist, wie Sie sagen würden. Jetzt sehe ich Ihrem Gesicht an, dass Sie mehr Mist auszukehren haben als ich. Und ich schäme mich.«

»So was Blödes«, sagte er. »Jetzt ist aber Schluss. Ich bin nicht hierher gefahren, um zu heulen.«

»Nein«, sagte sie. »Es wird nicht mehr geweint«

Sie aßen friedlich und genussvoll, und dann wartete er, bis sie sich umgezogen hatte. Als sie zurückkam, trug sie eine schwarze Hose über schwarzen Lackschuhen, dazu eine orangefarbene Wollweste, darunter eine weiße Spitzenbluse. Eine schwere bronzene Schnalle schloss den tief hängenden schwarzen Ledergürtel.

Krumm wusste nicht, ob das alles der letzte Schrei der Mode war. Er konnte, wie viele Männer, Trevira nicht von Baumwolle unterscheiden. Aber er wusste, wann ihm etwas gefiel, weil es Stil hatte.

Er sagte: »Das ist aufregend gut. Ich möchte Ihnen den Hintern versohlen bei dem Gedanken, dass Sie möglicherweise ins Kloster gegangen wären, ohne der Umwelt diese Figur zu zeigen. Los, steigen Sie ein!«

»Ich mag Sie«, sagte sie.

»Ich Sie auch«, sagte er. »Aber machen Sie keine Affäre draus. Ich habe die Nase voll von Frauen.«

Sie sah ihn an und lachte, bis auch er lachte. Er sagte: »Ich habe allen Männern Asconas eins voraus: Ich habe Ihren bloßen Hintern getätschelt, bevor Sie im Kloster verschwanden.«

Sie grölten vor Lachen, als der Wagen in die Berge hinein auf Domodossola zufuhr. Und Krumm fuhr so scharf, dass die Frau in den Serpentinen ein paarmal schrie oder sich die Hand vor die Augen hielt. Aber sie hatte keine Furcht.

Sie blieben nicht lange in Santa Maria Maggiore. In die Kirche zu gehen war kein Vergnügen. Es gab zu viele Gruppen von Wallfahrern, zu viele aufdringliche

Andenkenverkäufer. Krumm sagte: »Fahren wir weiter. Ich möchte einen Kaffee trinken.«

Er wollte sich und die Frau möglichst in Bewegung halten, weil er sich fürchtete. Er hatte gespürt, dass es sehr einfach sein würde, sie zu haben. Sie war nicht leichtsinnig, nein, das nicht Aber sie würde sich nicht wehren, weil sie wieder etwas haben wollte in ihrem Leben. Und er wollte nicht, dass sie ihm gehörte. Er wollte allein sein.

Doch es war unvermeidlich, dass sie sich nicht an das hielt, was sie abgemacht hatten. Sie fragte unvermittelt: »Wie ist Ihre Frau?« Krumm war sofort sehr zornig. Er sagte: »Das ist doch scheißegal. Und jetzt hören Sie endlich auf!«

»Ja«, sagte die Frau. Sie war überrascht und völlig verschüchtert.

Nach einer Weile sagte Krumm: »Ich habe es nicht so gemeint. Aber wenn wir das Tessin zu einem Beichtstuhl machen, können wir genauso gut in eine Klapsmühle gehen. Das ist billiger. Im Übrigen ist meine Frau ein arrogantes kaltes Ferkel.«

Sie überlegte eine Weile und sagte dann: »Es ist wohl besser, wenn wir nichts mehr miteinander zu tun haben. Ich mag Sie, ich kann mit Ihnen sprechen. Aber wir machen uns gegenseitig das Leben schwer.«

»Das ist richtig«, sagte Krumm. »Wir fahren also nach Hause, und jeder versucht, seinen Spaß zu haben.«

»Ja«, sagte die Frau.

Krumm wusste, dass es ein faules Versprechen war, aber immerhin konnte man es versuchen. Vielleicht war sie jetzt stark genug, nicht mehr auf den See hinauszurudern und stundenlang ins Wasser zu starren. Und er konnte sich ein Spielmädchen besorgen, das nicht fragte, das nichts begriff und das folgsam und willig war.

»Wie alt sind Sie eigentlich?«, fragte die Frau.

»Achtunddreißig«, sagte er. »Und Sie?«

»Dreißig.«

»Dann haben wir die schönste Strecke noch vor uns«, sagte Krumm. »Bis jetzt war alles nur Training.«

»Ich hoffe es«, murmelte die Frau.

»Also dann heimwärts«, sagte Krumm. »Ich will in eine Bar und mich amüsieren.« Er hatte nur einen Gedanken: Du musst sie loswerden, und dann musst du dich in den Trubel stürzen. Hoffentlich ist überhaupt Trubel da.

Im Hotel sagte er: »Wir frühstücken zusammen und berichten uns gegenseitig, was wir alles erlebt haben. Vielleicht kommt dann das große Grinsen.«

»Das können wir machen«, sagte die Frau. Sie war verwirrt und verstand ihn nicht ganz. Sie fragte sich, warum er nicht in ein anderes Hotel zog, warum er nicht sofort verschwand. Und natürlich fragte sie sich, was dahintersteckte. Es musste irgendetwas geschehen sein, das ihn gezwungen hatte, seine Bahn zu verlassen. Aber was war das?

Sie hockte in ihrem Zimmer und verlor sich in endlosen Spekulationen, die sie als aufregend empfand. Schließlich ging sie hinaus. Sie wollte tun, was er gesagt hatte, sie wollte unter Menschen gehen.

Krumm ging um sechs Uhr, als sich das Wasser zu kräuseln begann, auf die Piazza hinunter und trank

Campari. Er trank einige davon und überlegte, wo er am besten Vergnügen suchen konnte. Es gab einiges an Bars und Restaurants, in denen das möglich war. Er hatte freie Wahl.

Dann dachte er mit beinahe körperlichem Schmerz an seine Kinder, zahlte schnell und ging zu *Ivo* essen. Er bestellte wahllos, aß hastig und ließ die Hälfte von allem zurückgehen.

Die Kinder, lieber Himmel, die Kinder! Sie hatten jetzt keinen Vater mehr. Nur noch eine kalte Mutter, die keinerlei Wärme ausstrahlte. Sie werden beide in einem Internat landen, dachte er. Bestimmt! Sie werden in irgend so einem scheißteuren Internat landen, wo sie Reiten lernen und drei Fremdsprachen. Wo man ihnen alles mögliche eintrichtert, vor allem Arroganz. Nur leben lernen sie dort nicht. Sie werden nie leben lernen.

Einen Augenblick lang spürte er das heftige Verlangen, sich sinnlos zu betrinken. Aber er bekam sich schnell wieder in die Gewalt. Er wusste, dass es nichts nützen würde.

Gegen neun Uhr war er in einem Kellerrestaurant, das ebenso teuer wie exklusiv war. Er erinnerte sich, dass man dort immer die hübschesten Mädchen traf und dass es niemals Krach gab, wenn ein Mädchen mit einem anderen fortging als dem, mit dem es gekommen war. Die Musik war ausgezeichnet, es gab keinen dümmlichen Striptease, und niemand fragte, wer einer war oder woher er kam.

Krumm setzte sich an die Bar und sah sich um. Es waren schon einige Leute da, dreißig vielleicht. In zwei Stunden würde es voll sein. Es waren die üblichen

Runden: ältere, nach Geld aussehende Männer und junge Frauen. Es wurde nie klar, wer eigentlich zu wem gehörte. Das machte die Sache reizvoll. Junge Männer kamen herein, strichen an einem Tisch vorbei, küssten flüchtig die Mädchen, setzten sich fünf Minuten irgendwohin, verschwanden an die Bar, kehrten zurück. Es war ein ständiges Hin und Her bei gedämpftem Beat.

Hinter der Bar stand eine schlanke rothaarige Frau. Sie war sehr hübsch und wirkte vergnügt. Sie stand einfach da und tat nichts. Die Arbeit erledigte ein junger Mann.

Krumm sagte: »Ich hätte gern ein eiskaltes Bier. Und dann etwas Toast und doppelt Kaviar.«

Der junge Mann sah ihn einen Augenblick lang verwundert an. Das war gewiss eine merkwürdige Bestellung. Aber was war nicht merkwürdig an diesen Leuten in diesem Laden?

Die Plätze an der Bar waren nach einer Stunde alle besetzt, nur ein paar kleine Tische waren noch frei.

Krumm bat einen Mann, der neben ihm saß, um Feuer. Dabei sagte er: »Was zum Teufel ist eigentlich so Besonderes an diesen goldenen Feuerzeugen?«

»Ich weiß nicht«, sagte der Mann. »Man hat sie eben.«

»Das dachte ich mir«, sagte Krumm. »Nach mehr sehen sie auch nicht aus.«

»Richtig«, sagte der Mann. Er war vielleicht fünfzig Jahre alt und hatte ein junges Mädchen bei sich, das zwanzig sein mochte. Das Mädchen hatte hellblondes Haar und war sehr hübsch. Sie sprach kaum, wirkte aber nicht verschüchtert. Vielleicht langweilte sie sich.

»Entschuldigen Sie«, sagte Krumm, »ich wollte nicht stören. Aber zuweilen interessieren mich die banalsten Einzelheiten.«

»Aber Sie stören doch nicht«, sagte der Mann. Er taute jetzt ein wenig auf. »Oder stört er dich, Bienchen?«

Das Mädchen schüttelte den Kopf und lächelte Krumm an.

Krumm murmelte: »Das ist nett von Ihnen. Trinken wir etwas zusammen?«

»Ja, gern«, sagte der Mann. Er war offensichtlich nur hier, um etwas zu trinken. »Wir nehmen Whisky, wenn's recht ist.«

Eine Stunde später sagte Krumm: »Sie trinken aber gewaltig.« Er sagte das ohne Vorwurf.

Der Mann lachte. »Ja!« Er war schon betrunken und sehr vergnügt. Mittlerweile hatten sich zwei weitere Mädchen und ein junger Mann dem Kreis angeschlossen. Alle Mädchen waren hübsch, und Krumm war ganz sicher, dass er die freie Wahl haben würde. Er gab sich, wie er wirklich war. Er sagte, was er dachte und fühlte, und sie mochten ihn. Und er mochte sie, und alles war in Ordnung.

»Darf ich mit Ihrer Freundin tanzen?«, fragte er den Betrunkenen.

»Aber sicher«, sagte der Mann eifrig. »Bienchen, Bienchen, los, hops herum. Bienchen, mach summ-summ.« Er wirkte albern.

Das Mädchen war leicht in Krumms Armen und roch angenehm. Sie tanzte nicht kompliziert und allein vor sich hin. Sie warf sich nicht ekstatisch hin und her. Sie hielt sich brav an Krumm fest.

»Säuft er immer soviel?« fragte Krumm.

»Jeden Abend«, sagte das Mädchen.

»Dann geben Sie ihm gelegentlich ein Leberschutzmittel«, sagte Krumm.

»Das mache ich nicht«, sagte sie, »ich bin doch nicht blöd. Erst wird stundenlang gesoffen, dann geht es in mein Appartement, und dann ist er impotent und geht in sein Hotel.«

Krumm grinste. »So ist das Leben«, sagte er.

Das Mädchen lachte und sagte: »Sie sind in Ordnung.«

»Ich bin der Größte«, sagte Krumm, aber er war sich durchaus nicht sicher, ob er dieses Mädchen haben wollte oder eines der anderen. Wie auch immer: So war es gut, so konnte man sich erholen, so war man nicht gezwungen, immer nachzudenken. »Wie heißen Sie eigentlich?«, fragte er. »Ich finde Bienchen ein bisschen dümmlich.«

»Ist es auch«, sagte sie. »Mein Name ist Elena, ich bin Sekretärin von Beruf, will mal Kinder haben und einen guten Mann. Und bis dahin treibe ich so meine Studien.«

Das war gut, das war sehr gut und sehr einfach. Krumm sagte: »Ich heiße Andreas, bin achtunddreißig Jahre alt, Chirurg von Beruf, nicht verheiratet. Ich mag alle Leute, die mich mögen, und bin für ein unkompliziertes Leben.«

»Dann ist es gut«, sagte Elena. »Mehr braucht man nicht zu wissen.«

»Du hast recht«, sagte er.

Um drei Uhr morgens war der Mann, der glaubte, Elena wäre sein Mädchen, so betrunken, dass er nicht mehr auf dem Barhocker sitzen konnte. Jemand bestellte ein Taxi, und sie alle brachten ihn hinaus und ließen ihn unter großem Geschrei und Lärm abfahren.

»Nun säuft er acht Stunden nicht mehr«, sagte Krumm trocken. Sie lachten alle und schleiften ihn zurück in den Keller, aber Elena sagte: »Ich möchte, dass wir bald gehen.« Sie hatte den Kopf auf seine Schulter gelegt.

So trank Krumm noch einen Mokka und ging dann mit Elena hinunter zur Piazza und am Supermarkt vorbei hinauf ins Villenviertel. Elena war sehr ungeduldig. Wahrscheinlich war sie ein bisschen nymphoman. Zuweilen hielt sie an, klammerte sich an ihn und küsste ihn. Sie nannte ihn Andy. Er fand das albern, aber letztlich war es egal.

Ihr Appartement war klein und behaglich und lag in einem Wohnblock, vor dem eine Menge Autos standen.

»Bist du Italienerin?«

»Nein. Asconesin reinsten Wassers. Meine Eltern haben oben über der Meute ein Haus, das sie Landsitz nennen. Ich will meine Freiheit. Willst du duschen?«

»Aber ja«, sagte Krumm.

»Ich mache mit«, sagte sie.

Sie standen unter dem lauwarmen Regen und lachten und versuchten, sich gegenseitig mit Badeschaum das Gesicht zu verschmieren.

»Du bist schon eine Marke«, sagte Krumm glücklich.

»Ich zeig dir, was für eine«, sagte sie und lief hinüber ins Schlafzimmer.

Krumm besah sich einen Augenblick in dem mannshohen Spiegel und dachte: Was habe ich für ein

Schwein, dass ich keinen Bauch habe! Dann lief er hinter ihr her, und sie erwartete ihn und war ungeduldig, wie er es noch nie bei einer Frau erlebt hatte.

Es war sechs Uhr morgens, als sie träge murmelte: »Ich gehe heute nicht arbeiten. Ich bin krank, wundervoll krank. So was! Ich hab gar nicht gewusst, dass es so etwas gibt. Ich bin glücklich, Andy.«

»Hm«, brummte er und dachte: Ich hab's auch schon nicht mehr gewusst, es ist zu lange her, zu verdammt lange ... Er war ganz ruhig und glücklich, als er einschlief.

## Teil III

Die Sonne fiel schräg und stechend durch die offene Balkontür in das Schlafzimmer. Krumm fragte: »Wo bist du, Elena?« Aber sie war nicht mehr da. Auf dem Tisch lag ein Zettel: *Bin gleich wieder da, gehe nur einkaufen. Elena.*

Er zog sich hastig an und schrieb unter ihre Zeilen: *Muss weg. Keine Sorge. Habe etwas zu erledigen. Ruf mich an!* Darunter notierte er die Nummer seines Hotels. Dann ging er hinaus, nahm ein Taxi und ließ sich ins Hotel fahren.

Er sah einigermaßen zerknautscht aus, aber er war glücklich. Elena war eine sehr nette Person, selbst wenn sie ihm in acht Wochen nicht mehr gehörte. Aber die Kinder gehörten ihm ja auch nicht mehr. Und auch die Klinik war nicht mehr seine Klinik.

Der Junge stand am Empfang und sagte: »Telefon für Sie.«

»Für mich?«, fragte Krumm. »Wer denn?«

»Eine Frau.« Der Junge grinste ganz offen.

Krumm nahm den Hörer entgegen.

»Ja, bitte?«

»Elena«, sagte Elena. »Du bist ein Ekel. Ich wollte dir etwas ganz Besonderes kochen. Und nun sitze ich hier mit den Sachen herum. Wieso bist du geflüchtet?«

»Bin ich doch nicht«, sagte Krumm. »Ich komme um sechs zu dir zum Essen, wenn du magst.«

»O ja«, sagte sie, »o ja! Dann werde ich jetzt schlafen.«

Krumm lachte und hängte ein.

»Was macht unsere Selbstmordkandidatin?« fragte er den Jungen.

»Ich weiß nicht, was mit der los ist. Sie kam heute morgen um zwei Uhr nach Hause. Allein. Und sie trällerte vor sich hin und sagte mir, sie wäre etwas betrunken und hätte Walzer getanzt.«

Krumm begann laut zu lachen. »Das ist ein Ding, das ist wirklich ein Ding!«

»Sie sitzt da drin und isst. Wenn Sie auftauchen, soll ich Ihnen sagen, Sie sollten zu ihr kommen und Bericht erstatten.« Der Junge war neugierig.

Krumm war für einen Augenblick verlegen. Was ging das den Jungen an? Aber schließlich war der Junge in Ordnung. Warum sollte er es nicht wissen?

»Es ist so«, begann Krumm zögernd. »Ich bin Arzt, und diese Frau ist ziemlich kaputt. Ich habe ihr gesagt, wir wollten nicht immer zusammenhocken und Trübsal blasen, sondern jeder für sich irgendwas erleben. Dann wollen wir unsere Erfahrungen austauschen.«

»Das ist nicht schlecht«, sagte der Junge. Plötzlich fragte er: »Sie haben also auch Sorgen?«

»Ja«, sagte Krumm. »Es geht um zwei Kinder und um eine Klinik, die ich verloren habe.« Er war nahe daran, diesem Jungen die ganze Geschichte zu erzählen. Er war gefährlich nahe daran. Aber er murmelte nur: »Man muss damit fertig werden.« Der Junge würde ihm auch nicht helfen können.

Er ging hinüber ins Restaurant. Da saß sie, wirkte völlig gelöst und hätte wahrscheinlich am liebsten die Beine auf den Tisch gelegt. Sie trug ein buntes Kleid mit Blumenmuster und tiefem Ausschnitt.

»Na?«, fragte Krumm gedehnt. »Wie war der Oberkellner?«

»Es war ein Engländer, und er macht irgendetwas mit Computern«, sagte sie und lächelte. »Er ist ein netter Mensch. Er heißt Swanson. Harry mit Vornamen. Wir haben in einer Hotelbar getanzt. Walzer und Tango und alle diese Tänze, von denen ich glaubte, es gebe sie nicht mehr.«

»Und dann hat er Sie gebeten, mit ihm zu kommen.«

»Ja.«

»Und Sie sind mitgegangen?«

»Ja.«

»Und wie war er?«

»Er kann hervorragend erzählen. Er wollte ein bisschen mehr als erzählen, aber dafür war er wieder nicht nett genug. Es war schön.«

»Sie enttäuschen mich«, sagte Krumm heiter. »Sie enttäuschen mich wirklich. Aber immerhin machen Sie Fortschritte.«

»Ich bin glücklich«, sagte sie. »Was haben Sie gemacht?«

Krumm setzte sich und bestellte etwas zu essen, dazu Bier, danach Kaffee und einen Cognac.

»Tja«, sagte er, »ich habe mich an einem freudvollen Ort herumgetrieben, einer Kellerbar. Hübsche Mädchen, hübsche Preise und so. Und da habe ich ein Mädchen kennengelernt. Elena heißt sie. Sehr hübsch, sehr reizvoll und gar nicht dumm. Wir machten Blödsinn, verstehen Sie, richtig Blödsinn. Um drei Uhr rum habe ich sie nach Hause gebracht.«

»Sie haben mit ihr geschlafen?«

»Aber ja«, sagte er ruhig.

»Wie kann ein Mädchen so schnell bereit sei! Ist sie eine ...«

»Oh«, sagte Krumm hastig, »nicht solche Töne! Sie ist kein leichtes Mädchen. Sie ist einfach fröhlich, lebendig und ein bisschen gierig.«

»Werden Sie sie wiedersehen?«

»Aber sicher«, sagte Krumm. »Wir essen um sechs Uhr in ihrem Appartement. Hoffentlich kann sie kochen!«

»Befriedigt Sie das?«, fragte die Frau aggressiv.

»Ich bin glücklich«, sagte Krumm einfach. »Ich habe eine Menge Sorgen abgeladen und fange an, mich auszutoben. Und Elena ist liebenswert.« Er zweifelte nicht eine Sekunde daran, dass es gut gewesen war, der Frau alles zu sagen. Sie sollte begreifen lernen, dass man etwas aus dem Leben machen konnte. Selbst dann noch, wenn es beschissen aussah mit der Zukunft.

»Das freut mich«, sagte die Frau. Aber es freute sie nicht. Sie hatte ein wenig zu hoffen begonnen, dass er zu ihr finden werde. Nun war da irgendein anderes Mädchen aufgetaucht, und er sprach zu ihr wie ein Bruder. Ihr war elend zumute. »Ich lege mich jetzt etwas hin, ich bin noch müde.«

»Tun Sie das«, sagte Krumm freundlich. »Und grüßen Sie Harry von mir, wenn Sie ihn heute Abend sehen.«

»Harry ist heute abgereist«, sagte sie.

»Dann grüßen Sie eben einen neuen Harry«, sagte er störrisch. Nein! Um Gottes willen, keine neuen Komplikationen!

»Bis morgen also«, sagte sie, und wenn sie genügend Mut gehabt hätte, so hätte sie geweint. Aber sie hatte noch nicht genügend Mut und ging davon. Du lieber Gott, er macht sich das alles so einfach, dachte sie. Er verdämmert die Tage, und nachts gibt es Elena. Und meine Nächte, diese grausamen Nächte?

Krumm aß zu Ende und ging dann hinauf in sein Zimmer. Er legte sich auf das Bett und wartete darauf, dass er einschlafen würde. Aber er schlief nicht ein, er dachte an die Kinder und an die Nacht, in der er diese einfache, dämliche Operation ausgeführt hatte, die so entsetzlich verlaufen war. Er versuchte zum hundertsten Mal, alles genau zu rekonstruieren.

*Der Anästhesist hat einen rapide absinkenden Blutdruck gemeldet. Ich habe alles dagegen getan, was möglich war. Dann hat Löhner als Assistent eine Klammer falsch angesetzt. Vollkommen falsch.*

*Und dann?*

*Was ist dann geschehen?*

*Ich weiß nur noch, dass die ganze Wunde plötzlich voller Blut war. Löhner hat mich triumphierend angebrüllt: »Sie sind ja besoffen!«*

*Aber dazwischen muss irgendetwas geschehen sein. Nur was? Es hing mit den Operationsschwestern zusammen. Haben sie etwas gesagt?*

Das Telefon klingelte.
»Krumm hier.«
»Ich bin's«, sagte die Frau. »Ich gefalle Ihnen nicht, glaube ich.«
»Doch, doch«, sagte Krumm.
»Nein, ich glaube, ich gefalle Ihnen nicht«, sagte sie.
»Hören Sie auf! Fühlen Sie sich elend?«
»Ein bisschen. Ich hätte mit Harry schlafen sollen.«
»Vielleicht. Ich kann Ihnen dabei wenig helfen.«
»Kann ich zu Ihnen kommen und mit Ihnen sprechen?«
»Natürlich«, sagte Krumm. Es war immer noch besser, mit ihr zu sprechen, als an diese verdammte Operation zu denken, bei der alles zerbrochen war.

Die Frau kam in einem schneeweißen Bikini und einem ebenso weißen Bademantel. Sie sagte: »Das Wetter schlägt um. Ich friere.«
»Im März kann es hier schneien«, sagte Krumm. »Unten am See scheint die Sonne, und oben im Centovalli liegt Schnee.«
Die Frau setzte sich auf das Bett. Krumm stand an der Tür zum Balkon. Er sagte: »Da steht Wein.«
Er hörte, wie sie sich etwas eingoss und trank. Dann setzte sie sich wieder auf das Bett. »Sie sind ein ruhiger Mann«, sagte sie.
»Scheinbar«, sagte Krumm.
»Wenn Sie kein ruhiger Mann sind«, sagte sie klagend, »dann drehen Sie sich um.«
Krumm drehte sich um und sah die Frau auf dem Bett liegen. Bademantel und Bikini hatte sie über den Stuhl am Fußende geworfen.

»Lassen Sie das«, sagte Krumm.

»Aber ich will es doch«, sagte sie. »Mit Harry konnte ich es nicht, mit Ihnen kann ich es. Ich kann nicht allein sein. Ich friere.«

Krumm schloss die Tür von innen ab und sagte: »Sie sind nicht allein. Und Sie frieren, weil es draußen kalt ist. Das Wetter schlägt um.«

»Ich friere auch bei Sonne.«

»Du bist ein Idiot«, sagte er.

»Ich mag dich nur.«

»Du bist ein verrückter Idiot«, sagte Krumm tonlos und sah sie an, und sie war plötzlich schön mit ihrem dunklen Haar auf dem weißen Betttuch.

»Komm doch her«, sagte die Frau.

»Ich komme«, sagte Krumm. Er dachte an die Kinder, an seine Frau, die nicht seine Frau war, an Elena. Das war wie ein körperlicher Schmerz. Dann vergaß er das alles ...

Aber nachher war es wieder da, es ließ sich nicht für immer vergessen. Krumm spürte ein Würgen in der Kehle. Er sagte unbeherrscht: »Scher dich raus! Ich mag keine Liebesgeschichten, ich mag keine Kinder, ich will keine Zukunft, ich will nichts bauen. Ich will allein sein.«

Die Frau war sehr weiß im Gesicht. Sie sagte: »Du bist genauso fertig wie ich.«

»Das kann sein«, sagte Krumm. »Geh jetzt, bitte! Geh endlich!«

Die Frau ging hinaus und machte dieTür ganz sanft hinter sich zu, wie eine Krankenschwester die Tür hinter sich zumacht.

Krumm war voller Zorn darüber, dass er ausgerechnet mit dieser Frau geschlafen hatte, die ihm in aller Wildheit entgegengekommen war, weil sie so elend dahinlebte und gehofft hatte, es würde nicht so bleiben. Da war ihm klar geworden, dass ihm von allem, was einmal seinem Leben Sinn und Wert gegeben hatte, nichts blieb. Die Kinder, die Arbeit, das Haus, die Freunde. Das hier war ein anderes Leben, und er musste es erst noch leben lernen.

»Idioten sollen nicht miteinander ins Bett gehen«, sagte er laut. »Sie ist genauso beschissen dran wie ich. Und deshalb haben wir uns im Bett verkrochen wie kleine Kinder, die gar nicht begreifen, wie dämlich diese Welt da draußen ist.«

Er erinnerte sich, dass er die Frau grob und gemein aus dem Zimmer gewiesen hatte. Sofort schämte er sich und rief sie an. Er sagte: »Es tut mir leid, verdammt noch mal. Ich mag dich ja, aber ich muss erst klarkommen mit mir.«

»Ich verstehe schon«, sagte die Frau matt. Dann lachte sie leise und sagte: »Sowie du dich benommen hast, muss ich eine ziemlich gute Geliebte sein.«

»Das bist du auch«, sagte er. »Aber lass mir ein paar Tage Zeit, mich zu besaufen und alles mögliche vor meiner Haustüre wegzufegen.«

»Ja«, sagte die Frau. »Ich kann dich ja sehen und warten, bis alles gut wird.«

Einen Augenblick lang dachte er daran, dass es das beste wäre, einfach zu verschwinden: Er konnte die Koffer packen und irgendwohin fahren. Aber eine Frau wie diese würde es überall geben. Es waren kluge Frauen, denen man nicht viel zu sagen brauchte. Sie trugen einen ganzen Haufen Mütterlichkeit und Weiblichkeit und Wildheit mit sich herum. Und wenn man sie besaß, wurde man sie nicht mehr los. Es waren wirklich gute Frauen, aber Krumm wollte jetzt Frauen wie Elena. Elena würde sich nichts daraus machen, wenn er eines Tages verschwand.

Als er in die Halle hinunterkam, sagte der Junge: »Ich habe gerade mit Foroglio gesprochen. Die sind eingeschneit. Nur dreißig Kilometer von hier.«

»Ich bleibe hier in der Sonne«, sagte Krumm. »Schnee ist etwas für Eskimos.«

Er fuhr langsam die Piazza entlang, dann hinauf zu den Wohnblocks. Halb sechs, eine halbe Stunde zu früh, aber das spielte keine Rolle. Bei Elena würde so etwas nicht die geringste Rolle spielen. Er hatte Blumen gekauft, und er war nicht gewillt, erwachsen zu sein. Probleme hatten ins hintere Glied zu treten. Elena war ein fröhliches Mädchen. Scheiß auf Probleme!

»Andy«, sagte Elena, »du bist der erste, der mir Blumen bringt. Die anderen wollen nur mit mir tanzen, essen oder schlafen. Aber sie denken nie an Blumen.«

»Daran erkennst du meine Vorzüge«, sagte Krumm. »Warum trägst du nichts unter diesem Kittel? Ich denke, es gibt etwas zu essen?«

»Es gibt zuerst etwas zu essen, dann gibt es mich.«

»Du bist eine wilde Hummel«, sagte Krumm. Er küsste sie und empfand dabei nichts. Das erschreckte ihn. Elena war willig, Elena war hübsch, Elena war klug und fröhlich. Warum war er so kalt? Es ist diese Frau im Hotel, dachte er dumpf. Sie hat mich völlig verrückt gemacht. Sie hat mich an alles erinnert, was ich vergessen wollte. Ich will nicht erinnert werden.

Das Essen war hervorragend, und Krumm zog es in die Länge, bis Elena ungeduldig sagte: »Also, was machen wir? Bleiben wir hier, oder gehen wir irgendwohin?« Es war klar, dass sie hierbleiben wollte.

»Wir können einen Whisky trinken gehen«, sagte Krumm.

»Whisky ist nicht gut«, sagte Elena. »Liebe ist einfacher und schöner.«

Aber es war weder einfach noch schön, und Krumm fühlte sich beschämt.

»Was ist mit dir los?«, fragte Elena.

»Ich weiß nicht«, sagte er, »ich habe Kummer.«

»Ist es eine andere Frau?«

»Nein, es sind meine Kinder. Ich habe zwei. Sie sind ganz klein, und ich musste sie verlassen.«

»Warum?«

Wieder war Krumm an einem Punkt angelangt, an dem er bereit war, alles zu erzählen. Aber es war nicht gut, etwas zu erzählen, das man nicht genau kannte. Es gab Lücken in seiner Erinnerung. Er fragte plötzlich: »Was würdest du tun, wenn etwas Entscheidendes passiert, und du könntest dich nicht daran erinnern?«

Elena sah ihn an mit einem jungen Gesicht voller Kummer. »Vielleicht zu einem Psychiater gehen?«

Krumm schüttelte den Kopf. »Das ist Blödsinn. Das geht nicht. Es ist irgendetwas geschehen, als ich betrunken war.«

»War jemand dabei?«

Er nickte. »Drei Schwestern, ein Narkosearzt und ein Assistenzarzt.«

»Und du weißt nicht, was passiert ist?«

»Nein, ich weiß es nicht.«

»Dann setz dich in dein Auto, fahr in die Berge. Versuche es herauszufinden. War es schlimm?«

»Es war schlimm.«

»Dann musst du sehen, dass du es herausfindest. Du musst dich auf einen Stein in der Maggia setzen, in die Sonne starren und immer daran denken, was geschehen sein ...«

Sie hielt plötzlich inne und sagte: »Du kannst nicht in die Berge. Wir haben Schnee oben. In Bignasco ist plötzlich wieder Schnee gefallen. Und weiter oben noch mehr.«

»Es ist doch egal«, sagte Krumm. »Ich muss es jetzt wissen.« Er stand auf und sagte: »Wenn ich wiederkomme, bin ich in Ordnung. Tut mir leid.«

Elena weinte ein bisschen und sagte: »Immer wenn ich Leute erlebe, die unglücklich sind, muss ich heulen.«

Krumm fuhr zurück in das Hotel. Was würde Elena jetzt tun? Wahrscheinlich würde sie in die Kellerbar gehen, ein bisschen trinken aus Kummer, dann wild tanzen und schließlich einen Mann finden, der ihr gefiel. Vielleicht würde sie mit ihm schlafen, vielleicht auch nicht. Auf jeden Fall aber würde sie zu Krumm zurückkehren, wenn er wiederkam. Krumm glaubte ganz fest daran, obwohl es gleichgültig war.

Nein, es war nicht gleichgültig. Es würde ihm wehtun zu wissen, dass sie heute Abend einen anderen Mann in ihre Wohnung nahm.

Er fragte sich, ob Elena das wirklich tun würde.

Nein, er hielt es für ziemlich unwahrscheinlich, dass sie das tat. Ganz ausgeschlossen. Sie war nicht so. Sie würde ihn noch spüren, seine Umarmung spüren, sich an ihn erinnern und abends vielleicht wieder ein bisschen weinen, wenn sie an ihn dachte. Oder auch nicht.

Ach, zum Teufel mit ihr, dachte er, sie muss wissen, was sie tut. Ich habe in der Kiste meiner Vergangenheit zu graben, und das ist schlimm genug.

# Teil IV

Als Krumm in die Hotelhalle kam, stand der Junge über den Sessel gebeugt, in dem die Frau saß. Er sagte gerade: »Doktor Krumm wird bald kommen, denke ich.«

»Hallo, ihr zwei!«, sagte Krumm. »Habt ihr ein Verhältnis miteinander?«

Der Junge grinste.

Die Frau sagte ein wenig verwirrt: »Ich mag ihn. Ich wusste lange nicht, dass ich Menschen mögen kann. Wie geht es dir?«

Der Junge sagte: »Wir mögen uns einfach, wissen Sie?«

»Na klar«, sagte Krumm. »Das ist auch verdammt gut so, dass ihr euch mögt. Mit euch könnte man direkt feiern gehen.«

»Es ist nichts mit Liebe«, sagte der Junge verlegen.

»Ich weiß«, sagte Krumm. »Ich mag dich schließlich auch, obwohl ich dich nie vorher im Leben gesehen habe. Es ist gut, wenn Menschen sich begegnen und sich mögen. Und es ist auch gut, wenn sie sich sagen, dass sie sich mögen.«

»Ich habe gefragt, wie es dir geht«, sagte die Frau beharrlich.

»Es geht so«, sagte Krumm vage. »Es wäre ganz gut, wenn ich dich sprechen könnte. Es ist ein Problem aufgetaucht.«

»Ist es diese Elena?«

»Nein«, sagte er lächelnd. »Sie ist kein Problem. Sie hat mir ein prima Essen gekocht. Aber sie hat mich auf eine Idee gebracht. Sie hat gesagt, wenn ich Schwierigkeiten habe, soll ich die Maggia rauffahren und darüber nachdenken. Ich wollte dich zum Nachdenken einladen. Wir müssen nicht die Maggia hinauffahren. Wir könnten das in meinem Zimmer tun. Und der Junge soll mitkommen. Willst du das?«

»Sicher«, sagte der Junge. »Ich sag meiner Mutter Bescheid.«

Was ist das für eine verrückte Welt, dachte Krumm. Jetzt laborier ich mit denen hier meine Sorgen aus. Und sie tun es noch gern. Es ist eine verrückte. Welt. »Wir nehmen uns Wein mit«, sagte er.

»Am besten einen Liter.«

Als er vom Nachdenken gesprochen hatte, war sein Blick auf den Jungen gefallen, und er hatte gedacht: Er ist nett und er ist klug, und vielleicht kommt er auf eine Idee, die die Frau und ich nicht haben.

Im Zimmer wartete er, bis sie sich gesetzt hatten. Die Frau auf sein Bett, der Junge in den Sessel. Er selbst ging auf und ab. Er sagte: »Es ist schwer, darüber zu sprechen. Stellt euch folgende Situation vor: Sechs Menschen sind in einem Raum, fünf davon sind Mitarbeiter, einer ist der Chef. Der Chef ist nur leicht betrunken – und doch genügend betrunken, um einen Fehler machen zu können. Trotzdem weiß er genau, dass er keinen Fehler gemacht hat. Aber er weiß nicht, wer von seinen fünf Untergebenen diesen Fehler gemacht hat. Also tut er so, als habe er selbst den Fehler gemacht, gibt seine Familie auf und geht davon. Was würdet ihr an der Stelle dieses Chefs tun?«

Die Frau sah ihn lange an, und sie war sehr erschrocken. Dann fragte sie: »Hast du betrunken operiert?«

»Ja«, sagte Krumm.

»Patient tot?«

»Ja.«

»War es das, was dich hierher getrieben hat?«

»Ja«, sagte Krumm. »Aber hör auf, mir Fragen zu stellen. Der Sachverhalt ist klar. Was würdet ihr tun?«

Der Junge hatte die Augen zusammengekniffen. »Irgendwann während der Operation ist Ihnen der Faden gerissen?«

»Ja.«

»War das eine lange Zeit oder eine kurze Zeit?«

»Eine kurze Zeit, eine sehr kurze«, sagte Krumm.

Der Junge hatte die Augen jetzt geschlossen. »Es waren außer Ihnen fünf Menschen bei der Operation. Also muss einer dieser fünf genau wissen, was passiert ist. Ist es so?«

»Ja«, sagte Krumm.

Nun sah ihn der Junge an.

»Dann suchen Sie sich von den fünf einen aus, dem Sie wirklich trauen. Und jagen Sie ein Telegramm los.«

»Das ist es«, sagte die Frau. »War eine der Schwestern in dich verliebt?«

»Ich weiß es nicht«, sagte Krumm zögernd, »aber eine mochte mich sehr gern.«

»Dann schick das Telegramm an sie«, sagte die Frau. »Gib ihr die Telefonnummer unseres Hotels hier an. Und du wirst erfahren, was war.«

»Das ist es«, sagte Krumm. »Das ist es! Sie heißt Sigrid Werter. Los, mein Junge, wir machen ein Blitztelegramm gegen doppelte Gebühr. Sie muss sich heute noch melden.«

Der Junge ging hinunter und gab das Telegramm auf. Es lautete: BITTE SOFORT FOLGENDE NUMMER ANRUFEN ...

Krumm lag auf seinem Bett und wartete. Die Frau saß im Sessel und las in einem Buch. Es war Remarques ›Die Nacht von Lissabon‹. Aber sie las nicht wirklich. Krumm merkte es daran, dass sie während der ganzen Zeit, die sie warteten, nicht eine einzige Seite umschlug.

Der Anruf kam nachts um halb zwei. Der Junge hatte dafür gesorgt, dass an das Telefon ein Tonbandgerät angeschlossen war. Er schaltete ein und sagte heiter: »Jetzt kann es losgehen!«

Krumm meldete sich.

»Herr Doktor«, sagte die Schwester. »Wo stecken Sie denn? Ach so, in Ascona. Ich bin ganz durcheinander ...«

»Schon gut«, sagte Krumm hastig, »schon gut. Hören Sie genau zu, Sigrid, und sagen Sie niemandem, dass Sie mit mir gesprochen haben. Können Sie das versprechen?«

»Ja«, sagte sie eifrig, »natürlich.« Unvermittelt begann sie zu weinen und sagte: »Mit Ihnen konnte man so gut arbeiten, Herr Doktor.«

Krumm sagte: »Beruhigen Sie sich. Ich komme wieder, wenn alles in Ordnung ist.« Er hätte ihr die halbe Welt versprochen, wenn es nötig gewesen wäre. »Erinnern Sie sich an die letzte Operation? Es war nachts. Wir fingen zwanzig nach eins an. Erinnern Sie sich?«

»Ja.« Sie war jetzt ein wenig ruhiger.

Krumm sagte langsam: »Ich kann mich an alles erinnern, bloß an einige Sekunden nicht. Ich kann mich daran erinnern, dass der Assistent schrie: ›Sie sind ja betrunken!‹ Aber dann fehlen mir die Sekunden bis zu dem Moment, in dem das Operationsfeld total überblutet war. Was ist in diesen Sekunden passiert?«

Sie zögerte einen Augenblick, dann sagte sie: »Ich kann gar nicht verstehen, weshalb Sie sich nicht erinnern können. So betrunken waren Sie doch gar nicht.«

»Das weiß ich«, sagte Krumm. »Trotzdem fehlt mir die Erinnerung.«

Die Krankenschwester begann wieder zu weinen, und Krumm war nahe daran, sie anzubrüllen, als sie sehr überraschend sagte: »Wir wussten alle, dass Löhner Sie hereinlegen wollte.«

»Wie bitte?«, fragte Krumm. Seine Stimme war schrill. »Löhner war mein Assistent!«

»Nicht nur das«, sagte die Schwester.

»Was soll das heißen?«, fragte er, als sie nicht weitersprach. »Los, raus mit der Sprache!« Nun schrie er doch, obwohl er sich vorgenommen hatte, nicht zu schreien.

»Ich – ich dachte, Sie wüssten es.« Ihre Stimme klang erschrocken, als merkte sie erst jetzt, dass sie zuviel gesagt hatte.

»Ich weiß überhaupt nichts«, sagte Krumm, »sonst würde ich Sie ja nicht fragen. Also, was war mit Löhner?«

»Er war ... Er schlief auch mit Ihrer Frau«, sagte die Schwester. Sie sprach jetzt hastig, fast überstürzt. »Ich konnte mir nicht erklären, warum Sie weggelaufen sind. Löhner kam mit Ihnen zur Operation, von Ihnen zu Hause. Dann vermasselte er eine Klammer. Sie standen direkt neben ihm. Er blinzelte den beiden anderen Schwestern zu, und die kicherten. Auf einmal war die Wunde voller Blut. Sie konnten es nicht stillen ... Das war alles.«

Krumm konnte eine Weile gar nichts sagen. Er fuhr sich mit der Hand ein paarmal über das Gesicht. »Löhner hat also darauf gewartet, dass irgendetwas passiert, was mich blamieren musste?«

»Ja.«

»Danke, Sigrid, Sie haben mir sehr geholfen. Ich melde mich wieder«, sagte Krumm und hängte ein. Er murmelte vor sich hin: »Die Schwestern haben gekichert. Das war es also! Die Schwestern haben gekichert. Ich wusste doch, dass es irgendetwas war, das nichts mit der Operation zu tun hatte.«

»Ich verstehe das alles nicht ganz«, sagte die Frau.

»Sollen wir das Band noch einmal laufen lassen?«, fragte der Junge.

»Nicht jetzt«, sagte Krumm, »vielleicht später. Jetzt weiß ich wenigstens, dass ich ein Feigling war.«

»Wieso?« fragte die Frau. »Wieso bist du ein Feigling?«

»Ich sage es dir ein andermal«, wehrte er ab. »Ich gehe jetzt ins Bett. Ich will darüber nachdenken. Sie haben also gekichert, die kleinen Schweine, sie haben gekichert.«

Er ließ sich von dem Jungen eine Flasche Cognac und ein Glas bringen, trank zuweilen einen Schluck, las in einem Buch über Herzchirurgie, sah vom Balkon über den See. Schließlich verließ er das Haus.

Er ging in das Kellerrestaurant, um Elena zu finden. Er wollte ihr danken und mit ihr tanzen. Aber Elena war nicht da. So saß er an der Bar und trank Whisky, während sich zögernd und unendlich behutsam die Freude in ihm breitmachte. Jetzt war alles verändert, jetzt konnte er seine Kinder wiederbekommen.

Als er so betrunken war, dass er nicht mehr sicher gehen konnte, ließ er sich von einem Taxi in das Hotel fahren. Er tänzelte albern die Treppe hinauf, sang einen sentimentalen Schlager und lachte glucksend.

»Warum hast du dich denn betrunken?«, fragte die Frau vorwurfsvoll. Sie saß auf seinem Bett und sah sehr hübsch aus.

»Weil es Spaß macht«, grinste Krumm. »Es macht manchmal Spaß, sich zu besaufen.«

»Leg dich ins Bett«, sagte die Frau, »es ist kalt.«

Krumm sah sie einen Augenblick lang misstrauisch an, aber es war nichts in ihrem Gesicht als Sorge. »Mittags fahren wir die Maggia hoch«, sagte er.

»Mittags fahren wir die Maggia hoch«, sagte die Frau behutsam. »Jetzt zieh dich aus, und leg dich hin.«

Krumm schlief wie ein kleiner Junge neben der Frau ein und wachte erst gegen Mittag auf. Die Frau war verschwunden. Auf seinem Nachttisch lag ein Zettel. *Ich warte mit dem Essen auf dich.*

Krumm duschte ausgiebig und versuchte dabei, sich an alle Einzelheiten der Nacht zu erinnern. Er zog Cordhosen an, eine Lederjacke über einen dicken Rollkragenpullover und derbe Bergschuhe.

Die Frau wartete im Restaurant. »Hast du einen Kater?«

»Nicht allzu sehr«, sagte er. »Ich möchte Elena Blumen schicken. Sie hat mich auf die Idee gebracht, etwas zu unternehmen.«

»Das ist richtig«, sagte die Frau. »Mag sie Rosen oder einen bunten Strauß?«

»Ich weiß nicht«, sagte Krumm. »Am besten Rosen.«

»Du magst sie, nicht wahr?«, fragte die Frau.

»Ich mag sie«, sagte Krumm. »Sie war etwas, wohin ich mich flüchten konnte. Jetzt will ich nicht. mehr flüchten. Aber du musst dir andere Sachen anziehen, wenn du mit in die Berge willst.«

»Willst du mir deine Geschichte erzählen?«, fragte sie.

»Ich weiß nicht«, sagte er. »Es ist eigentlich nichts Geheimnisvolles dabei. Es ist nur schwer, darüber zu sprechen.«

Der Kellner sagte: »Die Herrschaften sollten nicht in die Berge fahren. Wir haben viel Schnee bekommen.«

Krumm lachte. »Na und? Wir möchten Wein und etwas zu essen.«

Sie aßen schweigend. Nur einmal sagte die Frau: »Dein Gesicht ist jünger.«

»Ja, das ist es«, sagte Krumm. »Ich kann die Kinder wiedersehen. Wahrscheinlich kann ich sie sogar für immer bekommen.«

»Wollen die Kinder das?«, fragte die Frau. »Meistens leiden Kinder unter so einer Geschichte.«

»Sie wollen«, sagte Krumm und war ganz sicher. »Sie lieben mich.«

»Dann ist es gut«, sagte die Frau. Sie dachte: Wenn er die Kinder wiederbekommt, wird er mir entgleiten. Das ist unfair. Das Leben ist immer unfair.

Als die Frau sich umzog, schrieb Krumm einen Brief an seinen Rechtsanwalt in Hamburg. Er schrieb:

*Lieber Georg!*

*Ich werde mich von Astrid scheiden lassen, und sie wird wenig dagegen einzuwenden haben. Allerdings gibt es da noch einen Punkt, der zu Streitigkeiten führen kann: die Kinder. Bis gestern konnte meine Frau ganz sicher sein, dass sie das Sorgerecht für Thomas und Jennifer bekommen würde. Doch jetzt nicht mehr.*

*Ich habe etwas herausgefunden, das ich bisher nicht wusste. Meine Frau hat mich hintergangen. Darüber Näheres in Kürze. Ich bitte Dich, wegen der Kinder vorläufig kurzzutreten. Astrid soll nicht wissen, was ich weiß. Sie soll Prügel bekommen. Dies ist die Rache des kleinen Mannes, aber ich will ein kleiner Mann sein.*

*Mach allen Beteiligten, also ihrem Anwalt und nachher auch dem Richter klar, dass ich einen Schlichtungsversuch oder Sühnetermin, oder wie immer ihr Rechtsverdreher das nennt, auf keinen Fall akzeptieren werde. In etwa einer Woche schicke ich Dir ausführliches Material zu. Wie auch immer, altes Haus – eine Frau kann die Hölle sein!*

*Geh also hin und sage ihr, dass ich sie nicht mehr haben will. Aber sage nicht, dass die Kinder zu mir kommen werden. Das soll sie erst erfahren, wenn sie glaubt, einen Trumpf ausspielen zu können. Ich komme mir vor wie ein Oberkellner, der einem unbeliebten Gast Schildkrötensuppe vorsetzt, die mit Schmieröl gewürzt ist. Und der Gedanke befriedigt mich.*

*In Eile*
*Dein Andreas*

Die Frau wartete schon. Sie gingen Blumen für Elena bestellen, und Krumm schrieb auf eine Begleitkarte: *Vielen Dank für den Tipp. Andy*

»Sie hat dich Andy genannt?« fragte die Frau heiter.

»Das tun diese netten kleinen Dinger alle«, sagte er. »Du müsstest sehen, wie sie miteinander umspringen – Küsschen hier und Küsschen da und Liebchen hier und Darling da. Und manchmal machen es die Männer untereinander genauso. Auf jeden Fall nennt Elena mich Andy.«

Die Frau lachte. »Ich werde dich Andreas nennen.«

»So heiße ich auch«, sagte Krumm.

Sie fuhren die Maggia hinauf. Die Berge wirkten kahl und ein wenig drohend. In Maggia schon, dem Hauptort des Tales, sahen sie Schnee an den Hängen.

»Wir fahren bis Bignasco«, sagte Krumm, »dann biegen wir links in das Val Bavona ab. Da liegt Foroglio, ein winziger Ort. Zwanzig Häuser vielleicht, alle mit schweren Steinen gebaut und die Dächer mit schweren Steinen bedeckt. Und es gibt einen Wasserfall, der durch einen der ersten Farbfilme berühmt geworden ist. Es wird dir dort gefallen. Es gibt einen Briefkasten, eine Kneipe mit Bier, Polenta, Wein, Spaghetti, Salami, viel Freundlichkeit und drei oder vier Einwohner. Ich glaube, drei.«

»Wer sind die drei?«

»Ein alter Mann mit seinen beiden Töchtern. Sie sprechen deutsch. Sie sind in Ordnung, wie man so sagt.«

In Bignasco wies die Straße eine feste Schneedecke auf. Krumm hatte einen Augenblick lang die Befürchtung, Foroglio abschreiben zu müssen. Aber er sagte: »Wenn wir stecken bleiben, können wir zu Fuß zurück.«

»Es ist mir recht«, sagte die Frau.

Sie fuhren die schmale Straße, die stellenweise nicht einmal geteert war, mit höchster Vorsicht hinauf. Krumm konnte nicht verhindern, dass der Wagen zweimal abrutschte und stecken blieb. Aber er brachte es fertig, kleine Felsstücke unter die Antriebsräder zu schieben und freizukommen.

»Das ist Foroglio«, sagte er.

»Es ist schön«, sagte die Frau. Sie sah nur die grauen, eng aneinandergerückten Dächer, den kleinen Kirchturm und links davon den riesigen Wasserfall, der solch einen Lärm verursachte, dass sie sehr laut miteinander reden mussten.

»Da, wo die Schweizer Flagge weht, ist die Kneipe«, sagte Krumm. »Die Brücke ist zu schmal für den Wagen, wir müssen zu Fuß gehen. In der Kneipe hört man das Wasser auch nicht so.«

Sie gingen über die Brücke und sahen in den reißenden Bach, der unter ihnen einen smaragdgrünen Teich bildete. Dann kam ein kleiner freier Platz, und von ihm ging es acht Steinstufen hinauf in die Kneipe.

Sie war nicht größer als ein enges Wohnzimmer. Eine Gitarre hing an der Wand, eine alte Uhr pendelte gemächlich. Ein Büfett, das aus der Zeit um die Jahrhundertwende stammen musste, machte den Raum zu einer Küche. Es gab zwei blank gescheuerte Holztische. In einer Fensternische lagen große Quarzbrocken, die wie Spielzeug-Kathedralen aussahen, und ein Stein, den der Fluss so vollkommen rund geschliffen hatte wie eine Kugel.

»Es ist niemand hier«, sagte Krumm. »Bald wird jemand kommen.«

»Wieso sind diese Dörfer so leer?«, fragte die Frau.

Krumm lächelte. »Das ist sonderbar. Ein paar Kilometer entfernt in Ascona diese verrückten, mit Geld um sich schmeißenden Typen. Und hier die große Stille. Du musst wissen, dass alle diese Dörfer um die Jahrhundertwende noch bewohnt waren. Man lebte von Ziegenmilch, Ziegenkäse, Ziegenfleisch und Wein. Aber alles war mehr als dürftig. Dann kamen die ersten Gerüchte. Kommt nach Amerika, hieß es, kommt nach Australien. Die meisten Leute aus dieser Gegend gingen nach Australien. Einige von ihnen wurden reich. Sie kommen alle zwei oder drei Jahre hierher und sehen sich an, wo ihre Eltern gehaust haben. Dann weinen sie ein bisschen, weil Weinen guttut. Und dann verschwinden sie wieder.«

»Es müsste hier eigentlich nach Tod riechen«, sagte die Frau, »aber es riecht nicht nach Tod. Es wirkt sehr heiter.«

»Es ist auch heiter«, sagte Krumm. »Aber die Menschen können von Heiterkeit allein nicht leben. Da kommt die Tochter vom Alten. Sie heißt Maria.«

Sie konnte ein Mädchen und sie konnte eine Frau sein. Ihr Gesicht war zeitlos. Sie erkannte Krumm sofort wieder. Sie sagte lächelnd: »Dottore! Scusi! Was möchten Sie?«

»Salami«, sagte Krumm. »Dazu einen Roten. Dann Käse. Wie geht es Ihrer Schwester, wie geht es dem alten Dickschädel?«

»Mein Vater ist sehr krank«, sagte Maria. »Er liegt in Maggia im Krankenhaus. Ich glaube, er wird nicht wiederkommen. Meine Schwester ist bei ihm.«

»Sind Sie allein hier?«, fragte die Frau. »Ich würde verrückt.«

Das Mädchen, wie alt es immer sein mochte, lächelte. »Man wird hier nicht verrückt. Ich habe Telefon, ich habe acht Ziegen, zwei Böcke, ein Radio, einen Fernseher. Und bald kommen die Fremden, und ich habe viel Arbeit.« Sie ging hinaus.

»Ich möchte einen Sommer hier leben«, sagte die Frau.

»Ich bin oft hier gewesen«, sagte Krumm. »Meine Frau hat in Ascona im Burghotel im Swimmingpool geplätschert, und ich war mit den Kindern hier oben. Wir haben sogar in der Bavona gebadet. Das Wasser hat nie mehr als zwölf oder vierzehn Grad. Gut für den Kreislauf.«

»Erzähl mir von deiner Frau.«

»Nicht jetzt«, sagte Krumm. »Jetzt essen wir Salami und Käse und trinken Rotwein.« Er wollte jetzt nicht über seine Frau sprechen.

Maria brachte das Essen und setzte sich ganz ungeniert zu ihnen, wie es in den Bergen so zu sein hat. »Wo sind die Kleinen, Dottore?«, fragte sie.

»Zu Hause«, sagte Krumm. »Bald hole ich sie.«

»Ihre Frau ist nicht hier?«

»Nein«, sagte Krumm, »sie ist nicht mehr meine Frau«. Es war das erste Mal, dass er es so offen aussprach, und es war eine Erleichterung für ihn und fiel ihm gar nicht schwer.

Maria antwortete nicht. Nach einer kleinen Weile lächelte sie und sagte: »Sie war einmal hier. Sie trug einen Hut, wie ihn die Schauspielerinnen in Rom tragen. Wir haben gelacht.«

»Ich weiß«, sagte Krumm, »ich weiß, dass ihr über sie gelacht habt. Und ich habe mich geschämt. Aber sie ist von der Sorte, die sich einen Kaminrock kaufen würde, wenn sie den Mount Everest zu besteigen hätte.«

»Ja«, gluckste das Mädchen, »ja, ich glaube.«

»Sie scheint ein Untier zu sein«, sagte die Frau.

»Das ist sie auch«, sagte Krumm.

Die Frau und Maria sahen einander erschrocken an, als er plötzlich aufstand und auf den Balkon hinausging.

»Er ist ein guter Mensch«, sagte die Frau.

»Dann müssen Sie ihn einfangen«, sagte das Mädchen einfach. »Das Telefon klingelt.«

»Was ist?«, fragte Krumm durch die Tür.

»Das Telefon hat geklingelt«, sagte die Frau. »Komm herein, du erkältest dich. Am Kamin ist es warm.«

Krumm hockte vor dem Feuer, das zu ebener Erde unter dem Rauchfang brannte. Er rieb die Hände aneinander.

»Hier kann man leben«, sagte er. »Nicht immer. Aber vielleicht einen Monat im Jahr, um sich selbst zu entdecken.«

Maria kam zurück. »Dottore, haben Sie Spikesreifen am Wagen? Oder Schneeketten?«

»Nein«, sagte Krumm.

Das Mädchen lachte. »Dann werden Sie hierbleiben müssen. In der scharfen Kehre vor Bignasco ist eine Lawine heruntergekommen ...«

# Teil V

Der Rückweg nach Ascona war ihnen also abgeschnitten, zumindest für eine gewisse Zeit. Krumm und die Frau würden hier in Foroglio warten müssen, bis man die Lawine in der Kurve vor Bignasco weggeräumt hatte. »Wie lange wird es dauern?«, fragte Krumm das Mädchen Maria.

»Sie rechnen mit einem Tag. Morgen können Sie zurückfahren.«

»Macht nichts«, sagte Krumm. »Ich muss nur das Hotel anrufen. Habt ihr Betten hier?«

»Wir haben eine Rustica ausgebaut«, sagte Maria. »Ein Bett unten, ein Bett oben. Das muss gehen.« Sie lächelte.

»Das geht«, sagte die Frau. »Das ist sogar gut.«

»Ich finde auch«, sagte Krumm. »Ist es nur eine Schneelawine, oder sind auch Steine abgerollt?«

»Viel Steine«, sagte Maria. Dann lachte sie wieder und sagte: »Jetzt bin ich wirklich nicht allein. Heute abend läuft im Fernsehen ein Film mit Sophia Loren. Ich mag sie. Sie hat einen Busen wie ein schweizerischer Schützenpanzer, aber sie kann damit umgehen.«

Krumm grölte vor Lachen, streichelte über das Gesicht der Frau und fragte: »Na, habe ich zuviel versprochen?«

Die Frau lächelte und schüttelte den Kopf. Sie sagte: »Ich hoffe nur, dass die Straße eine Woche gesperrt bleibt.«

Krumm nickte bedächtig. »Das ist nicht schlecht. Habe ich dir schon gesagt, dass es ganz angenehm ist, in einem Sommerhaus mit dir zu schlafen?«

Das Mädchen kicherte, die Frau wurde ein wenig verlegen. »Danke«, sagte sie. »Also sehen wir die Loren nicht?«

»Ich weiß nicht recht«, sagte Krumm. »Vielleicht wirkt dieser Schützenpanzerbusen ganz anregend.«

»Du bist ein Lüstling.«

»Das ist er nicht«, verteidigte ihn das Mädchen. »Er sagt nur, wie es ist.«

»Eben«, meinte Krumm vergnügt.

Die ›Rustica‹ war ein alter ausgebauter Stall. Unten stand ein Tisch mit vier bequemen Sesseln, an der Ostseite ein Bett. Über die Treppe kam man auf einen großen Bodenabsatz, auf dem das zweite Bett stand.

»Du kannst von oben auf mich runterfallen«, sagte die Frau.

»Gott bewahre!«, sagte Krumm. »Macht ihr die Betten, ich gehe trinken.« Er ging durch den immer dichter fallenden Schnee zurück in die Kneipe, versorgte den Kamin mit neuem Holz, goss sich einen großen Grappa ein und einen Viertelliter Roten. Er setzte sich an das Fenster und starrte hinaus.

Eine Zeit lang kam er sich vor wie ein gefangenes Tier. Aber dann versicherte er sich, dass die Frau klug war und gut und zärtlich. Da gab es keinen Grund, sich gefangen zu fühlen. Das einzige, wovor er sich fürchtete, waren ihre Fragen. Aber er konnte ihr mit einigem Geschick zuvorkommen. Er dachte: Soll sie erzählen, was mit ihr los ist. Warum muss ich den Anfang machen? Jetzt ist sie dran!

Die Geschichte seines eigenen Versagens war ihm nun ganz klar. Ich habe das Kichern bemerkt, dachte er. Ich war nicht so betrunken, dass es mir entgangen wäre. Und weil ich sofort begriff, was es bedeutete, riss der Faden. Er riss nicht, weil ich zu betrunken war, sondern, weil ich es nicht wahrhaben wollte. Und da ist das arme Schwein unter mir verblutet. Die Frage ist jetzt, ob ich einen Mord begangen habe.

Die Frauen kamen zurück und waren sehr vergnügt. Maria sagte: »Wenn ich heirate, dann nur einen Mann, der in Locarno wohnt oder in Lugano. Hier verschreibt der Arzt keine Antibabypillen, weil dann kein Mensch mehr in seine Praxis gehen würde.«

»In Frankfurt ist es umgekehrt.« Die Frau lachte. »Da haben die Ärzte den meisten Zulauf, die die Pille verschreiben ... Großer Gott, ist das alles Schnaps?«

»Alles Schnaps«, sagte Krumm. »Ihr seid schuld. Wenn ihr so lange braucht, um Betten zu machen, muss ich mit irgendetwas die Zeit totschlagen. Und Schnaps ist gut gegen Langeweile.«

»Säufer!«, sagte die Frau.

»Pharisäer!«, konterte er.

»Ihr liebt euch«, sagte Maria.

»Ich weiß nicht ...« Die Frau zögerte.

»Kann schon sein«, sagte Krumm. »Wir probieren erst.«

Die Frau begann zu weinen, weil sie glücklich war, und sie stotterte sogar ein bisschen. »Maria spielt die Kuppelmutter.«

»Keine Spur«, sagte Krumm. »Auf die Idee wären wir selbst auch gekommen.« Er setzte hinzu: »Aber vielleicht ist es nur ein Strohfeuer. Wir müssen es probieren.«

»Wie probiert man so etwas?«, fragte das Mädchen.

»Man tut es«, sagte Krumm, »das ist der einfachste Weg. Wenn man hinterher keinen schlechten Geschmack im Mund hat, ist die Hälfte geschafft.«

»Ich hatte keinen schlechten Geschmack im Mund«, sagte die Frau.

Krumm dachte nach. »Und ich hatte eine mordsmäßige Angst davor, mich noch einmal an irgendeinen Menschen fest zu binden. Und diese Angst habe ich immer noch.«

»Du brauchst vor mir keine Angst zu haben.«

»Hör dir das an!« Krumm wandte sich an das Mädchen. »Sie spielt die Harmlose.«

Maria lachte. »In einer Viertelstunde fängt der Film an.«

»Nicht für mich«, sagte Krumm, »ich gehe schlafen. Ich muss nachdenken.«

»Ich gehe mit dir«, sagte die Frau.

Maria machte ihnen eine Karaffe mit Rotwein zurecht, schnitt ein paar Scheiben Weißbrot ab, legte sie auf einen Teller und sagte: »Gute Nacht!«

Krumm und die Frau stapften durch den Schnee, der ihnen schon bis an die Knie ging und noch immer wie ein dichter weißer Vorhang vom Himmel fiel.

In dem kleinen Haus sagte Krumm grob: »Also, hör zu – fang nicht an zu fragen! Ich weiß von dir nur, wie du heißt und wie alt du bist. Ich möchte endlich wissen, woran ich mit dir bin.« Er spielte seine Grobheit nur, er war sehr glücklich.

»Ich lasse mich nicht ausfragen.«

»Ich will dir doch helfen. Ich habe selbst einige Dinge verraten, die nur mich angehen, aber ich bin froh, dass ich es getan habe.«

»War deine Ehe eigentlich glücklich?«

»Ich weiß nicht«, sagte Krumm. Und er wusste es wirklich nicht. »Zu Anfang war alles schön, aber schon sehr bald flaute es ab wie ein Wind, der über ein Wasser streicht und dabei seine Kraft verliert.«

»Poet«, sagte sie.

Krumm lächelte und schüttelte den Kopf. »Ich wollte damit nur sagen, dass mir meine Frau gleichgültig geworden ist. So wie die Frau des Bäckers von nebenan oder die Zeitungsfrau, die morgens um sieben den Briefkasten klappern lässt. Erzähl jetzt aber von dir«.

»Ich erzähle es nicht gern«, sagte sie. »Ich glaube, man muss allein damit fertig werden.«

»Man muss nicht. Das hier ist ein guter Ort zum Erzählen.«

Die Frau starrte in die Flammen des Kaminfeuers. Sie hatte sich in eine Bettdecke gehüllt und ihren Kopf in Krumms Schoß gelegt.

»Es ist eine dreckige Geschichte«, sagte sie. »Ich bin jetzt dreißig Jahre alt. Ich wollte Chemie studieren. Damals war ich zwanzig. In Frankfurt war das, wo auch meine Eltern leben. Ich lernte einen Mann kennen. Er sah sehr gut aus, konnte gute Geschichten erzählen und zärtlich sein, und er kam nie ohne Blumen. Er war Vertreter, wie er sagte. Und dumm, wie Frauen manchmal sind, habe ich ihm geglaubt, ohne Näheres erfahren zu wollen. Schließlich wollte ich ihn und nicht seinen Beruf.

Meine Mutter war für die Heirat, mein Vater war dagegen. Wir schliefen schon fünf Jahre zusammen, und ich kam mir vor wie die beste Ehefrau der Welt, als mein Vater sagte: ›Was so lange gut geht, kann man begrüßen.‹ Wir durften also heiraten.

Meine Eltern sind wohlhabend – oder reich, das kommt drauf an. Unter den wirklich Armen sind sie reich und unter den wirklich Reichen ein kleiner Fisch.

Ich hatte mittlerweile mein Studium aufgegeben, ich wollte Kinder, einen Haushalt und so weiter. Ich hatte einen guten Mann. Tagsüber war er mit seinem Wagen unterwegs. Er vertrat irgendeine Versicherung.« Sie sah zu Krumm hoch und fragte: »Verstehst du eigentlich etwas von Wirtschaftskriminalität?«

»Nein«, antwortete Krumm wahrheitsgemäß. »Ich habe da ganz dunkle Vorstellungen.«

»Ich habe deswegen im Gefängnis gesessen«, sagte die Frau. »Ein ganzes Jahr.«

Krumm erschrak. »Du sollst kein dummes Zeug erzählen!«

»Warte«, sagte sie, stand auf und lief zum Tisch, auf dem ihre Handtasche lag. Sie kramte eine Weile darin herum und holte einen zusammengefalteten Schein hervor. Ihr Gesicht war trotzig. »Da, lies, lies es nur!«

Krumm nahm den Bogen Papier, aber er konnte die Zeilen nicht klar sehen, sie blieben verschwommen. Ein Satz begann mit den Worten:

*Das Gericht ordnet hiermit an, dass die Angeklagte in das Frauengefängnis …*

»Das darf nicht wahr sein!« sagte er.

»Es ist aber so. Deshalb habe ich auch gesagt, es wäre eine dreckige Geschichte. Denn ich bin unschuldig. Aber im Gefängnis habe ich trotzdem gesessen.« Sie musste sich zusammennehmen, um nicht zu weinen oder zu schreien.

»Wieso konnte das passieren?«, fragte Krumm.

»Es war dieser Mann«, sagte die Frau. »Alles fing so harmlos an, dass ich mir überhaupt nichts dabei dachte. Abends, wenn er nach Hause kam, gab er mir den Auftrag, ich solle doch am nächsten Morgen das Geld auf die Bank bringen. Und das tat ich. Zuerst war es immer nur eine Bank. Dann waren es zwei Banken, bei denen ich abwechselnd einzahlte oder auszahlen ließ. Dann waren es drei Banken, schließlich vier. Kapierst du?«

»Nicht die Spur«, sagte Krumm,

Die Frau lachte bitter. »Ich hätte es auch nie kapiert, wenn man mich nicht plötzlich verhaftet hätte. Pass auf, die Geschichte funktioniert so:

Zuerst bist du Kunde bei einer Bank. Du bist ein guter Kunde, du bist ehrlich. Dann suchst du dir eine zweite Bank. Dort löst du nun mit dem Scheck der ersten Bank Geld ein. Beide Banken sind gut miteinander bekannt. Sie wissen: Der Kunde ist in Ordnung, der Scheck geht klar. Das machst du eine ganze Weile so, bis du bei vier

Banken Stammkunde bist. Jeder kennt, jeder grüßt dich, jeder lächelt dich an.

Dann kam der Abend des vierundzwanzigsten März. Die Banken schlossen um vier Uhr. Um Viertel vor vier rief mich mein Mann an und sagte mir, ich solle zweihunderttausend Mark von der Commerzbank abheben mit einem Scheck der Deutschen Bank. Ich hab mir nichts dabei gedacht. Die Leute in der Bank haben sich auch nichts dabei gedacht. Sie gaben mir das Geld, schlossen ihre Bank und gingen nach Hause.

Ich ging auch nach Hause. Ich legte das Geld in den Schreibtisch meines Mannes. Er kam, sah das Geld, grinste und sagte, das hätte ich fein gemacht.

Ganz plötzlich wusste ich, dass irgendetwas Furchtbares passiert war. Doch ich wusste nicht, was.

Ich fragte ihn, aber er grinste nur, packte seinen Koffer und sagte wörtlich: ›Ich muss zwei Tage nach München.‹ Da wurde ich wütend. Vielleicht war ich einfach launisch, ich weiß es nicht mehr. Ich schrie ihn jedenfalls an, er solle mit seinem blöden Grinsen aufhören. Er grinste weiter.

Ich nahm meinen Mantel und rannte zu einer Freundin. Ich schlief bei ihr in dieser Nacht. Es war eine dieser furchtbaren Nächte, die jeder Mensch erlebt – wenn nämlich der Zweifel kommt und man sich fragt, ob man noch liebt und ob man jemals geliebt wurde.«

Krumm lächelte und sagte: »Das kenne ich. Wie ging's weiter?«

»Ich saß gegen Mittag bei meiner Freundin, da schellte es. Draußen standen zwei Kriminalbeamte und baten mich auf die Wache. Ich fuhr mit. Sie behandelten mich wie eine Ladendiebin. Weshalb, erfuhr ich erst später. Der Scheck über die zweihunderttausend Mark war nicht gedeckt. Auf dem Konto bei der Deutschen Bank lag ein Guthaben von dreizehn Mark. Verstehst du jetzt den Trick? Man nennt es Scheckreiten.«

Krumm starrte gegen die Decke. »Leg deinen Kopf wieder auf meinen Schoß«, sagte er. »Eines verstehe ich nicht: Du musstest doch wissen, dass dein Mann keine zweihunderttausend Mark besaß.«

»Das wusste ich eben nicht«, sagte sie, und jetzt weinte sie. »Ich habe zwei Jahre lang die Schecks unterzeichnet, eingereicht oder auszahlen lassen, aber die Kontoauszüge wurden meinem Mann mit der Post zugeschickt. Er sagte immer lachend zu mir, ich wäre keine gute Buchhalterin.«

Jetzt weinte sie heftiger.

»Er war ja so gemein. In seinen Schreibtisch hatte er einen Zettel gelegt und draufgeschrieben:

*Diesmal hast Du Dein Meisterwerk vollbracht, Schätzchen!* Damit hatte er mich auch noch zu seiner Komplizin gestempelt.

Während sich die Kripo damit aufhielt, mich zu vernehmen, konnte er entkommen. Das Gericht nahm mir nicht ab, dass ich von der ganzen Schweinerei nichts gewusst habe. Ein Jahr Gefängnis. Ich habe dem Richter ins Gesicht geschrien, er wäre ein Scheißkerl. Jawohl, das habe ich getan!«

»Großer Gott«, sagte Krumm, »wie hast du bloß dieses Jahr überstanden?«

Sie lächelte. »Es war für mich nur sechs Monate lang, ich wurde auf Bewährung entlassen. Ich ging zu meinen Eltern. Sie glaubten mir, sie glaubten an mich.

Mein Vater gab mir Geld. Er sagte: ›Such den Mann!‹ Und ich suchte und suchte – bis ich ihn fand.« Sie schloss vor Erschöpfung die Augen. »Ich muss eine Pause machen, es regt mich immer auf.«

»Ich hole dir ein Mittel«, sagte Krumm. Er zog sich hastig an. Draußen schneite es noch immer. Zuweilen sackte er bis zu den Hüften in den Schnee. Das Mädchen Maria steckte den Kopf aus dem Fenster: »Ich denke, Sie schlafen schon.«

»Nein«, sagte Krumm. »Ich habe etwas im Wagen vergessen.«

»Bin ich eine gute Kuppelmutter?«, fragte das Mädchen fröhlich.

»Das kann man wohl sagen«, murmelte Krumm. Laut rief er: »Du solltest ein Freudenhaus aufmachen oder so was!«

Maria lachte und schloss das Fenster.

Krumm ging sehr langsam über die schmale Brücke, wobei er sich Hand über Hand am Geländer vorwärtszog. Mit bloßen Händen musste er die Wagentür freischaufeln. Die Hände schmerzten unerträglich. Dann setzte er sich in den Wagen, steckte den Zündschlüssel ein und ließ den Motor zehn Minuten laufen, bis der Schnee auf der Kühlerhaube zu rutschen begann.

Er schaltete das Radio ein und nahm sich unendlich viel Zeit, seine Bereitschaftstasche aus dem Kofferraum zu holen. Noch mehr Zeit ließ er sich damit, den Wagen abzuschließen und sich über die Brücke in das tote Dorf zurückzutasten.

Als er vor dem Haus stand, begriff er den Grund für sein Zögern: Die Geschichte der Frau war noch nicht zu

Ende. Und vor diesem Ende hatte Krumm Angst. Etwas Furchtbares musste geschehen sein. Er griff nach der Klinke und dachte: Und wenn es noch so furchtbar ist – ich liebe sie. Ich verdammter Trottel liebe sie.

Die Frau lag auf den Decken vor dem Feuer. »Es geht schon wieder«, sagte sie.

»Nimm eine von den Pillen hier«, sagte er. »Und zieh etwas mehr an als nur dein Unterzeug. Wenigstens das Kleid.«

»Magst du mich nicht?«, fragte die Frau.

»Doch«, sagte er, »ich mag dich sehr.«

»Ist das Liebe?«

»Ich weiß nicht«, sagte Krumm, aber er wusste es. Er wollte die Geschichte hören, nichts als die Geschichte. »Wie hast du ihn ermordet?«, fragte er ruhig.

Die Frau richtete sich auf. Sie war blass geworden. »Woher weißt du, dass er tot ist? Wie kommst du auf Mord?«

Krumm zündete sich eine Zigarette an.

»Du hast gesagt: Ich suchte und suchte, bis ich ihn fand. Und er hat dein Leben kaputtgemacht Wenn du ihn gefunden hast, musst du an Mord gedacht haben.«

»Ich habe daran gedacht«, sagte sie, und sie sah Krumm nicht an. »Ich hätte nicht gedacht, dass es so einfach ist.«

Sie griff ebenfalls nach einer Zigarette und ließ sich Feuer geben. »Ich hatte keinen Anhaltspunkt, wo er sich aufhalten konnte. Sein Vater hatte einen Frisiersalon in Kassel. Aber da konnte er nicht sein, da hätte ihn die Polizei sofort erwischt.«

Sie lachte ein wenig hysterisch. »So komisch das klingt, aber ich besorgte mir ein Tonbandgerät. Und darauf sprach ich jeden Tag alle gemeinsamen Erinnerungen. Ich versuchte, Gespräche zu rekonstruieren. Als drei oder vier Bänder besprochen waren, hatte ich noch immer keinen Hinweis darauf gefunden, wohin er geflüchtet sein könnte. Praktisch konnte er an jedem Ort der Welt sein.

Schließlich gab ich die Bänder meinem Vater, der sie abhörte. Er fand auch die Lösung. Ich hatte mit meinem Mann immer davon gesponnen, einmal Ferien auf den Bahamas machen zu können. Dauernd erwähnte ich die Bahamas. Aber ich hatte ihnen keine Bedeutung beigemessen.

Mein Vater sagte: ›Wenn er das Geld ausgeben oder sich ein Geschäft kaufen will, wird er dorthin gehen, wovon er immer geträumt hat. Er wird auf den Bahamas sein.‹ Vater war fest überzeugt davon.«

»Und du bist ...«, sagte Krumm erregt.

»Ich bin auf die Bahamas geflogen«, sagte sie kühl. »Ich war ganz verändert. Ich trug eine Brille mit Fensterglas, ich hatte blondes Haar, trug unmoderne Kleider. Es war gar nicht schwer, ihn zu finden. Ich brauchte nur drei Wochen. Dann sah ich ihn in einer Bar in Nassau. Er saß mit einer älteren Frau am Tisch. Sie nannte ihn dauernd ›mein Mäuschen‹.

Von diesem Tag an verfolgte ich ihn. Ich entdeckte, dass er ein kleines Geschäft für Herrenartikel besaß und viele Freundinnen hatte. Er nannte sich Frederik Sörensen. Das war sehr geschickt, denn die Leute da unten können zwar Franzosen von Deutschen unterscheiden, aber bei den Nordländern kennen sie sich nicht aus. Ich gebe zu, dass ich an Mord dachte, aber ich bezweifelte stark, dass ich es fertigbringen würde.«

»Hast du es fertiggebracht?«

»Ja.« Die Frau lächelte. »Denk jetzt bitte nicht an Küchenmesser oder Pistole. Er machte es selbst. Zunächst wollte ich ihn unsicher machen. Ich schickte ihm jeden Tag einen Brief. Darin stand – mit der Maschine geschrieben – immer der gleiche Satz: *Diesmal hast Du Dein Meisterwerk vollbracht, Schätzchen.*«

»Das muss ihn gefoltert haben«, sagte Krumm. »Aber ich muss zugeben, dass er ein Schwein war. Hoffentlich bringst du mich nicht um.«

»Ich liebe dich«, sagte die Frau. »Es ist doch so einfach, ich liebe dich.«

»Ich dich auch«, sagte Krumm. »Aber du bekommst keinen Ring, bevor du nicht erzählt hast, wie es weiterging.«

Die Frau lachte. »Er bekam also jeden Tag, vierzehn Tage lang, diese Briefe. Ich beobachtete ihn, wie er unsicher wurde. Auf der Straße drehte er sich dauernd um. Manchmal lief er sogar, als wäre ein Polizist hinter ihm her. Wenn er in einem Lokal lachte, dann lachte er nicht mehr so dröhnend, dann lachte er gepresst.

Da dachte ich: Du brauchst ihn nicht zu ermorden, du brauchst nicht einmal der Polizei einen Wink zu geben. Du brauchst nur alle vier Wochen einen Brief zu schreiben, und er wird nie mehr sicher sein.

Aber ich wollte ihm noch eine Abschiedsvorstellung geben. Ich wusch die Farbe aus meinem Haar, kaufte mir ein hübsches Kleid, warf die Brille weg, rief ihn in seiner Wohnung an und sagte: ›Diesmal hast du dein Meisterwerk vollbracht, Schätzchen!‹

Er stammelte irgendein sinnloses Zeug, er war sehr erregt. Dann bat er mich, ihn zu besuchen. Ich besuchte ihn auch.«

»Warum dieses Risiko?«, fragte Krumm.

»Risiko?« Sie schüttelte den Kopf. »Er konnte mir in seiner Wohnung gar nichts tun. Gegenüber ist eine Polizeiwache, und die Wände dieser ekligen Wohnblocks sind nur so dick wie eine Sonntagsausgabe der New York Times. Nein, da würde er mir nichts tun. Er würde versuchen, mit mir hinauszufahren. Und zwar auf die See hinaus, zum großen Riff.

Ich hatte ihn lange genug beobachtet, ich kannte sein Boot und wusste genau, wie ich es anstellen musste, nicht von ihm getötet zu werden. Denn er musste auf alle Fälle versuchen, mich zu töten.

Ich kam also in seiner Wohnung an, und er begann zu beichten. Was für ein gemeiner Hund er sei und so weiter und so weiter. Und dann sagte er natürlich noch, jetzt würde alles wieder gut, jetzt würde er mit mir nach Hause kommen und sich den Behörden stellen.«

»Und du tatest so, als glaubtest du alles?«

»Ich habe ihn sogar geküsst«, sagte sie hart. »Er sollte nicht wissen, was auf ihn wartete ...«

## Teil VI

Die Frau schwieg für eine Weile, und Krumm wollte sie in diesem Schweigen nicht stören. Er versuchte, sich in ihre Lage zu versetzen. Für ihren Mann war sie schon das ahnungslose Werkzeug zu dem Betrugsmanöver gewesen, als sie noch an seine Liebe geglaubt hatte. Und während sie im Gefängnis saß, war er mit dem Geld nach den Bahamas verschwunden, wo sie ihn dann aufgespürt hatte.

Sie wollte sich rächen. Und sie dachte an Mord. Hätte sie etwa an Mitleid denken sollen?

»Ich hatte mich tagsüber oft im Jachthafen an seinem Boot herumgetrieben«, erzählte sie jetzt weiter.

»Ein alter Schwarzer hatte mir gezeigt, wie man einen Außenborder steuern kann, ohne den Gashebel zu berühren.

Es gibt einen Trick. Man bindet eine dünne Schnur, möglichst aus Nylon, an den Hebel. Und das hatte ich bereits getan, als er sagte, die Nacht sei schön genug, um draußen auf dem Meer Versöhnung zu feiern. Ich stieg also in sein Boot. Er saß am Heck und hielt den

Motor. Aber ich hatte die Schnur in der Hand – und er wusste es nicht.

Nach einer Weile sagte er: ›Da draußen ist das große Riff. Da gibt es Haie und Muränen.‹ Ich antwortete nicht. Ich starrte nur immer auf den weißen Streifen, der das Riff anzeigte. Und dann stand er im Heck, hielt eine Pistole in der Hand und grinste. Er sagte, ich hätte niemals ein solcher Trottel sein und nach ihm suchen dürfen.

Da zog ich an der Nylonschnur.

Der Motor bekam Vollgas, das Boot schoss wie verrückt nach vorn, und er fiel mitsamt seiner Pistole ins Wasser. Ich steuerte das Boot zurück, bestieg am nächsten Morgen ein Flugzeug und war verschwunden.«

Krumm atmete schwer. Er fragte: »Und dein Gewissen?«

»Ich kann keiner Fliege etwas zuleide tun«, sagte sie. »Aber er wollte mich töten, und ich wollte leben. Was hättest du an meiner Stelle gemacht?«

Krumm überlegte eine Weile. »Wahrscheinlich hätte ich genauso gehandelt. Ich weiß es nicht. Konntest du nicht versuchen, ihn über Interpol ausliefern zu lassen?«

»Das ging nicht«, sagte sie ruhig. »Er hatte einen echten Pass mit einem falschen Namen. Kein Polizist auf den ganzen Bahamas hätte sich getraut, ihm nur ein Haar zu krümmen. Und ich hätte ihn auch niemals getötet, wenn er sich entschuldigt hätte und dann gegangen wäre. Aber er sah mich, lud mich auf sein Boot und wollte mich erschießen.«

»Ja, du hast recht. Wahrscheinlich bist du so nervös, weil du etwas getan hast, was du normalerweise niemals getan hättest.«

»Es quält mich«, gab Vera Reiter offen zu.

Krumm lächelte und sagte: »Weißt du auch, dass du dein ganzes Leben regelrecht verdrehst?«

»Warum?«

»Jetzt bist du völlig normal, hältst dich aber für hysterisch und verrückt. Das warst du jedoch, als du die Tonbänder besprochen hast, nach den Bahamas geflogen bist, ihn gesucht, gefunden und die Sache mit dem Boot vorbereitet hast. Da warst du krank, da warst du gefährlich, weil man diese Sorte von Krankheit einem Menschen nicht ansehen kann. Jetzt kommt nur der Rückfall in das normale Leben.«

»Brauche ich mich nicht zu quälen?«

»Nein«, sagte Krumm. »Wenn du die Wahrheit über diesen Mann gesagt hast, brauchst du dich nicht zu quälen. Du hättest ein Leben lang Furcht gehabt, ihm zu begegnen und getötet zu werden. Du hast es nur vorher begriffen, du bist eben klug. Ich habe eine kluge Geliebte.«

»Bin ich das wirklich?«

»Ja, beides«, sagte Krumm. »Marsch ins Bett!«

Sie schliefen eng aneinandergepresst, bis mittags das Mädchen an die Tür klopfte und schrie: »Wachen Sie auf, Dottore. Ich habe Polenta gemacht, es gibt Salami dazu.«

»Der alte Hausdrachen«, murmelte die Frau.

»Ach was«, sagte Krumm. »So ein Lotterleben. Komm schon! Rein in den Schnee!«

»Aber du liebst mich doch, ja?«

»Ja.«

»Schwöre!«

»Ich schwöre, dass ich dich liebe.«

»Ich dich auch«, sagte die Frau. »Ich habe nichts geträumt, ich habe nur geschlafen.«

»Das ist gut so«, sagte Krumm. »Du wirst sehen, es wird immer blasser, das Bild. Eines Tages ist es weg.«

»Wenn du mich liebst.«

»Wenn du mich liebst«, sagte Krumm. »Sieh mal, es taut. Wir können abhauen.«

»Ja, das können wir.«

Ich will nicht gehen, dachte sie. Ich will nicht weggehen von hier.

»Du möchtest hierbleiben, nicht wahr?«, fragte Krumm.

»Ja«, sagte sie. »Wir sind eingeschlossen. Wir sind die glücklichsten Eingeschlossenen der Welt.«

Krumm ging barfuß hinaus in den Schnee und wusch sich das Gesicht an dem langen, aus einem Steinblock gehauenen Brunnen. Die Zähne putzte er sich nicht, das Wasser war zu kalt. Es taute tatsächlich. Der Schnee war auf weiten Flächen zusammengesunken, und zuweilen erkannte man dünne braune Rinnen, in denen das Wasser über die blanke Erde lief.

Es hat keinen Zweck hierzubleiben, dachte er. Wir sind glücklich, aber wir sind allein. Ich will nicht allein sein. Es ist merkwürdig, dass ich glücklich bin. Sie hat einen Mann getötet. Wahrscheinlich ist sie von der Sorte, die nicht zulässt, dass jemand sie zerstört. Der Mann wollte sie zerstören, aber sie besaß Vernunft genug, es zu erkennen.

Er dachte mit Verwunderung an die technische Raffinesse, mit der sie es gemacht hatte: eine dünne Nylonschnur am Gashebel! Er bewunderte ihre Nerven. Sie hatte darauf gewartet, dass ihr Mann versuchte, sie zu erschießen. Jawohl, sie hatte förmlich darauf gewartet. Und noch etwas war merkwürdig: Sie hatte genau gewusst, wie er es machen würde und wo. Sie musste die Fähigkeit besitzen, Menschen schnell zu durchschauen und sich dann auch auf ihre Denkweise einzustellen.

Krumm ging steifbeinig und durchfroren zurück. Er sagte: »Du solltest dich am Brunnen waschen. Es ist so kalt, dass du meinst, du hast kein Gesicht mehr.«

»Ich will aber ein Gesicht haben«, sagte Vera Reiter. »Mein Gesicht berührt dein Gesicht, ich küsse dich, ich sehe dich an. Was soll ich mit einem Gesicht, das die Kälte weggewischt hat?«

»Du hast recht«, murmelte Krumm. »Zieh dich an, es gibt zu essen. Polenta.«

»Ich will aber keine Polenta essen, ich will hier liegen bleiben.«

Krumm zog ihr die Decken weg und sagte: »Du solltest sehen, wie schön es draußen ist. Na, komm!«

Sie wand sich hin und her. »Wenn ich aufstehe und mit dir Polenta esse, dann willst du zurück nach Ascona, und dort sind so viele Menschen.«

»Durch die kann man hindurchgehen wie durch ein Spinnennetz. Ich brauche Unterwäsche, Rasierzeug und so weiter.«

»Ehrenwort, dass wir wieder hierher zurückfahren?«

»Ehrenwort. Es dauert zwei Stunden, und wir sind wieder hier.«

»Dann stehe ich auf.« Sie lachte. »Wir benehmen uns wie zwei Halbwüchsige, die die Liebe kennenlernen.«

»Ich lerne sie kennen.«

»Ich auch. Es ist komisch, ich lerne sie kennen. Alles, was vorher war, sind Schatten wie in einer der griechischen Sagen.«

»Man kann es so nennen«, sagte Krumm. Aber er dachte an seine Kinder. Und seine Kinder waren keine Schatten.

Maria hatte ein mächtiges. Feuer gemacht, und der Wind, der vom Wasserfall und von Robiei herunterkam, drückte zuweilen den Rauch durch den Kamin zurück, sodass sie husten mussten. »Ich habe mit dem Krankenhaus in Maggia telefoniert«, sagte das Mädchen. »Sie sagen, meinem Vater geht es schlechter. Meine Schwester bleibt dort. Ich glaube, er hat Krebs.«

»Das ist schrecklich«, sagte Krumm, und er meinte es so. Er hatte schon viele bösartige Wucherungen operiert. Krebs erregte in ihm eine kaum zu zügelnde Wut.

»Aber nun essen Sie«, sagte das Mädchen. »Die Straße nach Bignasco ist frei. Nicht allzu frei, aber man kann durch.«

»Kommt so etwas oft vor im März?«, fragte die Frau.

Maria schüttelte den Kopf.

»Ganz selten. Vielleicht stirbt deshalb mein Vater.«

»Deshalb stirbt er nicht«, sagte Krumm. »Können wir gegen Abend wiederkommen?«

»Natürlich«, sagte das Mädchen erfreut. Alleinsein war nicht gut, wenn der Vater starb und man allein war in einem toten Dorf.

»Wir bleiben noch ein paar Tage«, sagte Krumm. »Ich will auf den Wasserfall rauf.«

»Ist gut«, sagte das Mädchen.

Sie fuhren nach dem Essen los. Wo Schnee und Geröll von den Bergen auf die Straße gefallen waren, schaufelten viele Männer, und andere fuhren mit großen und kleinen Lastwagen hin und her. Krumm brachte den Wagen mühsam durch das Gewühl in Bignasco, wo sie das Tal der Maggia erreichten, stand auf dem großen Platz vor der Gendarmerie und der Apotheke ein Volkswagenbus, auf dem grellrot *LOVE* stand. Der Wagen war aus Zürich.

»Ob es ein Pärchen ist?«, fragte die Frau.

»Wahrscheinlich nicht«, sagte Krumm. »Wahrscheinlich sind es ein paar Jungen und Mädchen mit langen wirren Haaren und schmutziger Unterwäsche. Sie haben *Love* auf ihren Wagen geschrieben wie ein Gebet. Sie kennen die Liebe nicht. Das ist es.«

»Es kann sein«, sagte die Frau.

Sie kamen nicht nach Maggia durch, denn oben in Fusio hatte das Wetter den Damm angenagt und aus dem Fluss einen reißenden Strom gemacht. In Maggia, an einer engen Stelle, überspülte er das ganze Tal.

Krumm fluchte und rief im Hotel an. »Krumm hier. Wir sitzen im Maggiatal fest. Unsere Zimmer müssen reserviert bleiben.«

»Natürlich«, sagte der Junge. »Die Leute hier meinen, es dauert höchstens einen Tag, dann ist das Wasser abgelaufen. Wenn es länger dauert, kann ich Sie mit einem Hubschrauber in Foroglio abholen lassen. Ich kenne den Piloten gut.«

»Na schön«, sagte Krumm, und zu Vera sagte er: »Wir müssen versuchen, Cordhosen, Gummistiefel, Pullover und Unterwäsche zu kaufen. Wir können nicht weiter.«

»Mir ist das recht«, sagte sie heiter.

Es war nicht einfach, diese Sachen zu besorgen. Die wenigen Geschäfte waren nur dürftig sortiert, denn alle Leute aus Maggia fuhren nach Locarno in die Warenhäuser einkaufen. Aber es gelang Krumm immerhin, eine Ladenbesitzerin zu überreden, ihm alles zu zeigen, was sie besaß. Das Schwierigste waren die Gummistiefel. Es gab kein Schuhgeschäft.

Schließlich fanden sie ein altes Ehepaar, das ihnen gebrauchte, aber noch gute Gummistiefel verkaufte.

Der Mann sagte immer wieder: »Ich trage sie zehn Jahre. Sie sind fest wie Eisen.«

»Schon gut«, sagte Krumm, »schon gut.« Im Wagen sagte er: »Wir sollten versuchen, Gemüse mitzunehmen und Salat. Aber die hier sind jetzt alle so verrückt, dass sie wahrscheinlich nicht verstehen werden, was man will.«

»Ich werde es ihnen sagen.« Vera sah Krumm prüfend an. »Du hast eine Art zu leben, die schlimmer ist als Schnaps oder Sekt. Man ist immer betrunken.«

»Das macht das Land«, sagte Krumm. »Ich bin nicht dafür verantwortlich.«

»Ich liebe dich aber deswegen«, sagte sie.

Krumm fuhr den Wagen auf den kleinen Platz, an dem das Lebensmittelgeschäft lag, und wartete, bis Vera zurückkam.

Sie war atemlos und lachte. »Ich habe ein paar Kisten mit Sachen gekauft, die ich nicht kenne und deren Sinn ich nicht begreife. Es geht mir wie damals den Menschen, als die ersten Kartoffeln in Europa auftauchten. Ich weiß bei dem Grünzeug nie, ob man die Wurzeln kocht oder aus den Blättern einen Salat macht.«

»Egal«, sagte er. »Wir nehmen das Zeug mit. Maria weiß, was es ist.« Er sah sie aufmerksam an. »Wenn die Sonne genau hinter dem Berg da steht und über dein Haar streicht, ist es rot, und du siehst aus wie ein junges Mädchen. Habe ich dir schon gesagt, dass du manchmal aussiehst wie ein junges Mädchen?«

»Ich bin so eine Art Jungfrau!«

»Welch eine Aufgabe! Hast du eigentlich nie ein Kind gehabt?«

»Nein. Wir hatten eine Ehe, in der man sagt: Ich nehme die Pille noch eine Weile, bis alles bezahlt ist. Man weiß nie genau, ob es so richtig ist, aber man kommt sich ungeheuer lebenstüchtig vor. Am Ende begreift man, dass alles Quatsch war.«

»Jetzt erweist es sich aber als gut, dass du kein Kind hast.«

»Das ist ein Vorurteil«, sagte sie. »Mir wäre ein Kind eine Hilfe gewesen. Auch dann, wenn es von meinem Mann gewesen wäre. Frauen denken darin anders als Männer.«

»Sicher«, sagte Krumm beschwichtigend. »Ich muss noch Kanister mit Benzin kaufen und außerdem volltanken.«

Die meisten Männer – auch der Tankwart – waren damit beschäftigt, das Wasser aus dem Dorf zu halten. Krumm tankte selbst auf, kaufte zwei Zehn-Liter-Kanister, füllte sie und trug sie zum Wagen. »Die alte Frau an der Tankstelle hat gesagt, das Wasser wird steigen, und es wird auch noch Schnee geben. Ich traue alten Frauen mehr als dem Wetterbericht.«

»Das ist gut, dann haben wir eine angenehme Zeit in Foroglio vor uns.«

»Wenn wir einschneien, können wir uns nicht mehr bewegen«, sagte Krumm lächelnd.

»Dann liegen wir eben still beieinander und erzählen uns etwas«, sagte sie. »Es ist doch nicht schwer, allein zu sein, wenn man so verrückt ist und liebt wie wir.«

»Das ist es nicht«, sagte Krumm.

In Bignasco war der Volkswagenbus aus Zürich mit der Aufschrift LOVE verschwunden. Frauen und Männer standen am Ufer der Maggia und sahen hinunter in das wirbelnde Wasser. Sie sahen aus, als beteten sie.

»Ich möchte etwas trinken«, sagte Krumm. »Einen Campari vielleicht.« Sie gingen in das Hotel ›Post‹.

Ein alter Mann fragte: »Wollen Sie nach Ascona oder weiter rauf?«

»Weiter die Bavona rauf«, sagte Krumm.

»Das ist gut.« Der alte Mann seufzte ein bisschen. »Da haben sie die Lawine von der Straße gekratzt, und es sieht wieder prächtig aus. Aber wir werden mehr Schnee bekommen und mehr Wasser. Es sollte mich nicht wundern, wenn die Regierung Angst bekommt und uns Hubschrauber schickt mit Zelten und Decken. Dann wird was los sein!«

Sie fuhren die Bavona hinauf und unterhielten sich eine Weile mit den Männern, die immer noch damit beschäftigt waren, den Schnee und das Geröll von der Straße zu bringen. Ihre Gesichter waren schmal, und sie schwitzten, obwohl es kalt war. Krumm sagte zu einem Vorarbeiter: »Nehmen Sie diese Pillen hier. Es ist Chinin. Das geben Sie Ihren Leuten, wenn sie mit der Arbeit aufhören.«

»Danke«, sagte der Mann. »Sind Sie Arzt?«

»Ich bin es«, sagte Krumm.

In Foroglio stand vor der schmalen Brücke der Volkswagenbus aus Zürich mit dem grellroten LOVE.

»Verdammt!«, sagte Krumm.

»Wieso denn?«, fragte die Frau. »Lass sie doch!«

»Es gibt Verdruss. Ich kenne diese Sorte. Pass auf, es gibt Krach.«

»Wir haben unser Bett.«

»Vielleicht nicht mehr.«

Das Mädchen kam ihnen entgegengelaufen, sie trafen sich auf der Brücke. »Dottore«, sagte Maria, »das ist so ein Klub aus Zürich. Sie trinken Wein und Grappa und essen viel. Und sie sind so merkwürdig grausam.«

»Rauschgift?«, fragte Krumm.

»Ich weiß nicht«, sagte das Mädchen. »Ich kenne kein Rauschgift. Aber sie haben das Telefonkabel durchgeschnitten. Das nach Bignasco und das nach Robiei. Obwohl das gar nicht nötig war.«

»Wieso war das nicht nötig?«

»Die Leitungen sind zerrissen.«

Aus dem Kneipeneingang schrie jemand, den sie nicht erkennen konnten: »Hallo, Meister, komm rein!«

Krumm sagte: »Wir haben zwei Möglichkeiten. Entweder wir hauen ab, oder wir stehen es durch.«

»Wir stehen es durch«, sagte Vera.

»Wir müssen es nicht durchstehen. Ich kenne diese Sorte. Ich habe sie manchmal operieren müssen, wenn ich Notdienst hatte. Was meinst du, Maria?«

»Ich weiß nicht. Es sind zwei Jungen und zwei Frauen. Und eine hat ein Kind. Sie ist eher ein Mädchen, höchstens siebzehn.«

»Haben sie Waffen oder so was?«

»Ich weiß nicht«, sagte Maria.

»Kommt endlich rein!«, schrie dieselbe Stimme grölend.

»Wir gehen hin«, sagte die Frau. »Sie schlagen alles kaputt, wenn wir jetzt verschwinden.«

»Sie schlagen uns auch kaputt.«

Krumm dachte nach. Der Wasserfall trieb eisige Schwaden in sein Gesicht. Dann begriff er: Wenn sie jetzt gingen, würden sie immer gehen. Sie würden keine Schwierigkeiten durchstehen, niemals mehr.

»Also gut«, sagte er. »Aber haltet euch an mich. Sucht keinen Streit.«

»Den Streit machen die schon allein«, sagte Maria. Sie sagte es so, als habe sie keine Angst.

»Ich möchte einen Grappa«, sagte Krumm.

Sie gingen über die Brücke und die Treppe hinauf in die Kneipe. »Guten Tag«, sagte Krumm. »Maria, mach mir einen großen Grappa.«

Da saßen sie: langhaarig, schmalgesichtig und sehr bleich. Todsicher Rauschgift, dachte Krumm mechanisch. »Danke!« Er nahm Maria das Glas aus der Hand.

Als er trinken wollte, bekam er einen schweren Schlag gegen den Kopf. Er fiel auf die Bretter des Fußbodens und spürte das Blut. Er spuckte ein paarmal.

Die Stimme, die vorhin draußen geschrien hatte, sagte genussvoll: »Es ist nur, Meister, um klarzustellen, wer hier was zu sagen hat.«

Krumm spuckte Blut. Es war sehr schwierig, den Kopf zu heben. Trotzdem konnte er sehen, wie die vier an ihrem Tisch Wein tranken und Brot aßen. Eines der Mädchen –

oder sollte man sagen: Frauen? – war damit beschäftigt, einem Baby Brot in den Mund zu schieben. Die Stücke tunkte sie vorher in eine Milchschüssel. Die andere war nicht älter: achtzehn, schätzte Krumm. Ihre Züge waren etwas gröber, nicht so fein wie die der Frau mit dem Kind.

Dann war da noch ein Junge. Er trug eine Brille ohne Rand. Wenigstens sah das so aus. Er betrachtete Krumm wie ein interessantes Insekt.

Hinter Krumm musste noch jemand stehen. Dieser Jemand hatte ihn geschlagen.

Der Junge mit der randlosen Brille grinste. »Er ist fertig«, sagte er, »du kannst ihn in Ruhe lassen, Berti.«

Hinter Krumm sagte dieser Berti: »Jetzt kann er ja seinen Whisky trinken oder Grappa, oder was es war.«

Vera hatte ein bleiches Gesicht, als sie sich zu Krumm herunterbeugte. Sie hielt ihm ein Glas mit Grappa hin. Dabei zitterte ihre Hand.

»Schon gut«, sagte Krumm. »Du brauchst gar nicht zu zittern. Es hat nicht wehgetan. Geht jetzt in das Haus, in dem wir wohnen, Maria und du.«

Sie schüttelte den Kopf und ließ Krumm trinken. Es schmeckte widerlich, da er immer noch blutete.

Er stand auf und stand einen Augenblick auf sehr unsicheren Beinen. Gewalt war ihm etwas Unbegreifliches. Er stand Gewalt so hilflos gegenüber wie ein kleines Kind.

Der Junge, der Berti hieß, war ein Klotz. Er war groß und breit und trug ein violettes Hemd, auf dem die Farben verlaufen waren. In der rechten Hand hielt er einen kurzen Holzstiel, an dem drei Ketten befestigt waren. Es waren schwere, fünfzehn Zentimeter lange Ketten.

»Haben Sie damit geschlagen?«, fragte Krumm.

Der andere gab keine Antwort.

»Lass die Ketten doch mal fallen«, sagte Krumm. Es war sinnlos, sein ganzes Gerede war sinnlos. Er konnte keine Gewalt ausüben, er war schwer angeschlagen, und er wusste nicht einmal, wo ihn die Ketten getroffen hatten. Aber er hasste Gewalt. Und er hasste Berti.

Berti grinste und ließ die Ketten fallen. Irgendetwas hatte sein Gesicht wild gemacht. Im Grunde war es ein gutmütiges Gesicht, und die Wildheit war nur eine Maske, die darauf lag.

»Das ist gut«, sagte Krumm. Er stand jetzt ein wenig fester. Seine rechte Hand griff nach dem langen Eisen vor der Feuerstelle. Er brauchte sich kaum danach zu bücken.

»Hör mal, Meister«, sagte Berti, und etwas wie Angst oder Unglauben war in seiner Stimme.

Krumm schlug blitzschnell zu. Das Eisen traf Bertis Schulter. Der Junge fiel um wie ein toter Baum.

»Das kannst du doch nicht machen«, sagte der mit der Brille japsend.

»Halt den Mund!«, sagte Krumm. Er wandte sich an Maria. »Ich habe im Wagen allerlei Zeugs mitgebracht. Trag es bitte rein. Und dann noch meine Tasche mit dem Verbandszeug. Es ist eine schwarze Ledertasche.«

Maria lief hinaus.

Vera sagte: »Das Baby muss dichter ans Feuer.«

Aber die beiden Mädchen rührten sich nicht.

»Dichter ans Feuer!«, brüllte Krumm.

Der mit der randlosen Brille rutschte auf der Holzbank beiseite, um Platz für das Baby und seine Mutter zu machen. Dabei stand er nicht auf.

»Steh auf!«, sagte Krumm.

›Brille‹ blieb sitzen.

»Steh auf!«, brüllte Krumm. Dann schlug er den Jungen hart ins Gesicht, dass ihm die Brille nur an einem Bügel vom Ohr baumelte. Er rutschte von der Bank und fiel hin.

»Los, jetzt ans Feuer!«, sagte. Krumm. Wer bin ich, fragte er sich erschrocken, wer bin ich?

›Brille‹ wurde beiseite gestoßen. Die beiden Mädchen gingen an das Feuer und hockten sich davor nieder. Ihre Gesichter hatten ein wenig Farbe bekommen.

Krumm nahm Brilles Kopf hoch, zog ihm die Augengläser vom Ohr und gab ihm zwei schallende Ohrfeigen. »Los, hol mit den Frauen das Zeug aus dem Wagen!« Er gab das Glas zurück.

»Klar, Meister«, sagte Brille benommen. Er war höchstens achtzehn und hatte sich bisher wohl unter Bertis Schutz sicher gefühlt. Jetzt hatte er Angst.

# Teil VII

Krumm hatte Berti direkt zwischen Schlüsselbein und Halsansatz getroffen. Er wandte sich zu Vera Reiter um und sagte: »Er hat einen schweren Bluterguss, aber der wird verschwinden, wenn er ruhig liegt. Er muss mindestens einen Tag ruhig liegen. Ich gebe ihm eine Spritze.«

Er mischte zwei Ampullen. Eine war gegen den Bluterguss, die andere würde Berti ruhighalten. Berti war ausgeschaltet.

»Holt jetzt die anderen Sachen«, sagte Krumm. »Hier in dieser Kneipe bleibt nichts zurück. Kein Grappa, kein Bier, keine Limonade, nichts. Schafft alles in die Hütte. Auch die Zigaretten.«

»Warum das?«, fragte Maria.

»Wir werden sie versorgen, wenn wir es für nötig halten. Ich möchte nicht von ihnen abhängig sein.«

Die blutjunge Frau mit dem Kind sagte: »Wir kommen durch.«

»Ihr kommt nicht durch«, sagte Krumm und starrte hinaus in den Himmel. Es hatte wieder zu schneien begonnen. »Oben in Robiei könnt ihr nicht durch, unten in Bignasco auch nicht.«

Der Junge, den Krumm wegen seiner randlosen Augengläser bei sich nur ›Brille‹ nannte, kam herein und schleppte drei Körbe voll Gemüse und Salat.

»Nicht hierhin«, sagte Krumm. »Maria geht mit dir.«

Maria verschwand mit Brille, und man hörte nichts von ihren Schritten, weil der Schnee sie verschluckte.

»Hol bitte das Kissen«, sagte Krumm zu Vera. Er deutete auf die lange Sitzbank, auf der ein Kissen lag. »Wir müssen diesen Kettenschläger da etwas weicher legen. Es soll schließlich ein richtig feines Krankenhaus werden.«

Die ganze Zeit über hatte Krumm daran gedacht, wie er wohl Polizei herholen könnte. Aber das Telefon war kaputt. Ob sie hier Signalraketen hatten? Er rannte hinaus durch den wieder dichter werdenden Schnee und dachte: Maria muss so ein Ding haben!

Vera Reiter, Maria und Brille stapelten Gemüsekisten und kleine Fässer mit Rotwein in eine Ecke.

»Hau ab!«, sagte Krumm zu Brille. »Hol sämtliche Zigaretten hierher! Wir schneien wieder ein.«

»Ja, Meister«, sagte Brille und verschwand. Ihm musste entsetzlich kalt sein, er trug nur einen dünnen imitierten Parka und Bluejeans. Seine Füße waren nackt und steckten in Sandalen.

Maria sagte: »Das mit dem Telefon wird lange dauern. Ein Streckenwärter hat mich kurz vorher noch angerufen. Es sollen acht Maste geknickt sein.«

»Hör mal«, sagte Krumm, »wie habt ihr es gemacht, als es noch kein Telefon gab? Gab es da Notsignale? Raketen und so weiter?«

»Es gab welche«, sagte Maria, »aber als das Telefon kam, haben wir sie verbrannt. Es war eine Art Feuerwehr. Außerdem sind sie zu nichts nütze.«

»Wieso nicht?«, fragte Krumm.

»Na ja«, sagte Maria, »man kann sie sowieso nirgends sehen, weil das Tal im Zickzack verläuft.«

»Was wolltest du denn mit den Raketen?«, fragte Vera.

»Das ist doch klar«, sagte Krumm enttäuscht. »Robiei wird mit einem Hubschrauber versorgt. Wir müssten so eine Rakete abfeuern in dem Augenblick, in dem der Hubschrauber nach Robiei hochfliegt.«

»Es gibt aber keine Raketen mehr«, sagte Maria.

»Kann man von hier aus nach Italien hinüber?« fragte Vera.

»Nein«, sagte Maria. »Es gibt ein paar Pfade, die früher von Soldaten benutzt wurden, aber die sind jetzt verweht, und kein Mensch kann sie mehr erkennen.«

»Warum hast du dem Streckenwärter nicht gesagt, was hier los ist?« fragte Krumm das Mädchen.

»Das ging nicht. Kaum sagte er über die Notleitung ›Ich rufe Foroglio‹, da riss die Verbindung ab. Wahrscheinlich haben die vier auch das Kabel durchgetrennt.«

»Ich frage mich, was die hier oben um diese Jahreszeit eigentlich wollen«, sagte Vera.

»Was weiß ich?« Krumm starrte missmutig ins Feuer. »Vielleicht werden sie von der Polizei gesucht.«

»Und wir wollten uns hier verkriechen.« Die Frau lachte. »Du kannst jetzt einen ärztlichen Notdienst aufmachen und so lange hierbleiben, bis der Schnee abtaut.«

»Das ist richtig«, sagte Krumm. Er war es nicht gewohnt, in den Kategorien eines Guerillakrieges zu denken. Alles an dieser Affäre war ihm zuwider. »Maria, wo schläfst du?«

»In meiner Wohnung«, sagte das Mädchen. »Sie liegt im Dachboden eines alten Hauses. Man kann nur durch eine Luke hinauf. Und auf die Luke kann ich einen Stein wälzen.«

»Das beruhigt mich etwas.«

Brille kam wieder herein. Er trug einen großen Korb. »Hier sind die Zigaretten«, sagte er.

»Stell sie da oben auf das Podest«, sagte Krumm. Er sah, wie der Junge die schmale Leiter emporstieg. »Wie geht es dem Kettenschläger?«

»Ach, Berti? Der ist schon wieder ganz in Ordnung. Er sagt, Sie hätten einen sauberen Schlag hingelegt.«

»Sag ihm, er soll liegen bleiben. Morgen früh gibt es Kaffee und Brot und Salami.«

»Ist gut«, sagte Brille. »Bekommen wir auch Milch für das Kind?«

»Ist es dein Kind?«, fragte Krumm.

Der Junge nickte.

»Ich bringe Milch«, sagte Krumm und fragte dann unvermittelt: »Wieso habt ihr euch ausgerechnet dieses Dorf ausgesucht?«

»Wir wollten eigentlich weiter rauf, irgendeine Hütte suchen, in der Heu ist, und da kampieren, bis der Schnee weg ist.«

»Und warum reißt ihr Telefonkabel durch?«

»Nur so«, sagte Brille.» Wir wollen allein sein.«

»Wir auch!«, sagte Krumm zornig. »Und jetzt verschwinde. Und lasst euch bloß nirgendwo sehen. Ich knall euch ab wie Spatzen.«

»Wie?« Brille japste hörbar.

»Ich habe ein Gewehr«, log Krumm. »Und sorg dafür, dass Berti das mit dem Gewehr erfährt. Oder meinst du, ich wäre hierhergefahren, um einen Schneemann zu bauen? Ich bin auf Gämsenjagd, du Trottel!«

»Auf Gämsenjagd«, sagte Brille fassungslos. »Ich werd verrückt!« Er ging kopfschüttelnd hinaus. Der Schnee reichte ihm bis an die Hüften. Er schien es kaum zu spüren.

Krumm starrte hinter ihm her. »Hat er es geglaubt?«

»Ich denke schon«, sagte Maria. »Sie haben außerdem gar nicht gelogen. Ich habe ein Gewehr. Es gehört meinem Vater. Aber ich weiß nicht, wie man schießt.«

»Wo ist es?«, fragte Krumm.

»In unserem Haus. Aber Sie finden es nicht. Lassen Sie mich gehen.«

»Nein«, sagte Krumm hastig. »Wenn sie dich erwischen, bist du geliefert. Ich hol es selbst. Wie muss ich gehen?«

»Oben an der Kirche machen Sie einen Bogen um den Waschtrog. Dann wieder hinunter. Sie kommen an der unteren Veranda des Ristorante vorbei. Dort sieht Sie niemand. Überqueren Sie den Platz. Unser Haus steht direkt gegenüber. Da hängt in der Ecke ein großes Bild der Madonna di Maggiore. Dahinter hängt die Flinte.«

»Na gut«, sagte Krumm, »ich werd's versuchen.« Auf der Türschwelle drehte er sich noch einmal um und fragte betroffen: »Was ist das eigentlich für eine Flinte? Eine mit Ladestock? Eine mit Steinschloss?« Er grinste

Vera matt an und sagte: »Weißt du, ich kann mit einem Skalpell umgehen und einen Kaiserschnitt machen. Aber ich habe noch nie geschossen.«

»Dann lernen wir es eben«, sagte sie. Doch sie wirkte nicht sehr mutig, ihr Lächeln war mühsam und wie gefroren:

»Es gibt auch Patronen«, sagte Maria. »Sie liegen in einer großen Schachtel unter dem Ofen.«

»Unter dem Ofen?«, fragte Krumm verblüfft.

»Unter dem Ofen«, sagte Maria ernst.

»Und der Ofen brennt?«

»Nein, das wäre nicht gut wegen der Patronen, hat mein Papa immer gesagt.« Auch jetzt blieb Maria ernst, und Krumm war nahe daran, brüllend zu lachen. Sie waren wirklich eine hervorragende Mannschaft: ein Arzt, der nicht mit einem Gewehr umgehen konnte, eine übernervöse Frau und ein Mädchen, das nichts verstand außer ziemlich viel von Wein, Salami und Ziegen.

Der Schnee reichte Krumm bis zur Taille. Er musste sich vorwärtsschieben wie eine Schildkröte im Morast. Es war mühsam, und sehr bald keuchte er.

Er erreichte die kleine Kirche und starrte an dem Turm empor. Er konnte die Spitze nicht erkennen, so dicht fiel der Schnee.

Plötzlich stieß er mit dem Knie gegen den Brunnentrog. Der Schmerz kam heftig in immer weicher werdenden Wellen. Krumm bemühte sich, nicht laut aufzuschreien. Jetzt erinnerte er sich auch, dass Berti ihn mit Ketten geschlagen hatte. Er musste Platzwunden am Kopf haben. Er tastete danach, fand aber keine. Schließlich stellte er fest, dass der Schlag die linke Schulter erwischt und ein Kettenende ihm den Mundwinkel aufgerissen hatte. Ich werde nicht schön aussehen, dachte er, aber ein Mann muss nicht schön sein.

Er bog links auf den Fluss zu ab, ging im Schatten der Häuser. Der Schnee lag hier nicht so hoch, und er kam gut voran. Dann sah er die erleuchteten Fenster der Kneipe über sich und blieb stehen.

Jemand spielte Gitarre und sang dazu. Es konnte nur Brille sein. Berti würde schlafen. Aber möglicherweise war Berti durch Rauschgift aufgeputscht und schlief durchaus nicht, möglicherweise strolchte er hier draußen umher und versuchte, irgendetwas zu zerstören. Der Gedanke war unangenehm.

Krumm bog um die Ecke und erreichte den einzigen Fleck, auf dem sie ihn sehen konnten, wenn er versuchte, Marias Haus zu erreichen. Er war sicher, dass sie alles tun würden, um ihn auszuschalten, während er diese vierzig Meter überquerte. Aber wie sollte er das schnell genug tun, wenn der Schnee dort hüfthoch lag?

Ich muss kriechen, dachte er. Ich muss so tief wie möglich in diesen Schnee rein.

Krumm seufzte. Dann sah er das weiße Band der schmalen Brücke über dem tiefen Dunkel des Flusses und dachte fiebrig: Es ist besser, sie erst einmal mattzusetzen.

Er stapfte hinüber auf die Brücke und starrte zurück zu den erleuchteten Fenstern der Kneipe. Er wusste plötzlich, warum er zuerst ihr Auto zerstören wollte, anstatt sie mit ein paar Flintenschüssen zu vertreiben:

Es würde ihm nicht gelingen, mit einem Gewehr auf einen Menschen zu schießen. Das war die Wahrheit.

Der Schnee fiel von der Brücke unter dem Geländer hindurch in den Fluss und wurde dunkel wie das Wasser. Vom Wasserfall her kam ein eisiger, mit Kristallen durchsetzter Wind, der sein Gesicht wie mit Nadelstichen traf.

Sein Wagen stand rechts neben dem Bus. Er erinnerte sich, dass er im Kofferraum ein altes, großes Amputierskalpell liegen hatte. Er hatte es einmal geschenkt bekommen und nie gebraucht, es aber stets wie einen Talisman mit sich geführt.

Es dauerte fast eine Viertelstunde, bis er den Kofferraum aufgeschlossen hatte. Das Skalpell lag hinter dem Reserverad. Es war schwer wie ein Schlachtermesser. Er nahm es in die Hand, drückte den Kofferraumdeckel zu schob sich hinter den Bus.

Es war einfach, an die Räder heranzukommen und die Reifen zu zerstechen. Er zerschnitt alle vier, bis ihm plötzlich die Idee kam, diese kleine Bande tödlich zu treffen. Sie hatte es verdient.

Nicht ganz zwei Meter lagen zwischen dem VW-Bus und dem Steilhang. Krumm bückte sich und suchte im Schnee herum. Endlich hatte er einen Stein gefunden. Damit schlug er die Scheibe der rechten Tür ein, öffnete von innen und löste die Handbremse. Dann schob er den Wagen an. Es ging leicht. Es ging verrückt leicht. Der Wagen rollte langsam an, wurde schneller und schoss auch schon den Hang hinunter. Selbst Krumm konnte nicht hören, wie er in den Fluss klatschte. Der Wind und der Wasserfall waren zu laut.

Niemand sah aus dem Fenster der Kneipe, als er den Vorplatz flach auf dem Bauch robbend überquerte. Jetzt spürte er auch die Schmerzen in der Schulter stärker, und er konnte den Mund nicht mehr bewegen, weil das Blut ihn verklebt hatte.

Er stieß die Tür des Hauses auf und spürte die Wärme wie einen angenehmen Hauch im Gesicht. Einen Augenblick lang fragte er sich, ob er es wagen könne, die Lampe anzuknipsen. Aber noch während er nach dem Schalter tastete, kam es ihm zu riskant vor.

Er fluchte leise, als er gegen die Kante eines Tisches stieß. Maria hatte gesagt, das Bild der Madonna hinge in einer Ecke. Nur – in welcher? Er erinnerte sich an das Feuerzeug in seiner Tasche. Er knipste es an, sah die Madonna und ging darauf zu.

Das Bild, ein billiger Vierfarbendruck, war etwa anderthalb Meter hoch und hatte einen schweren, dunklen Holzrahmen. Seine Schulter schmerzte, als er einen Stuhl nahm, sich hinaufstellte und das Bild anhob. Er ließ es einfach fallen. Da hing die Flinte. Es war eine Schrotflinte mit zwei mörderisch dick aussehenden Läufen. Sie hatte zwei Abzugshähne. Krumm hob sie vom Nagel herunter.

Er stieg vom Stuhl und machte Licht. Unter dem Ofen fand er die Schachtel mit den Patronen. Er nahm zwei heraus. Immer wieder starrte er auf die Tür.

Es dauerte unendlich lange, bis er begriff, dass man den Lauf der Flinte knicken konnte. Jetzt lagen beide Läufe offen. Er schob die Patronen hinein und klappte die Waffe wieder zu. Der flache Metallknopf neben den Abzugshähnen musste eine Sicherung sein. Aber wann war das Gewehr gesichert und wann nicht?

»Es ist zum Kotzen!« sagte Krumm ganz laut.

Dann dachte er daran, dass Maria und die Frau vor Furcht zittern würden. Er musste irgendetwas tun. Ich muss herauskriegen, wann das Ding losgeht und wann nicht, dachte er. Ich muss draußen schießen.

Er knipste das Licht aus und schob die Tür auf. Es schneite immer noch, aber die Flocken waren kleiner geworden, und das war das sichere Zeichen dafür, dass der Schnee fester werden und länger liegen würde.

Immer noch spielten sie in der Kneipe Gitarre, und einmal glaubte er, Bertis Stimme zu hören.

Die erleuchteten Fenster der Kneipe lagen acht Stufen hoch. Die Fenster unten waren dunkel. Krumm wusste, dass Marias Vater dort Wein und Zigaretten gelagert hatte.

Ich muss schießen, dachte er nervös.

Er ging bis auf einige Schritte an die Kneipe heran und zielte auf die dunkle Höhle eines der Fenster. Aber es geschah nichts. Es ist also gesichert, dachte er. Wenn der Hebel nach oben gerichtet ist, ist es gesichert Ich lege jetzt den Hebel um. Lieber Gott im Himmel, warum muss ausgerechnet ich mit einem Schießprügel umgehen?

Er richtete die Waffe erneut gegen das dunkle Auge des Fensters und drückte ab. Es war ein mörderischer Krach. Die Ladung riss das ganze Fenster heraus, die Scherben prasselten auf den Boden, Holzstücke flogen umher.

Und nun geschah etwas Seltsames: Krumm wurde zum Soldaten, ohne es zu wissen. Er steckte sich die Taschen mit Patronen voll, bis die Schachtel leer war.

Er hatte begriffen, dass es zu lange dauern würde, jedes Mal die Schachtel zu öffnen, zwei Patronen herauszunehmen und zu laden. Er hatte erst einen Schuss verfeuert und ersetzte die Patrone.

Das Licht in der Kneipe erlosch.

»Macht das Licht wieder an!«, brüllte Krumm. »Sofort!«

Nach einer Weile ging das Licht an.

»Ich komme!«, schrie Krumm. Er musste jetzt hineingehen, musste ihnen zeigen, dass er ein gefährlicher Mann war. Er stieg die Stufen hoch und öffnete die Tür.

Berti saß am Tisch und trank Wein. Und Berti hatte keine Angst, das war deutlich zu spüren. »Was ballern Sie herum?«, fragte er.

»Nur so«, sagte Krumm. »Oben über dem Wasserfall sind ein paar Leute mit Ziegen. Ich wollte ihnen Bescheid geben, dass wir wissen, wo sie sind.«

»Deshalb schießt man kein Haus kaputt«, sagte Berti.

»Ich schieße dich gleich kaputt, wenn du dich nicht hinlegst«, sagte Krumm. »Ich bin Arzt, und du bist verdammt schwer angeschlagen.«

»Arzt sind Sie?«

»Warum nicht?«

»Er ist Arzt«, sagte Brille. »Leg dich lieber hin. Er schießt sonst.«

»Ich schieße niemals auf Menschen«, sagte Krumm. Er lehnte das Gewehr an die Wand. »Leg dich hin! Ich will deine Schulter sehen.«

»Ich will nicht«, sagte Berti. »Ich bin in Ordnung. Sie haben die Flinte, und ich bin in Ordnung. Okay?«

Krumm machte zwei schnelle Schritte und schlug Berti flach über das Gesicht. »Leg dich hin!«

»Okay, okay«, sagte Berti, der ein wenig aus der Nase blutete. Er legte sich hin.

»Zieh den Pullover aus, dalli!« Krumm drehte sich zu Brille um. »Lauf in mein Haus und hol Milch. Sag Maria und der Frau, sie sollen mitkommen. Wie alt ist das Kind?«

»Vierzehn Monate«, sagte die Madonna.

»Gesund?«

»Ich weiß nicht. Kalle hatte sich Heroin gespritzt, als er mit mir ...«

»So was!« sagte Krumm. Brille hieß also Kalle. »Na los, Kalle, lauf schon!«

»Klar, Meister«, sagte Kalle und verschwand.

»Zieh den Pullover aus!«, sagte Krumm erneut.

Aber Berti reagierte viel schneller, als Krumm jemals einen Menschen hatte reagieren sehen. Berti drehte sich um und griff nach der Flinte. Er sagte heiser: »Jetzt bist du dran.«

Krumm dachte: Ich hätte diesen Fehler nicht machen dürfen! Aber gleichzeitig wusste er, dass er den Fehler nicht eingestehen durfte. Er sagte: »Wenn du schießt, bist du erledigt, die Mädchen und Kalle auch. Wir sind eingeschlossen, wir haben kein Telefon, keine Notrakete. Also wird kein Hubschrauber kommen. Und euer Wagen ist im Fluss.«

»Wie bitte?«, fragte Berti. Er zeigte eine Spur von Erstaunen.

»Euer Wagen ist im Fluss« wiederholte Krumm geduldig.

»Du bist ein Idiot«, sagte die Madonna, die das Kind von Kalle hatte.

»Wieso bin ich ein Idiot?« fragte Berti aggressiv.

»Sie hat es begriffen«, sagte Krumm ruhig. »Wir sind total abgeschnitten. Du hast den Wagen gesteuert, nicht wahr?«

Berti nickte.

»Und du Idiot hast ihn so weit an den Fluss rangefahren, dass er mit dem Schnee ins Wasser gerutscht ist. Ihr seid im Eimer. Ihr könnt mich erschießen. Aber ihr seid im Eimer. Ihr kommt nicht mehr raus.«

»Das ist nicht wahr«, sagte Berti.

»Und ob das wahr ist«, sagte Krumm. »Ihr könnt nicht mal meinen Wagen benutzen. Die Batterie ist hin. Und anschieben könnt ihr ihn nicht, weil er fast zwei Tonnen wiegt und am Abhang steht. Und nun sag mir mal, was du tun willst.«

»Mist!«, sagte Berti.

»Das ist keine Antwort«, sagte Krumm milde. Er hatte plötzlich das Gefühl, einen Sieg errungen zu haben, und das war ein neues, berauschendes Gefühl. »Leg dich hin. Ich muss deinen Bluterguss behandeln.«

»Gar nichts musst du!«

»Ich muss, ich bin Arzt.«

»Ich möchte wissen, ob das mit dem Wagen stimmt«, murmelte Berti.

»Nimm die Flinte«, sagte Krumm. »Geh hinaus und sieh nach. Du wirst sehen, er liegt im Fluss.«

»Das mache ich!« Berti verschwand.

»Ich verstehe ihn nicht«, sagte Krumm zu den beiden Mädchen.

»Er ist verrückt«, sagte Kalles Frau. »Ich hab immergewusst, dass er verrückt ist.«

»Das ist es nicht. Habt ihr Rauschgift?«

Kalles Frau deutete auf einen Rucksack. »Es sind LSD und Hasch drin.«

Krumm nahm den Rucksack und fragte: »Hat eine von euch beiden es nötig?«

Die beiden Mädchen schüttelten den Kopf.

Krumm nickte und sagte: »Adieu, schöne Welt!« Er öffnete den Rucksack und sah hinein. Es waren eine Unmenge von Pillenschachteln und Zigarettenbehältern darin. Krumm ließ alles in das Feuer fallen. Es brannte hell und knisterte scharf. Der Geruch war durchdringend und betäubend.

»Der Wagen ist tatsächlich weg«, sagte Berti in der Tür.

»Und dein Mistzeug auch«, sagte Kalles Frau.

Berti nahm die Flinte hoch. Er fragte: »Ist das all mein Stoff?«

»Ja«, sagte Krumm.

»Dann schieße ich.«

»Dann schieß«, sagte Krumm. Es klang einigermaßen gleichgültig, aber er hatte Angst. Jetzt hatte er wieder Angst.

Berti beugte sich vornüber und starrte auf das Feuer. Er ließ die Flinte zur Seite fallen und fing an zu weinen. Er sagte schluchzend: »Diese Berge sind so nackt und so kahl.«

»Schon gut«, sagte Krumm. »Ich bin ja da. Und jetzt zieh den verdammten Pullover aus. Ich werde dir Calcium spritzen, und wir werden sehen, was für ein Mensch du bist.«

»Einer, der gerade weint, verdammt noch mal!«

»Das ist ein guter Anfang«, sagte Krumm. »Weinen ist immer ein guter Anfang,«

Auf Bertis Gesicht lag eine seltsam gläserne Starre. Er schien zu begreifen, dass ein Großteil seiner Stärke dort im Feuer verglomm.

# Teil VIII

Krumm legte sich die Schrotflinte in den Arm, als sei er sein Leben lang so herumgelaufen, und sagte: »Versuchen wir mal, uns wie vernünftige Menschen zu benehmen.« Er lächelte. »Ich heiße Andreas.«

Berti wischte sich mit dem Handrücken über das Gesicht. »Meinen Namen wissen Sie ja. Das ist Kalle und das Kalles Frau. Sie heißt Marie-Louise, wir nennen sie Malou. Meine heißt Gitte … Warum haben Sie meinen ganzen Stoff verbrannt?«

»Weil er sonst dich verbrennen würde. Rauschgift ist nichts hier oben in den Bergen. Wie heißt das Kind?«

»John«, sagte Malou. »Es ist mein Kind, aber ich bin nicht richtig mit Kalle verheiratet. Wir leben nur zusammen.«

»Heirat ist nicht das Wichtigste. Ich werde mir John mal ansehen.«

Vera Reiter und Maria kamen mit Kalle zurück.

»Nimm das Gewehr«, sagte Krumm zu Vera. »Es ist geladen. Wenn jemand Blödsinn macht, schieß einfach.« Er wusste, dass sie niemals schießen würde. Sie nahm die schwere Flinte, setzte sich und legte den Doppellauf gegen die Tischkante.

Krumm wandte sich an Malou. »Los, wickeln Sie John aus – hier auf dem Tisch. Na, komm, mach schon!« Er grinste. »Ich hab dich eben geduzt. Bleiben wir dabei. Es wird sowieso keine lange Bekanntschaft sein.«

Sie ging mit dem Kleinen sehr behutsam um. Mit einem zaghaften Lächeln sagte sie: »Ich hab immer gut auf ihn aufgepasst.«

»Will ich auch hoffen!« Krumm begann das Kind zu untersuchen. »Ich kann euch nicht verstehen«, sagte er. »Ihr nehmt einen Bus und fahrt einfach in die Berge.«

»Wir wollen den Sommer über hier bleiben«, sagte Berti.

»Bind mir keinen Bären auf! Wahrscheinlich sucht euch die Polizei.«

»Nein!« Es kam zu hastig.

»Was habt ihr angestellt?«

»Sie haben einen zusammengeschlagen«, sagte Malou. »Wir mussten aus Zürich verschwinden.«

»So ist das also!« Krumm sah die beiden jungen Dinger an. »Und ihr musstet einfach mit, wie?«

»Es blieb uns keine Wahl«, sagte Gitte. »Berti schlägt auch Frauen, wenn ihm danach ist.«

»Ich geb dir jetzt eine Spritze, damit du schlafen kannst«, sagte Krumm zu Berti. »Und stell dich nicht an wie ein kleines Kind!« Er war rücksichtslos genug, Luminal aufzuziehen und intravenös zu spritzen. Berti schlief schon nach kürzester Zeit.

»Wir gehen in unser Haus«, sagte Krumm. »Dreht keine krummen Dinger! Kalle geht mit und holt das

Essen für euch und das Baby. Zigaretten und Wein gibt's auch.«

Sie brachten Maria in ihr Haus. Krumm sah sie die Luke schließen und hörte, wie sie den Stein daraufwälzte. Er ging über die Brücke zu seinem Wagen, baute die Batterie aus und schleppte sie keuchend in seine Hütte.

»Kalle ist schon fort«, sagte Vera, die mit dem Jungen vorausgegangen war. »Eigentlich ist er ein netter Kerl, richtig höflich.«

»Das sind sie alle. Nur wenn sie sich zusammenrotten und sich stark fühlen, sind sie grausam.«

Vera begann sich auszuziehen, während Krumm Holz nachlegte. »Ist die Tür gut verriegelt?«, fragte sie.

»Ja. Hast du Angst?«

»Ein bisschen. Und ich will ganz sicher sein. Du schuldest mir übrigens noch deine Geschichte. Meine kennst du ja, aber ich kenne deine nicht.«

»Sie ist auch nicht schön. Und nicht so dramatisch. Ich erzähl sie dir, damit du weißt, dass ich dich ebenso brauche, wie du mich brauchst.«

»Ich liebe dich«, sagte Vera.

»Deshalb erzähl ich sie dir ja.« Er warf seine Sachen auf den Stuhl und kroch zu ihr unter die Decken. »Vor zehn Jahren fing alles an. Da war ich achtundzwanzig und Assistent bei einem guten Chirurgen. Aber natürlich wollte ich hoch hinaus – Chefarzt, Professur, Privatpraxis, eine eigene Klinik ...

Und dann kam alles von selbst, ich brauchte nur zuzugreifen. Ich wurde einem Chirurgen vorgestellt, der eine der besten Kliniken in Hamburg hatte – und eine Tochter, die mich unbedingt haben wollte.

Ihr Vater, ein netter Kerl, war auch dafür, denn er wollte sich zur Ruhe setzen. Und so gingen wir beide seiner Tochter Astrid auf den Leim. Beide glaubten wir, sie sei in mich verknallt. Selbst der alte Mann begriff nie, dass sie nur berechnend war. Wir heirateten.«

Krumm zündete sich eine Zigarette an.

»Wie war eure Ehe?«, fragte Vera, als er nicht weitersprach.

»Zum Kotzen. Wir passten einfach nicht zusammen. Ich aus bescheidenen Verhältnissen – mein Vater war Schornsteinfegermeister –, sie aus bester Hamburger Familie. Das konnte ja nicht gut gehen.«

»Aber wieso habt ihr dann Kinder bekommen?«

»Weil ich Kinder liebe«, sagte Krumm, »und weil ich welche haben wollte. Sie nicht. Aber ich hab sie reingelegt. Einmal hab ich die Pille falsch datiert, da kam Thomas. Beim zweiten Mal geschah es aus Wut. Ich hab's bewusst darauf angelegt, als sie gerade kein Mittel nehmen durfte.«

Er lachte leise. »Ja, ich hab sie richtig reingelegt. Eigentlich habe ich die Kinder bekommen, nicht sie. Deshalb hängen sie jetzt auch an mir und nicht an ihr. Aber die Ehe war kaputt, der alte Herr gestorben, und ich ging in meinem Beruf auf – bis dann diese Operation kam, die alles zerstörte.

Sie muss es mit Löhner geplant haben ... Ach so, du weißt ja nicht, wer Löhner ist. Mein Assistent, ein junger, hübscher Kerl. War oft bei uns wie alle meine Ärzte, aber er besonders oft.

Dann kam eine merkwürdige Periode, in der meine Frau um Zärtlichkeit bettelte, ganz gegen ihre Gewohnheit. Heute weiß ich, warum. Es war ein Ablenkungsmanöver – sie hatte Löhner zu ihrem Geliebten gemacht.«

»Das ist wirklich eine miese Geschichte aus einer miesen Gesellschaft«, sagte Vera. »Aber erzähl weiter. Ich möchte wissen, wie es auf dem Olymp zugeht.«

»An jenem Abend hatte unsere Klinik Notdienst. Löhner fuhr mit mir nach Hause. Wir wussten, dass man uns bald wieder rufen würde. In Hamburg passiert immer etwas, kein Notdienst ohne irgendeine Operation. Sonst blieb ich gewöhnlich in meinem Zimmer und las, während die anderen mit Astrid Karten spielten. Aber an dem Abend ...« Er warf den Zigarettenrest ins Feuer.

»Sie riefen mich zu sich, nannten mich einen Drückeberger und drängten mir einen Whisky auf, pressten mir das Glas regelrecht in die Hand. Und das war es!«

»Was ist daran so komisch?«

»Ich trank sonst am Abend höchstens drei Whisky, aber diesmal waren es sechs. Sie wollten, dass ich trank, sie wollten ganz sicher sein. Und ich trank ja auch.«

»Und was geschah dann?«

»Ich weiß noch, dass Löhner nur Fruchtsaft trank und ich ihn deswegen aufzog. Dann kam der Anruf, es war nach Mitternacht. Ein akuter Blinddarm, zwar eilig, aber kein Durchbruch, keine Notsituation. Und alles ging glatt. Ich machte einen flachen Schnitt, trennte das Ding ab und sagte Löhner, er solle eine Klammer setzen, damit das Operationsfeld freigehalten wurde.

Er setzte die Klammer auch, aber an der falschen Stelle, setzte sie einfach ins Zellgewebe!

Ich war wie vor den Kopf geschlagen. Im Nu war alles voller Blut. Löhner schrie mich an: Sie sind ja besoffen! Da begriff ich. Er wollte mich reinlegen, er hatte was mit meiner Frau, und sie wusste Bescheid. Das alles begriff ich, aber ich wollte es nicht wahrhaben, ich sperrte mich dagegen.

Der Patient starb, weil ich wie irrsinnig in seinem Leib rumstocherte und immer nur dachte: Das darf nicht sein!

Dann kicherte eine der Schwestern, und ich kam wieder zu mir, aber es war zu spät. Ich ließ mir den Kittel ausziehen, wusch mir die Hände und ging ins Ärztezimmer.

Dort saß Löhner. Ich sagte kein Wort, ich schlug ihn ins Gesicht und ging.

Als ich nach Hause kam, wusste meine Frau schon davon. Sie sagte, ich sei kein Arzt, sondern ein erbärmlicher Schlächter, der den guten Ruf ihrer Klinik ... na, und so weiter. Ich sagte gar nichts.

Ich packte, was ich brauchte, in meinen Wagen und verschwand, fuhr direkt nach Ascona. Und hier bin ich nun, erledigt, auf Null.«

»Du meinst – völlig mittellos?«

Krumm lachte. »Nein, durchaus nicht. Wir lebten in Gütertrennung. Die Klinik gehört meiner Frau, ich war angestellt. Aber ich brauchte nicht von meinem Geld zu leben, und in zehn Jahren kommt einiges zusammen.«

»Und die Kinder?«

»Die krieg ich schon, die muss ich kriegen! Die Schwester hat am Telefon gesagt, sie alle hätten gewusst, dass Löhner was mit meiner Frau hatte. Ich hab also Zeugen. Dann wird das Komplott aufgedeckt, und ich bekomme die Kinder.«

»Was sollen wir nur mit zwei Kindern machen?«, fragte Vera heiter.

»Eltern sein«, sagte Krumm. »Das ist eine feine Sache.«

»Wahrscheinlich hast du recht«, sagte sie. »Vielleicht können wir auch drei Kinder haben.«

»Warum nicht? Es kommt auf dich an. Wenn du es willst …«

»Ja«, sagte sie nur.

Draußen schneite es noch immer, und der Wind war scharf und ließ das Feuer zuweilen hell auflodern.

Es war noch dunkel, als Krumm den Schrei hörte. Sekundenlang glaubte er geträumt zu haben, doch er war nicht sicher. Er richtete sich horchend auf. Auch Vera neben ihm bewegte sich.

»Hast du etwas gehört?«

»Jemand hat geschrien«, sagte sie.

»Dann muss ich raus. Es ist sechs Uhr. Vielleicht ist was passiert. Ich nehme das Gewehr mit«

Er hatte Mühe, die Tür aufzustemmen. Der Schnee lag über einen Meter hoch.

»Schließ hinter mir wieder zu und lass niemanden rein, hörst du?«

Vera nickte. »Sieh dich vor!«

»Ich habe die Flinte«, sagte er, und er war nicht mehr sicher, dass er nicht doch auf Menschen schießen würde, wenn es sein musste.

Der Schankraum des Restaurants war erleuchtet. Wahrscheinlich fütterte Malou gerade ihr Baby. Aber wieso brannte bei Maria drüben das Licht? Und weshalb unten, wenn sie oben auf dem Dachboden schlief? Oder war sie schon aufgestanden?

Krumm entsicherte die Flinte und betrat das Haus.

Im unteren Raum herrschte ein wüstes Durcheinander, sogar der Tisch war umgestoßen. In der Ecke, in der das Bild der Madonna gehangen hatte, kauerte Maria auf dem Fußboden. Sie sah Krumm aus blicklosen Augen an. Ihre Kleidung war unordentlich und zerrissen. Aber es war ein Tageskleid, kein Nachthemd.

»Was war los?«, fragte Krumm.

Maria schien sich nur langsam zu besinnen. »Berti – er war hier.«

»Hat er ...«

Sie schüttelte den Kopf. »Er – er wollte ...« Ihre Augen bekamen wieder Glanz. Sie bemühte sich, nicht zu schluchzen. »Ich habe immerfort auf seine Schulter geschlagen, die ihn so schmerzt. Da ist er weggelaufen.«

»Warum hast du ihn hereingelassen? Warum bist du überhaupt von oben heruntergekommen?«

»Das Mädchen war hier, seine Freundin. Sie bat mich, ich solle heißes Wasser machen, dem Baby ginge es schlecht.«

»Und als du unten warst, ist Berti aufgetaucht?«

»Ja, und er wollte auf mich los. Da hab ich mit der Schaufel da um mich geschlagen und geschrien, und sie sind abgehauen. Ich war wie verrückt vor Angst.«

»Wo sind die beiden jetzt?«

»Ich weiß es nicht ... Da ist noch etwas, Dottore. Ich hab oben Radio gehört Die werden von der Polizei gesucht. Sie haben in Zürich einen Mann erschlagen, nicht bloß niedergeschlagen.«

»Das hat uns noch gefehlt!«, sagte Krumm. »Hast du gesehen, wohin sie gelaufen sind?«

»Über die Brücke.«

»Der Wagen! Sie wollen meinen Wagen. Maria, geh rauf in unser Haus zu Vera!« Krumm lief hinaus.

Er rannte, knickte in den Knien ein, stemmte sich hoch und rannte weiter, auf seinen Wagen zu. Aber sie waren nicht dort. Wo dann?

Sein Blick fiel auf die erleuchteten Fenster der Kneipe. Er lief über die Brücke zurück, blieb auf dem Vorplatz keuchend stehen und riss die Flinte hoch. Der Schuss zersplitterte das linke Fenster.

»Berti, komm raus!«, schrie er.

»Er ist doch gar nicht hier!« hörte er Kalles angstschrille Stimme. »Ich bin nur mit Malou und dem Kind hier!«

»Ich komme.« Krumm lud mechanisch nach und stieg die Stufen hinauf.

Es war so, wie Kalle gesagt hatte. Nur er, Malou und das Baby. Eisige Windstöße fegten durch das zerschossene Fenster in den Raum.

»Wo ist Berti?«

»Ich weiß nicht«, sagte Kalle und verbarg seine Angst nicht, »ich weiß es wirklich nicht. Er wollte etwas anstellen, womit Sie niemals rechnen würden, hat er gesagt.«

»Und was?«

»Er sagt immer irgendetwas und macht dann etwas ganz anderes«, sagte Malou. »Mein Gott, werd ich froh sein, wenn Kalle und ich erst wieder allein sind! Berti macht immer etwas, woran keiner denkt.«

»Und woran denkt keiner?«

»Das ist doch ganz einfach«, sagte Kalle. »Ihre Frau! Berti geht raus zu Maria und macht Krach. Sie schreit. Das hören Sie, rennen zu ihr – und inzwischen geht Berti zu Ihrem Haus.«

»Nein«, sagte Krumm.

»Doch, doch! Es ist bestimmt so. Sie haben Bertis Stoff verbrannt. Die ganze Nacht über war er schon unruhig. Einmal hat er gesagt, Sie hätten sicher was in Ihrer Tasche. Na, und das holt er sich halt.«

»Er kommt nicht ins Haus.«

»O doch!«, sagte Kalle. »Sie haben Maria zu Ihrem Haus geschickt. Er braucht also bloß zu warten, bis Ihre Frau ihr aufmacht ...«

Krumm stolperte die Treppe hinunter und lief hinauf zu der Hütte. Drinnen brannte Licht.

»Macht auf, ich bin's!«

»Wir machen nicht auf«, sagte Berti dicht hinter der Tür. »Das ist eben der Trick, dass wir nicht aufmachen. Und schießen können Sie auch nicht.«

»Nein«, sagte Krumm leise. Er musste sich gegen die Wand lehnen, seine Beine drohten nachzugeben, und ihm wurde schwarz vor den Augen. Es dauerte lange, bis er sich wieder gefangen hatte. »Vera, wie geht es dir?«, rief er laut.

Sie antwortete nicht. Stattdessen schrie Maria: »Er hat ihr was angetan!«

»Nein«, sagte Krumm wieder.

»Doch!« sagte Berti hinter der Tür ganz lässig, fast heiter. »Sie ist ein bisschen ohnmächtig, aber das gibt sich wieder.«

Krumm antwortete nicht mehr. Es hatte keinen Sinn, irgendetwas zu sagen. Er musste etwas tun. Aber was?

Sie machen alles kaputt, dachte er. Irgendwelche Leute machen immer irgendetwas kaputt. Er schrie: »Ich zerschieße das Schloss!«

»Na los!«, rief Berti. »Ich hab deine Frau, und ich hab auch ein Messer.«

»Er hat ein Messer!«, rief Maria.

»Halt den Mund!«, sagte Berti.

»Ich werde wiederkommen«, sagte Krumm. »Aber du weißt nicht, mein Junge, wann ich kommen werde.«

Er drehte sich um und ging den Weg zurück und hinunter in das Restaurant zu Kalle und Malou und dem kleinen John. Er sagte: »Berti hat meine Frau mit Gewalt ... Er hält sie und Maria fest.«

Sie sagten nichts.

Er half Kalle, das zerschossene Fenster abdichten. Sein Gesicht war ausdruckslos, weil er nichts fühlte und an nichts denken konnte als an seine Hilflosigkeit: Sie könnten mir den Arm abschneiden, und ich würde nicht schreien. Sie könnten mir sagen, was sie wollen, sie bekämen keine Antwort.

»Haben Sie eine Zigarette?«, fragte Kalle.

»Das mit Ihrer Frau ist eine verdammte Schweinerei«, sagte Malou. »Ich möchte auch eine Zigarette und vielleicht einen Schluck Schnaps oder so. Mir ist kalt.«

»Vielleicht ist drüben was, in Marias Haus«, sagte Krumm tonlos. Er ging hinüber und fand eine halbvolle Flasche Wermut. Sie tranken ihn, dann holten sie Holz aus einem Verschlag, um das Feuer stark und heiß zu machen. Krumm fand noch ein paar Flaschen Rotwein und ein Stück Käse.

»Wie ist Berti?«, fragte er. »Wie ist er, wenn er meine Frau hat und ein Messer?«

»Wenn Sie ihm zu nahe kommen, wird er sie umbringen«, sagte Kalle. »Das ist das Unheimliche an ihm. Er tut es wirklich.«

»Und wenn die Polizei kommt?«

»Dann auch«, murmelte Malou. »Und dann erst recht.«

Krumm dachte an all die Jahre, die so sinnlos geblieben waren. Jetzt hatte er eine Frau gefunden, die er liebte, und schon kam einer und nahm sie ihm weg.

»Es muss einen Weg geben«, sagte Kalle. »Hat das Haus nur einen Eingang?«

»Ja. Und wenn ich das Schloss zerschieße und aufbreche, spielt Berti verrückt. Er ist ...« Krumm brach ab und sagte dann: »Das Dach!«

»Was ist damit?«, fragte Kalle unsicher. »Wollen Sie etwa durch das Dach?«

»Natürlich! Und zwar an zwei Stellen. Du und ich, jeder an einer Seite. Zuerst die Steine runter, dann die Bretter aufreißen. Ich nur etwas später als du. Berti sieht dich als ersten, dreht sich nach dir um – und ich reiße auf der anderen Seite das letzte Brett weg und schieße ihn nieder!«

»Kalle steht das nicht durch«, sagte Malou.

»Nicht?«

Kalle sah ihn einen Augenblick an und sagte dann: »Ich steh's nicht durch. Er hat mich mit seinem Zeugs fertiggemacht, mit dem Rauschgift. Außerdem – wir wissen gar nicht, wo er steht. Vielleicht sieht er uns beide gleichzeitig. Und wenn Sie schießen, treffen Sie womöglich Ihre Frau.«

»Man sollte ihn verbrennen«, sagte Malou. »Wie im Mittelalter sollte man ihn verbrennen.«

Krumm starrte sie an. »Verbrennen! Das ist es!« Er sprang auf und trat vor Kalle hin. »Hör gut zu – ich hab's. Wir holen die Reservekanister aus meinem Wagen, und den Sprit aus dem Tank füllen wir in große Weinflaschen. Dann gehen wir auf das Dach, fegen den Schnee ab, schütten das Benzin aus und zünden es an. Du verschwindest. Ich warte, bis Berti mit den Frauen herauskommt. Oder glaubst du, er lässt sich bei lebendigem Leib rösten?«

»Nein, nein, er kommt bestimmt heraus! Aber er hat das Messer und Ihre Frau.«

»Das ist dann meine Sache«, sagte Krumm und sah aus dem Fenster. Es wurde hell über den Bergen, und es hatte aufgehört zu schneien. Er drehte sich zu Kalle um. »Du kannst dich mit Malou irgendwo verstecken.«

»Berti hat alles kaputtgemacht«, sagte Malou und wies auf Kalle, »ihn auch. Und wenn wir weiter bei ihm bleiben, geht mein Baby auch noch kaputt.«

»Schon gut«, versuchte Kalle sie zu beschwichtigen, »ich mach ja mit, schon wegen dir und dem Kind.«

»Auch deinetwegen«, sagte Krumm. »Hast du den Mann in Zürich umgebracht?«

»Das wissen Sie?«

»Ja, ich weiß. Warst du es?«

»Nein, Berti. Ich war nicht mal dabei. Er kam nur hinterher zu uns mit dem Plan, hierher in die Berge zu fahren und vielleicht ein paar Touristen auszunehmen, nachher im Sommer Bergführer spielen.«

»Ihr lebt wie im Traum«, sagte Krumm. Und ich? dachte er. Ich lebe in dem Traum, Vera heil aus dem Haus zu bekommen, indem ich es anzünde, du lieber Himmel!

»Malou«, sagte er, »mach Kalle ein bisschen Mut, ja?«

»Ich versuch's schon seit Wochen. Aber erst haben ihm seine Eltern den Mut genommen, als ich das Kind bekam, und dann war's Berti. Manchmal denk ich, jeder Mensch hat nur eine bestimmte Menge davon – Mut, meine ich. Und wenn die verbraucht ist, dann ist man alt – egal, wie alt man wirklich ist.«

Krumm verspürte etwas wie Bewunderung für diese Mädchenfrau, die so an dem Jungen hing, auf ihre Art, aber voller Liebe.

»Kalle, Menschenskind, irgendwie musst du es schaffen«, sagte er. »Nachher schaffst du alles, was du schaffen willst.«

»Na ja, ich kann – ich kann's ja versuchen.« Kalle atmete kurz und sehr flach.

»Also gut«, sagte Krumm. »Berti kann die Brücke und den Wagen von da oben nicht sehen. Wir schleppen das Benzin von hinten ans Haus. Er rechnet bestimmt nicht damit, dass wir's am helllichten Tag machen.«

Malou nickte. »Er wird jedes Mal blass, wenn er merkt, dass auch andere Mut haben.«

»Um so besser«, sagte Krumm. »Wir brauchen auch nicht das ganze Dach abzudecken. Auf jeder Seite genügt etwa ein Quadratmeter. Dann gießen wir das Benzin drauf und zünden es an. Klar?«

»Kann ich noch was von dem Rotwein haben?« fragte Kalle.

»Natürlich!«

Malou strich Kalle über das Haar. »Wenn du es machst, können wir abhauen und irgendwo was Richtiges anfangen. Ich lauf dir schon nicht weg mit dem Kind.«

Kalle stellte die Flasche mit dem Rotwein, die Krumm ihm reichte, auf den Tisch zurück. »Besser, wenn ich nichts mehr trinke. Ich denke, wir sollten anfangen.«

# Teil IX

Sie schafften es in zwei Stunden. Sie schleppten die zwei Reservekanister mit je zehn Litern hinter das Haus. Dann füllten sie noch zehn Weinflaschen aus dem Tank ab und stellten sie dazu.

»Du steigst jetzt auf das Dach und fegst den Schnee weg«, sagte Krumm zu Kalle. »Genau auf dem First. Dann schmeißt du die Steine einfach runter.«

»Und was machen Sie?«, fragte Kalle angstvoll. Er wollte keine Sekunde allein sein.

»Ich gehe vor das Haus«, sagte Krumm. »Ich spreche mit Berti und lenke ihn ab. Du kannst mich immer sehen.« Plötzlich kam ihm eine Idee. »Ich schieße sogar ein Fenster ein. Dann kriegt das Feuer Zug.«

Kalle überlegte. »Na schön«, sagte er, »ich kann sowieso nicht zurück.«

»Das ist richtig«, sagte Krumm tonlos. »Berti macht dich fertig, wenn er erfährt, dass du mir hilfst.«

»Sie haben mich reingelegt.«

»Nein, ich habe nur etwas weiter gedacht als du mit deiner Angst. Hast du immer noch Angst?«

»Nein, verdammich«, sagte Kalle. Aber natürlich war das gelogen.

»Also los!«, sagte Krumm. Er lief um das Haus herum und stellte sich so weit von der Tür weg, dass er Kalle auf dem Dach sehen konnte. Und Kalle konnte ihn sehen und war beruhigt.

Krumm wartete, bis Kalle die ersten Dachsteine fliegen ließ, dann fragte er: »Wie geht es dir?«

»Mir geht es gut«, sagte Vera Reiter von drinnen. In ihrer Stimme war etwas unglaublich Gefährliches.

»Halt den Mund!«, sagte Berti.

»Ich halte den Mund nicht«, hörte Krumm sie sagen. »Andreas, er hat mir alle Kleider vom Leib gerissen und mich überall angefasst. Aber er hat es nicht geschafft. Jetzt hält er mir ein Messer vor die Augen.«

»Nicht mehr lange«, sagte Krumm und starrte hinauf auf das Dach. Kalle arbeitete wie ein Besessener und war dann plötzlich verschwunden. Er holt das Benzin hoch, dachte Krumm fiebrig.

»Berti«, brüllte er, »lass die Frauen gehen! Sie haben dir nichts getan.«

»Ich bin doch nicht verrückt«, sagte Berti. »Ich kann Sie ja mit Ihrer Flinte sehen. Ich stehe mit Ihrer Frau genau vor dem Fenster.«

Krumm konnte ihn und Vera hinter dem linken Fenster sehen. Das rechte Fenster war frei. »Du wirst gleich rauskommen«, sagte er, »und du wirst freiwillig kommen.«

»Niemals!«, sagte Berti.

»Die Schneeräumer kommen von Robiei runter und von Bignasco rauf. Und das dauert nicht mehr lange«.

»Aber ich habe die Frau«, sagte Berti.

»Du bist dumm«, sagte Krumm heiter. »Weißt du, dass du ein toter Mann bist?«

»Sie schießen niemals auf Ihre Frau«, brüllte Berti.

»Das brauch ich auch nicht«, sagte Krumm. Er nickte zu Kalle hinauf, und der riss ein Streichholz an. »Und jetzt pass mal auf!«

Krumm zog beide Hähne durch und schoss das rechte Fenster heraus. »Riechst du nichts, Berti?«

»Benzin.«

»Ganz richtig. Das Haus brennt. Und jetzt kriegt das Feuer auf dem Dach richtig Zug. Jetzt, wo ich das Fenster zerschossen habe. Du wirst kommen.«

Ein heftiger Windstoß legte die Flammen flach auf das Dach wie ein Tuch. Krumm spürte die zunehmende Hitze. Jetzt mussten innen die ersten Bretter durchgebrannt sein. Jetzt mussten sie gleich herunterfallen.

»Komm raus, Berti!«, brüllte Krumm.

»Na, komm schon!«, schrie Kalle. Er hatte sich neben Krumm gestellt. Er hatte etwas geschafft, und das gab ihm Auftrieb.

»Ich komme nur, wenn du das Gewehr wegwirfst«, schrie Berti zurück.

Krumm überlegte und rief dann: »In Ordnung!« Die Schrotflinte fiel lautlos in den Schnee. Er hörte, wie Berti innen die Riegel wegschob. Dann schwang die Tür auf.

Als erste kam Maria. Sie war blass, aber sie lächelte. Dann kam Vera. Auch sie war blass, aber sie lächelte nicht. Es war eine tödliche Blässe. Unmittelbar hinter ihr kamen Berti und Gitte, seine Freundin.

»Ich habe noch immer das Messer«, sagte Berti.

Kalle rutschte in dem Schnee ein Stück seitwärts und hielt plötzlich das Gewehr in der Hand. Sie bildeten jetzt ein Dreieck: Krumm, Kalle mit dem Gewehr und Berti neben den Frauen. Berti hatte keine Deckung mehr. Wenn Krumm ihn angriff und von den Frauen trennte, konnte Kalle schießen.

»Du Schleimscheißer«, sagte Kalle. Er machte noch ein paar Schritte und stand jetzt fast hinter Berti.

»Er ist erledigt«, sagte Krumm. »Lass meine Frau los, sonst schießt Kalle! Er ist wütend auf dich. Du hast ihn fertiggemacht. Ich wette, dass Kalle schießt.«

»Ich tue es wirklich«, sagte Kalle. »Lass die Frau vom Doktor los!«

Berti ließ die Frau los. Vera fiel mit einem schwachen Seufzer in den Schnee.

»Schieß nicht«, sagte Krumm, »er ist fertig genug. Und bald hat ihn die Polizei.«

Berti stand ein wenig ratlos im Schnee, und Gitte stand neben ihm mit dümmlichen runden Augen. Es war sicher, dass sie nichts begriff.

»Kalle«, sagte Krumm, »gib mir die Flinte.« Vera muss aufstehen, dachte er. Sie hat nichts am Körper als eine Decke. Und es ist verdammt kalt.

Kalle warf Krumm die Flinte zu, und Berti hob zögernd die Arme. Er schien ratlos und voller Angst zu sein.

»Geh zur Seite!«, sagte Krumm.

Berti machte ein paar Schritte.

»Maria, reib meiner Frau das Gesicht mit Schnee ein. Sie muss aufstehen. Bring sie runter zu dir.« Krumm war sich nicht darüber klar, was nun geschehen sollte.

»Können wir jetzt gehen?« fragte Berti.

»Nein«, sagte Krumm. »Du gehst hier nicht weg.«

»Aber ich habe nicht mal Strümpfe an«, sagte Berti vorwurfsvoll. In seiner Stimme war nicht mehr so viel Angst. Er musste Krumms Ratlosigkeit erkannt haben. Vielleicht hatte er sogar schon einen Plan. Wichtig war, dass er sich jetzt nicht bewegte.

Aber Berti bewegte sich. Er versuchte, hinter eine Steinmauer zu kommen.

Da schoss Krumm. Es war mehr ein Reflex. Berti schrie auf und fiel in den Schnee. »Mein Bein ist getroffen«, sagte er tonlos.

»Tut mir nicht leid«, sagte Krumm, obwohl es ihm leid tat. »Geh den Weg zum Wasserfall rauf! Gitte bleibt hier.«

Das Mädchen sagte nur: »Ist recht!« Es verließ Berti voller Gleichgültigkeit.

»Was soll ich da oben?«, fragte Berti. »Ich weiß nicht, ob ich laufen kann.«

»Du wirst laufen«, sagte Krumm. Er schoss zum zweiten Mal, diesmal in die Mauer neben Berti.

Der Junge sah, wie Krumm mit durchfrorenen Händen versuchte, Patronen aus der Tasche zu ziehen. Er begriff sofort seine Chance, stemmte sich hoch und lief hinkend an der Kirche vorbei zum Fall hinauf.

Krumm folgte ihm nicht. Er ging zu Marias Haus hinunter und sah, dass schon ein Feuer brannte. »Ich bin todmüde«, sagte er.

»Ich liebe dich«, sagte Vera.

»Ich dich auch«, sagte Krumm. »Maria, nimm die Flinte, steck zwei Patronen in die Läufe und halte

Wache. Berti ist zum Fall hochgelaufen. Es kann sein, dass er wiederkommt. Hol Kalle und Malou mit dem Kind. In der Kneipe ist es lausig kalt. Kommt wirklich ein Schneepflug?«

»Nicht so bald«, sagte Maria. »Wenn der Schnee so hoch liegt, brauchen sie mindestens zwei Tage, um bis hierher durchzukommen.«

»Zwei Tage«, sagte Krumm. Dann schlief er ohne Übergang ein und wachte erst nach drei Stunden wieder auf. Er fragte: »Habt ihr was von Berti geesehen?«

»Nicht die Spur«, sagte Kalle. Er hatte jetzt das Gewehr. »Gitte ist einfach nach Bignasco marschiert.«

»Sie wird erfrieren.«

»Hat es Zweck, sie einzuholen?«, fragte Vera,

Krumm schüttelte den Kopf. »Sie ist seit drei Stunden unterwegs. Wie sollen wir das machen? Maria, kann Berti auf einem anderen Weg vom Wasserfall runterkommen als auf dem, den er hoch gegangen ist?«

»Nein.«

»Wie sieht der Weg genau aus?«

»Er führt an einer alten Jagdhütte vorbei. Da drin kann er sein. Wenn er Streichhölzer hat oder ein Feuerzeug, wird er sich ein Feuer machen. Er kann aber auch weitergegangen sein.«

»Oder auch nicht. Er ist verwundet«, sagte Krumm. »Er hat den Bauch voller Angst und verkriecht sich im Schnee. Irgendetwas muss ich tun. Wenn er stirbt, wird man mich verantwortlich machen.«

»Wer wird dich verantwortlich machen?«, fragte Vera.

»Ich mich selbst.«

»Dann nehmen Sie die Flinte, und gehen Sie rauf«, sagte Kalle. Er war von einer erstaunlichen Ruhe, hatte Angst und Nervosität verloren und sah dauernd Malou und seinen kleinen Sohn an.

»Die Flinte nehme ich nicht mit«, sagte Krumm. »Ich muss ihn untersuchen, das kann ich nicht mit einem Gewehr in der Hand.«

»Aber es wäre sicherer«, beharrte Kalle.

»Angenommen, ich verfehle Berti durch irgendeinen Zufall, oder er lässt mich an sich vorbeigehen, dann kommt er hierher. Wenn er in der Tür steht, musst du sofort schießen!«

»Das werde ich tun«, sagte Kalle. »Hat Ihre Autobatterie eigentlich den Brand überstanden?«

»Hat sie«, sagte Krumm. »Ich habe sie nicht im Haus abgestellt, sondern in dem Steinloch daneben. Wir können also weg, wenn alles geregelt ist und wenn der Schnee den Wagen trägt. Gib mir bitte die schwarze Tasche.«

Vera zögerte einen Moment, gab sie ihm dann aber. »Du bist doch vollkommen fertig, du kannst dich doch nicht auf so etwas einlassen!«

»Ich kann«, sagte Krumm. »Passt gut auf euch auf«, sagte er noch, als er die Tür öffnete.

»Hier sind Fellhandschuhe«, sagte Maria.

»Danke.« Krumm sah Vera an und lächelte ihr zu. Er war jetzt nicht sehr mutig, aber er war auch nicht feige. »Du kannst das Aufgebot bestellen.«

»Bei wem?«, fragte sie aggressiv.

Krumm war sich bewusst, dass das ein schlechter Scherz gewesen war, einer dieser typischen Männerscherze vor dem Himmelfahrtskommando. Er seufzte und ging wortlos hinaus.

Der Wasserfall war ungefähr achtzig Meter hoch, aber der Weg hinauf war sechshundert Meter lang. Und für einen schlecht trainierten Mann wie Krumm bedeutete das mindestens eine Stunde Weg.

Er wusste, dass er wenig Chancen hatte, Berti überhaupt zu finden. Dort oben standen mindestens sieben mit schweren Ketten verschlossene Hütten, die Jägern oder Bergführern gehörten. Und es gab riesige Felsen, unter denen niemals Schnee lag, unter die man zehn Meter weit in völlige Dunkelheit kriechen konnte.

»Ich hoffe, dass er es nicht geschafft hat hinaufzukommen«, sagte Krumm laut. Aber er glaubte nicht daran. Berti war ein Besessener. Es war unbestimmt, wovon er besessen war, aber er hatte eine ungeheure Härte bewiesen, und sicherlich war er auch mutig, auf eine grausame und rücksichtslose Art mutig.

Nach zehn Minuten hatte er die Jagdhütte erreicht. Der vom Berg heruntergewehte Schnee hatte sie vollkommen unkenntlich gemacht. Aber die Tür lag auf der windabgelegenen Seite. Und sie lag frei. Die Fenster waren geschlossen, alle Scheiben unzerbrochen. Die Kette an der Tür und das Schloss waren unberührt.

In diesem Moment wusste Krumm, dass er den ganzen Weg zum Fall hinaufgehen musste. Berti hatte sich nicht mit halben Sachen aufgehalten.

Krumm begann den Aufstieg. Er hatte zwar eine schlechte Kondition, konnte aber viel wettmachen, weil er wusste, wie man in den Bergen geht: mit langen Schritten und krummen Knien. Dabei gut durchatmen. Niemals einen Stein überspringen, sondern um ihn herum gehen. Nicht zu schnell, eher langsam, als schlendere man dahin. Das gab den Menschen, die hier wohnten, die Kraft, kaum glaubliche Entfernungen zurückzulegen.

Jetzt kam der Grat vor der Schlucht. Natürlich war es möglich, dass er Berti längst überholt hatte. Vielleicht war der Junge ohnmächtig geworden und ein Stück den Hang hinuntergerutscht. Aber es hatte keinen Sinn zu spekulieren. Er musste weiter hinauf und sehen, was zu tun war.

Der Abstieg in die Schlucht war schwer, denn hier lag Schnee. Und hier fand er auch die erste Spur. Berti war ausgeglitten und hatte eine breite Rille gezogen, ehe er den Sturz hatte bremsen können.

Am Ende der Rille sah Krumm, dass Berti geblutet haben musste. Die Flecke waren deutlich zu erkennen.

Als Krumm den Bach im Grund der Schlucht sah, wollte er aufgeben. Der Bach war kein freundlich rinnendes, schrittbreites Gewässer wie in all den Sommern, die er hier verbracht hatte. Er war ungefähr sechs Meter breit, und das Wasser floss sehr schnell. Aber Krumm hatte Erfahrung mit Bergflüssen. Er vermied die ruhigen, tiefen Stellen im Wasser und ging dort hinüber, wo es am heftigsten schäumte.

Trotzdem waren seine Beine nachher bis zu den Knien nass. Die Gummistiefel waren entweder undicht, oder es war Wasser von oben hineingelaufen. Jetzt war es wichtig, nicht stehen zu bleiben.

Die nächste Spur fand er erst kurz vor der Ziegentreppe, nachdem er eine Dreiviertelstunde gelaufen war. Berti war erneut gestürzt.

Die Treppe war zwar kaum mit Schnee bedeckt, dafür aber an einigen Stellen, wo die Schwaden des Wasserfalles hereinpeitschen konnten, völlig vereist. Krumm brauchte für die hundert Stufen beinahe eine halbe Stunde, und davon musste er zehn Minuten auf Händen und Füßen kriechen, um nicht abzurutschen.

Dann war er oben, und das Hochtal öffnete sich. Zu seiner Linken hörte er den Fluss, der sich mit zunehmendem Getöse verengte, um dann achtzig Meter steil hinunterzuklatschen in ein Felsloch, das sicherlich mehr als zehn Meter tief war. Auch hier oben gab es keine Spuren, denn der Wind stand auf die Schlucht zu. Krumms Fußstapfen waren schon nach Sekunden verwischt.

Die ersten Hütten lagen nicht weiter als hundert Meter entfernt. Und Berti würde sicherlich in der ersten sein. Berti würde niemals glauben, dass Krumm so dumm war, ihm zu folgen. Diese Hütten hatten keine Fenster. Sie wurden nur zum Schlafen benutzt, sogar das Essen wurde vor der Tür zubereitet.

Berti hatte die Eisenkrampe, die die Kette am Türrahmen festhielt, herausgestemmt. Er hatte erst gar nicht versucht, die Kette zu zerstören oder das Vorhängeschloss aufzustemmen. Das war geschickt und einfach gemacht. Für so etwas hatte Berti Verstand.

»Ich bin es«, sagte Krumm.

»Das darf doch nicht wahr sein!«, sagte Berti drinnen.

»Hast du wenigstens Feuer?«, fragte Krumm. Er blieb vor der Tür stehen.

»Ich kann kein Feuer machen«, sagte Berti. »Das Bein will nicht mehr. Aber hier ist Wein und was zu essen,

Konserven und alles andere, was man braucht. Wenn wir wollen, können wir Forellen angeln. Hier sind Angelruten. Kommen Sie doch rein mit Ihrem Gewehr!«

Krumm überlegte einen Augenblick. »Hast du keine Petroleumlampe da?«

»Doch, doch«, sagte Berti. »Die wärmt mir den Schädel. Komm rein, Doktor! Du kannst mich totschießen.«

Krumm drückte die Tür auf.

Berti lag in der Ecke schräg gegenüber der Tür auf einer dünnen Lage Decken. Sein Bein war blutgetränkt. Eine Petroleumlampe brannte mit funzeligem Licht, und die Hütte war eiskalt.

»Also los«, sagte Krumm. »Ich mache erst Feuer.«

»Du hast ja kein Gewehr«, sagte Berti erstaunt.

»Wozu brauche ich ein Gewehr? Meinst du, ich will wegen einer Scheißflinte abstürzen?« Krumm öffnete seine Tasche und nahm eine Flasche mit Wein heraus und ein Stück Brot. »Du musst erst einmal essen und trinken«, sagte er. »Verdammt, wo liegt denn hier das Holz?«

»Da hinten neben dem Abzug«, sagte Berti. »Ich werd verrückt. Wieso bist du mir nachgekommen?«

»Weil ich dich aus Versehen angeschossen habe«, log Krumm. Er log schlecht, und er selbst konnte das gut hören. »Ich wollte danebenschießen, aber ich hab dich getroffen. Und da musste ich doch sehen, wie es dir geht.« Er fand Papier, Reisig und dicke Holzstücke von Esskastanien.

»Aber du weißt doch, dass Schrot stark streut«, meinte Berti vorwurfsvoll. »Du hättest mich auch getroffen, wenn du drei Meter danebengezielt hättest.«

»Ich bin kein Jäger«, sagte Krumm. »Iss und trink und halt die Schnauze!«

Er zerriss Papier, knäulte es zusammen, legte darauf viel Reisig und einige dicke Holzstücke. Es brannte schnell und heftig, weil der Wind so scharf wehte und die Tür nicht dicht war.

»Hast du noch dein Messer?«, fragte Krumm.

»Na klar«, sagte Berti.

»Dann benutze es dazu, das Brot zu schneiden. Und denk daran, dass ich keine Angst habe.«

»Du hast keine Angst«, sagte Berti. »Ich habe auch keine Angst. Was ist mit dem Bein?«

»Ich weiß nicht«, sagte Krumm. »Ich brauche noch mehr Funzeln.« Er begann zu suchen und entdeckte vier weitere Petroleumleuchten und einen vollen Kanister Petroleum. Er füllte alle Lampen auf und zündete sie an. Es war jetzt hell genug, das Bein des Jungen zu untersuchen.

»Leg dich auf den Rücken. Ich gebe dir erst eine Spritze. Sonst wirst du mir ohnmächtig, wenn ich dir die verklebte Hose runterreiße. Los, mach schon!«

»Wie du willst, Doktor«, sagte Berti. Er hielt Krumm seinen Arm hin und ließ ihn abbinden.

Krumm spritzte Evipan und beobachtete, wie der Junge das Bewusstsein verlor. Dann legte er Bertis Kopf ein wenig höher, das verwundete Bein so tief wie möglich und schnitt mit einer Schere das Hosenbein auf.

Es war so, wie er gedacht hatte. Die Wade war stark getroffen, und wenn er die Wunden spreizte, sah er überall die schwarzen Schrotkörner. Er war gezwungen, sie alle herauszuholen, und das war eine langwierige und komplizierte Arbeit, weil er die Schusskanäle nicht einwandfrei feststellen konnte.

Krumm brauchte eine halbe Stunde und schnitt sicherheitshalber die Wade senkrecht auf, um keine Entzündung zu riskieren. Erst als das Blut in gleichmäßig pulsierenden Stößen kam, nahm er die Klammern heraus und vernähte die Wunde.

»Du bist schon ein Idiot«, sagte er laut, und einen Augenblick lang empfand er so etwas wie Mitleid mit diesem Berti, der wohl keinen anderen Sinn in seinem Leben entdeckt hatte als den, brutal zu sein und immer etwas zu zerstören, um sinnlose Kraft zu demonstrieren.

Krumm nahm die Flasche mit dem Rotwein, trank daraus, aß Brot dazu und Käse und wartete, dass der Junge wieder erwachte.

Berti kam erst gegen drei Uhr nachmittags wieder zu sich. Die Wirkung der Narkose war durch den Blutverlust und die Anstrengung des Aufstiegs nachhaltiger gewesen, als Krumm angenommen hatte. Sie mussten sehen, dass sie sich für die Nacht einrichteten. Es musste genug Holz da sein. Möglicherweise war Krumm gezwungen, eine der nächsten Hütten aufzubrechen, um Holz zu holen.

»Was ist mit dem Bein?«, fragte Berti schläfrig.

»Ich habe ein paar Schrotkörner rausgeholt und es wieder vernäht«, sagte Krumm. »Wenn du willst, kannst du aufstehen. Es wäre sogar gut, wenn du aufstehen würdest. Dann wird das Bein besser durchblutet und heilt schneller ab.«

»Na gut«, sagte Berti, »du musst es ja wissen. Es tut ein bisschen weh.«

»Was hast du erwartet?«, fragte Krumm. »Und vergiss nicht, das Messer einzustecken.«

»Ich brauch das Ding nicht«, sagte Berti. Er war jetzt ein sehr friedfertiger Berti. Aber wie lange würde er es noch bleiben?

»Mach ein paar Schritte!«, sagte Krumm. »Drei vorwärts und drei rückwärts. Dann leg dich hin und beweg das Bein immer ein bisschen.«

Der Junge machte mit schmerzverzerrtem Gesicht drei Schritte vorwärts und drei Schritte rückwärts, dann legte er sich hin, zog das Bein an, streckte es aus und zog es wieder an. Nach einer Reihe dieser Übungen sagte er: »Wenn das Blut schneller fließt, tut es mehr weh.«

»Es geht bald vorbei«, sagte Krumm. »Morgen steigen wir beide ab, und in einer Woche bist du ganz gesund.«

Berti sah ihn an und sagte ganz ruhig: »Nicht dass du denkst, ich bin verrückt, Meister, aber ich steige nicht ab.«

»Wieso denn das?«, fragte Krumm.

Berti starrte in die Petroleumleuchte neben seinem Kopf. Er sagte: »Ich muss in deinen Augen ziemlich verrückt sein, aber ich steige überhaupt nie mehr ab.«

»Willst du hier oben allein übersommern?«, fragte Krumm.

»Nein, nein«, sagte Berti. »Ich steige nicht ab, das ist alles.« Und mit der Heftigkeit eines körperlichen Schmerzes begriff Krumm, dass der Junge nicht mehr leben wollte.

# Teil X

Obwohl Krumm ganz sicher war, dass der Junge sich mit Selbstmordgedanken trug, tat er so, als begreife er Berti nicht. Er fragte: »Was soll das heißen – du willst nicht mehr absteigen?«

»Denk dir deinen Kopf nicht blutig, Meister. Ich steig eben nicht ab, und damit hat sich's.«

»Also willst du hier doch übersommern, stimmt's?«

Berti starrte in das Licht der Petroleumlampe. »Übersommern, überwintern«, murmelte er. »Was soll's? Mach dir nichts draus, Meister!«

»Du bist überanstrengt«, sagte Krumm so nachsichtig, wie er es jahrelang in der Klinik getan hatte. »Es ist gleich vier, wird bald dunkel sein.« Er stand auf und öffnete die Tür einen Spalt. »Wenn wir morgen absteigen, können wir lange Strecken rutschen. Es schneit wieder.«

»Schon gut, Meister. Wir werden rutschen.« Berti schloss die Augen und begann nach einiger Zeit, regelmäßig zu atmen, bis er schlief. Zuweilen zuckte sein Bein. Dann legte er im Schlaf die Hand darauf. Die Wunde schien zu schmerzen.

Er darf sich nicht das Leben nehmen, dachte Krumm. Sicher, er hat einen Mann umgebracht. Vielleicht hatte er es schon immer nicht ganz leicht. Wahrscheinlich haben seine Eltern versagt, wahrscheinlich muss er ziemlich lange brummen, und wahrscheinlich macht die Strafe erst recht einen Verbrecher aus ihm. Aber er darf sich nicht das Leben nehmen!

Neben Berti lag das Messer. Vorsichtig nahm Krumm es ihm weg, klappte es zusammen und steckte es ein. Sein Blick fiel auf das Feuer. Ich muss Holz besorgen, dachte er.

Der Wind hatte nachgelassen, der Schnee fiel leicht und senkrecht. Krumm ging zur nächsten Hütte. Die Tür war mit zwei schweren Ketten und zwei Schlössern gesichert. Er machte nicht erst den Versuch, sie aufzubrechen.

Irgendwo hinter der Hütte – das wusste er noch – gab es einen Felsen, unter dem er damals einen Stapel Holz gesehen hatte.

Er fand ihn auch. Der Felsen, hoch wie ein Bauernhaus mit spitzem Giebel, ragte über den Fluss, der sich hier verengte. Der schlammige Uferpfad war nur einen halben Meter breit. Krumm knipste sein Feuerzeug an und kroch bis an den Stapel. Er zog zwei schwere Stämme heraus und schleppte sie einzeln vor die Hütte.

Für die Nacht würden sie reichen, aber was war morgen? Wenn der Fluss weiter anschwoll, kam er morgen nicht mehr an den Stapel heran, und er brauchte mindestens noch drei oder vier Stämme ...

Erst jetzt sah er die Spur. Sie verlief schnurgerade auf den Fluss zu. Berti hatte das rechte Bein ein wenig nachgezogen.

»Du Idiot«, brüllte Krumm, »du gottverdammter Idiot!«

Er rannte los – aber er war ganz sicher, dass er nichts mehr sehen würde. Diesmal hatte Berti keinen Trick versucht, er hatte nicht einmal gezögert.

Die Spur endete auf einem engen Plateau, und darunter schäumte der Fluss. Fünfzig Meter weiter stürzte er dann über den Fels.

Nein! dachte Krumm. Nein, ich glaub's nicht. Weiter oben ist eine alte Brücke. Vielleicht hat er sich an einer Felskante festgeklammert ...

Krumm lief keuchend etwa hundert Meter weit das Tal hinauf, über die Brücke und dann wieder zurück. Flussabwärts stürzte er zweimal. Er fluchte leise, kam wieder hoch und lief weiter.

Er fand Berti nicht.

Kälte und Dunkelheit zwangen ihn, die Suche aufzugeben. Er ging zur Hütte zurück, trank den Rest Wein aus der Flasche, häufte Sand auf das Feuer und blies die Petroleumlampe aus. Dann nahm er seine Tasche und begann den Abstieg.

An der großen Felsentreppe zog er die Gummistiefel aus, weil er sich auf den vereisten Stufen in Wollsocken sicherer fühlte. Er achtete kaum auf den Pfad. Streckenweise setzte er sich hin und rutschte einfach den Hang hinunter.

Um fünf Uhr war er wieder in Foroglio. Wie er da in der Tür zu Marias Haus stand – in einer Hand die zerschrammte Bereitschaftstasche, in der anderen die Gummistiefel, mit zerfetzten Socken und blutenden Füßen –, wirkte er fast ein wenig lächerlich.

Aber sie lachten nicht.

»Berti war schneller unten als ich«, sagte er. »Der Fluss hat ihn mitgenommen. Über den Wasserfall.«

»Gab es einen Kampf?«, fragte Vera Reiter.

»Nein, keinen Kampf.«

»Ist er – aus Versehen reingefallen?« Kalle sah Krumm an, als wüsste er die Antwort im Voraus.

»Nein, er hat Schluss gemacht.«

»Konnten Sie das nicht verhindern?«

»Wie denn?«, fragte Krumm aggressiv. »Ich musste Holz für das Feuer suchen. Als ich zurückkam, war er fort. Er war einfach ins Wasser gegangen, schnurgerade auf den Fluss zu. Wie im Film.«

»Aber warum?«, fragte Vera. »Er war doch sonst ... Er war feige, grausam und feige.«

»Er hatte einfach begriffen, was ihm bevorstand, wenn ihn die Polizei geholt hätte«, sagte Krumm. »Kann ich jetzt schlafen?«

»Sie können im Ristorante schlafen, Dottore«, sagte Maria. »Wir haben das kaputte Fenster zugenagelt. Es ist warm drüben. Sie können Grappa trinken und Ihre Frau lieben und ...«

»Das ist gut«, sagte Krumm – aber er kam nicht von dem Bild los: Berti stürzt achtzig Meter tief den Wasserfall hinunter ... »Ist das schon oft vorgekommen, Maria?«

Sie wusste sofort, was er meinte. »Nein, nur zwei- oder dreimal, soviel ich weiß. Man findet sie erst viel später, weil sie in das riesige Loch ...«

»So genau wollte ich es wieder nicht wissen«, sagte Krumm und wandte sich ab.

»Ich hab nicht mal Mitleid oder so«, sagte Malou. »Er machte eben alles kaputt. Irgendwann musste er sich selbst kaputtmachen.«

»Trotzdem ...« Krumm sprach nicht weiter.

»Können wir mit Ihnen fahren, wenn der Schnee weg ist?«, fragte Kalle.

»Sicher! So, und jetzt geh ich schlafen, eine Nacht und einen Tag. Stört uns nicht!«

Krumm ging mit Vera über den Platz. Während er die Treppe zur Kneipe hinaufstieg, fragte er: »Wo sollen wir denn schlafen? Da drin gibt es doch keine Betten.«

»Es gibt welche«, sagte sie heiter. »Warum bist du so traurig?«

»Ich bin nicht traurig«, fuhr er sie an. »Und ich hab was gegen dumme Fragen. Er hat dich angefasst. hat dir die Kleider vom Leib gerissen, dann hat er sich umgebracht – und du bist zufrieden, wie?«

»Ich habe ihn gehasst«, sagte sie.

»Ach, und du glaubst, damit ist alles in Ordnung?« Er drückte die Tür auf – und da stand Brot auf dem Tisch, standen Salami und Wein und Grappa, das Feuer brannte, es war warm, und sie hatten Matratzen auf den Boden gelegt und darüber Decken und weißes Bettzeug.

»Ich hatte damit gerechnet, dass du heute Abend zurückkommst«, sagte sie und dachte: Was ist mit ihm, was hat er gegen mich?

»Na, wunderbar!« Krumm lachte gequält auf. »Ihr macht hier ein Lager wie die Zigeuner, und zweihundert Meter weiter schwimmt eine Leiche im Fluss. Ihr seid unsagbar blöd!«

»Ich gehe wohl besser ...«

»Ja – du kannst bei den anderen schlafen. Ich brauche meine Ruhe. Ich muss über vieles nachdenken.«

Vera drehte sich wortlos um und ging zurück in Marias Haus. »Ich schlafe hier. Er ist ziemlich fertig und braucht Ruhe.«

»Natürlich«, sagte Maria neugierig, fragte aber nicht weiter.

Krumm hatte sich inzwischen ausgezogen. Er hüllte sich in eine Decke, hockte sich auf die Matratze vor dem Feuer und starrte in die Flammen.

*Du bist losgegangen, um dem Jungen zu helfen. Du hast sein Bein verarztet. Und dann hast du dich bluffen lassen, und er ist gestorben, ganz einfach so, freiwillig. Und du hast es gewusst. Du bist Holz holen gegangen, obwohl du gewusst hast, dass er es ernst meinte, als er sagte, er wollte nie mehr absteigen. Oja, du hast es gewusst.*

*Nachher bist du auf dem Eis runtergerutscht, um wieder unter Menschen zu kommen. Dann kommst du unter Menschen – und was haben die gemacht? Ein Bett, damit du schlafen kannst, mit einer hübschen Frau mit warmer, weicher Haut Und es ist alles da, zu essen und zu saufen. Nur die Blumen haben sie vergessen. Weil's hier keine gibt, weder zu kaufen noch zu klauen. Hier blühen keine Blumen ...*

Er trank Unmengen von Grappa und Rotwein. Irgendwann musste er sich übergeben. Er stieß die Tür auf und ließ sich von dem eiskalten Wind durchschütteln. Dann torkelte er in den Raum zurück und warf sich auf das Bett. Aber er konnte erst einschlafen, nachdem er eine Tablette geschluckt hatte.

Um sieben wurde er wach und kam sich ziemlich verloren und nutzlos vor, weil drüben in Marias Haus noch alles still war.

Nach und nach fiel ihm ein, wie er Vera gestern Abend behandelt hatte. Er überlegte verzweifelt, was er ihr sagen sollte, um ihr zu erklären, dass er von Bertis Absicht vorher gewusst hatte.

Er zog sich an, aß ein paar Bissen und trank ein Glas Orangensaft. Dann ging er hinauf zur Ruine des Hauses, in dem er mit Vera geschlafen hatte und das sie nachher angezündet hatten, um Berti auszuräuchern.

Er holte die Autobatterie aus ihrem Versteck und schleppte sie über die Brücke zu seinem Wagen. Die Anstrengung ließ ihn vergessen, was geschehen war.

Noch in der Nacht hatte es aufgehört zu schneien. Jetzt schien die Sonne. Er war sicher, dass es bald anfangen würde zu tauen. Da gab es zwei Möglichkeiten: Sie konnten versuchen, über den hart gefrorenen Schnee zu fahren. Sie konnten aber auch warten, bis alles völlig abgetaut war.

»Wir fahren«, murmelte er vor sich hin, »wir fahren sofort!« Es waren noch etwa zwanzig Liter Benzin im Tank. Das würde reichen, um den Wagen ganz abzutauen und warm zu machen und nach Ascona zurückzukehren.

Er verschraubte die Batterie in der Halterung. Dann startete er den Motor und ließ ihn laufen. Die Heizung stellte er auf volles Gebläse. Während er den Schnee abfegte und das Eis von den Scheiben kratzte, ließ er das Radio laufen.

Sein Blick fiel auf den VW-Bus, der nur noch mit dem Heck aus dem Wasser ragte. Berti brauchte ihn jetzt nicht mehr. Und Kalle war vermutlich nicht scharf darauf. Er und Malou schienen eher froh zu sein, dass alles so gekommen war.

Aber da gab es noch Gitte, Bertis Freundin, die sich im Schneetreiben auf den Weg nach Bignasco gemacht hatte. Ob sie auch dort angekommen war? Oder unterwegs gestürzt und womöglich erfroren?

Krumm ging ein Stück den Weg am Fluss hinunter. Mit dem alten Skalpell, mit dem er die Reifen an Bertis Wagen zerschnitten hatte, säbelte er starke Zweige von den Weiden. Er brauchte eine ganze Menge davon, wenn er nicht riskieren wollte, dass der Wagen abrutschte. Wenn sich die Räder erst einmal bis an die Achsen in den Schneematsch gewühlt hatten, war es mit dem Starten Essig.

Er trug die Zweige zum Wagen und legte aus ihnen je eine Bahn vor alle vier Räder.

Als er sich aufrichtete, sah er jenseits der Brücke eine Gestalt blitzschnell unter der breiten Veranda des Ristorante verschwinden, und zwar an der von Marias Haus abgelegenen Seite.

Es war Berti.

»Das darf doch nicht wahr sein!«, sagte Krumm laut. Er starrte fassungslos zu der Mauernische hinüber, in der Berti jetzt stehen musste.

Wo kam der plötzlich her?

Erst in diesem Augenblick ging ihm auf, welchen verhängnisvollen Fehler er gemacht hatte. Warum war ihm das nicht schon früher klar geworden?

Gestern hatten sie das Haus angezündet, um Berti zu zwingen, mit den Frauen herauszukommen. Und er hatte nichts riskiert, er war gekommen. Stunden später aber sollte er plötzlich resigniert und sein Leben freiwillig weggeworfen haben?

Wie hat er das nur gemacht? fragte sich Krumm, während er loslief. Wie hat er es geschafft? Es gab doch nur die eine Spur zum Fluss hin, es gab keine, die zurückführte.

»Passt auf, Berti ist da!«, schrie Krumm auf der Brücke. »Kommt nicht heraus!«

Er lief, so schnell er konnte, von der Brückenrampe hinunter auf den Vorplatz und auf Marias Haus zu. Aber er erreichte es nicht mehr.

Berti stand plötzlich zwischen dem Restaurant und Marias Haus. Er grinste. »Na, Meister?«

Krumm blieb stehen. Er spürte nichts als Zorn. »Wo warst du?«

»Ich bin zum Fluss gegangen«, sagte Berti, noch immer mit diesem Grinsen, »aber das Wasser war mir zu kalt. Da hab ich mich an der Böschung runtergelassen, und da war auch ein trockenes Plätzchen. So Felsbrocken, wissen Sie.«

Krumm sah jetzt, dass Berti wieder den Holzstiel mit den drei Kettenstücken daran in der Hand hielt. »Du Schwein!«, sagte er.

»Nicht doch, Meister! Du bist doch sonst so edel. Ich hab dich gesehen, wie du am Ufer auf und ab gelaufen bist und mich gesucht hast. Du wolltest mich retten, wie?«

»Ja. Aber du hast mich reingelegt.«

»Na klar. Ist ja auch nicht so schwer, dich reinzulegen.«

»Nein«, sagte Krumm müde, »das ist nicht schwer.« Der Junge hatte recht. Es war nicht schwer, diesen Dr. Andreas Krumm reinzulegen. Das hatten auch andere schon getan.

Diese Sorte Ganoven, dachte Krumm, wird mich immer reinlegen können. Und ich will auch, dass sie es können. Denn wenn sie es mal nicht mehr schaffen, dann bin ich auch nicht anders als sie, und das will ich nicht. Ich will bleiben, wie ich bin, und ich brauche mich nicht zu schämen, so zu sein.

»Du möchtest gern in das Haus, Meister, stimmt's?«, fragte Berti. »Aber das schaffst du nicht. Ich mach dich vorher fertig, drum. Die da drin pennen noch.« Er stand jetzt nur zwei Meter von Krumm entfernt, und alle Vorteile waren auf seiner Seite – nein, nicht alle! Sein Bein war verwundet!

»Du kannst ja nicht mal stehen«, sagte:Krurnm.

»Ich kann stehen. Und wie ich stehen kann, Meister! Du bist ein prima Arzt.« Scheinbar ohne jede Mühe und ohne Schmerzen machte Berti ein paar tänzelnde Schritte.

»Und warum willst du mich zusammenschlagen?«, fragte Krumm. Er war darauf aus, Zeit zu schinden. Eine andere Möglichkeit hatte er nicht.

»Weil du mir in die Quere gekommen bist«, sagte Berti. »Du bist mir schwer in die Quere gekommen, Meister. Und wenn ich dich ein bisschen bearbeitet habe, nehme ich mir deine Wagenschlüssel und haue ab.«

»Ach, so ist das«, sagte Krumm gedehnt, als müsse er überlegen. Aber er wusste bereits, was er zu tun hatte.

Er schrie plötzlich: »Kalle, nimm die Flinte und warte, bis er kommt!« Gleichzeitig rannte er los.

Berti mochte grausam sein und hinterlistig und auf eine gewisse Art raffiniert. Aber er war nicht wirklich klug. Nein, Berti war kein bisschen klug.

Krumm rannte an ihm vorbei und erreichte die Rückseite des Restaurants. Von dort lief er den Hang hinauf und machte erst wieder halt, als er die Kirche hinter sich hatte und am Wassertrog stand.

Aufatmend sah er, dass der Junge ihm nicht so rasch hatte folgen können. Die angeberischen Tänzelschritte vorhin mussten ihn mehr Kraft gekostet haben, als er hatte erkennen lassen.

»Komm her«, rief Krumm ihm zu, »komm her, mein Junge! Ich hab die Wagenschlüssel in der Tasche.«

Berti kam geduckt den Hang herauf. Er keuchte und zog das verwundete Bein hinter sich her. Aber er war noch immer sehr schnell, und es war nur eine Frage der Zeit, wann seine Jugend siegen würde. Er mochte neunzehn oder zwanzig Jahre alt sein, Krumm dagegen war achtunddreißig.

»Ich komm schon, Meister!«

»Na fein!«, rief Krumm und wollte auf dem schmalen Weg zwischen den Häusern wieder hinunterlaufen. Aber dann überlegte er es sich anders. Er kauerte sich hinter dem Trog nieder und wartete auf Berti.

Er hatte richtig kalkuliert. Berti kam nicht.

Vorsichtig schob sich Krumm aus seiner Deckung und spähte hinunter auf den Platz. Er sah Berti hinter der Ecke von Marias Haus stehen, eng an die Wand gedrückt. Der Junge hatte also seine Absicht durchschaut. Er ließ sich nicht weglocken, sondern versperrte Krumm den Weg zu den anderen.

»Na, was ist?«, rief Krumm hinunter. »Komm doch! Ich hab die Wagenschlüssel. In das Haus kannst du nicht, denn Kalle hat die Flinte, und die kennst du ja zur Genüge.«

»Ich hab Zeit, Meister.« Selbst auf diese Entfernung – es waren etwa fünfzig Meter – war Bertis rasselnder Atem zu hören.

Krumm lachte und lief aufgerichtet, damit Berti ihn auch sah, hinter die Häuser. Dort machte er kehrt und kam wieder zurück, diesmal in Deckung des Wassertroges, von dem aus er geduckt zur anderen Platzecke hinüberwechseln wollte.

Berti hatte es jetzt schwer, da er nicht gleichzeitig Marias Haus rundum bewachen und darauf achten konnte, aus welcher Richtung Krumm eventuell angreifen würde.

Krumm, den Berti in nördlicher Richtung vermutete, strebte inzwischen der Südseite des Platzes zu. An einem der Häuser, an denen er vorbeikam, sah er in einer Fensternische eine Blechdose stehen. Er nahm sie mit, für alle Fälle.

Der Wind heulte um die Ecken, und das Gurgeln des Flusses wurde noch vom Klatschen des Wasserfalles übertönt. Trotzdem kam es Krumm unwirklich still vor. Er ging jetzt langsam, setzte Fuß vor Fuß. Wenn er die Ecke des Restaurants erreichte, konnte Berti nicht mehr als sieben Meter von ihm entfernt stehen – falls er noch dort stand.

Er stand noch dort. Er blickte abwechselnd auf die Haustür und den Weg zur Kirche und zum Wassertrog hinauf.

»Hallo!«, sagte Krumm und schob sich um die Hausecke. »Hast du etwa Angst bekommen?«

Berti fuhr herum und schwang die Kettenpeitsche. Aber es war eine sinnlose Geste, weil der Gegner zu weit weg stand, und sie verriet mehr Furcht, als dass sie drohte.

Krumm holte aus und warf die Dose gegen das rechte Fenster, dessen Scheibe klirrend zersprang.

Und jetzt machte Berti einen entscheidenden Fehler. Er duckte sich, weil er glaubte, der Wurf hätte ihm gegolten. Gleich darauf kam er wieder hoch, und er grinste dabei selbstgefällig.

Aber Krumm hatte denen im Haus nur zeigen wollen, wo er stand – und er stand jetzt nicht mehr im Schussfeld. Mehr noch: Als Berti vorwärts hinkte, um sich auf ihn zu stürzen, glitt Krumm nicht hinter die Hausmauer zurück, sondern wich auf den freien Platz aus.

Im selben Moment begriff Berti seinen Fehler. Er stockte, drehte sich um und versuchte in Deckung zu gehen – doch es war zu spät.

»Bleib stehen!«, rief Vera Reiter scharf. Sie stand in der offenen Haustür, die Schrotflinte nahezu fachmännisch im Anschlag.

»Na also«, sagte Krumm aufatmend, »jetzt haben wir dich endlich.«

»Die schießt nicht«, sagte Berti.

»Ich bin da nicht sicher«, erwiderte Krumm. Aber er erinnerte sich an ihre Geschichte und wusste, dass sie in diesen Dingen härter war als er selbst. Sie würde schießen, ganz bestimmt.

»Sie schießt nicht«, wiederholte Berti.

»Lass die Ketten fallen!«, sagte Krumm. »Benimm dich wie ein Mann und lass sie fallen!«

Berti ließ den Holzgriff los, und die Ketten fielen in den Schnee. Aber sie lagen unmittelbar neben seinem rechten Fuß.

Krumm schüttelte den Kopf. »Nimm sie wieder auf und wirf sie weit weg!«

Der Junge bückte sich, hob den Stock auf und warf ihn etwa zehn Meter weit zur Seite. »Und was ist jetzt, Meister?«

Wie habe ich nur denken können, dass er Selbstmord begeht, ausgerechnet er? fragte sich Krumm verwundert. Wie konnte ich nur so blöd sein und mich von ihm reinlegen lassen? »Jetzt komm her!«, sagte er mit erzwungener Ruhe. »Jetzt kannst du mit mir kämpfen. Das ist immer noch besser für dich.«

»Besser als was?«

»Als wenn meine Frau geschossen hätte«, sagte Krumm. »Und sie hätte geschossen.«

»Ich glaub's ja, Meister«, sagte Berti, und es klang, als glaubte er es tatsachlich.

»Hoff nicht darauf, dass ich fair bin«, sagte Krumm.

»Was ist schon fair!«

»Eben!« Und Krumm trat dicht an den Jungen heran und winkelte die Arme an, als wollte er boxen. Er wusste, dass er als Boxer einen lächerlichen Eindruck machen würde. Aber das konnte ihm nur recht sein. Denn er wollte gar nicht boxen.

Es war sein Fuß, der zustieß, und er traf Bertis verwundetes Bein mit aller Gewalt, sodass Krumm die Knochen brechen zu hören meinte.

Berti war plötzlich schneeweiß im Gesicht, schloss die Augen und kippte nach vorn, schlug lang hin. Er brachte nicht einmal mehr den Arm hoch, um sein Gesicht vor dem Aufprall zu schützen.

»So«, sagte Krumm nur. Dann wandte er sich um zu den anderen, die vor der Tür standen, und sagte zu Maria: »Ich brauche einen Grappa. Ich habe einen scheußlichen Kater.«

»Das war zu erwarten«, sagte Vera amüsiert. »Ich habe übrigens keine Sekunde lang geglaubt, dass Berti den Wasserfall runtergestürzt ist. Glaubst du mir das?«

Krumm nickte ein wenig gequält

»Ich glaub's.« Er wandte sich der Kneipe zu.

»Augenblick!«, sagte Vera. »Wir können Berti doch nicht hier im Schnee liegen lassen.«

»Ja, du hast recht«, murmelte Krumm. »Kalle, hilf mir bitte ...«

Sie trugen Berti in Marias Haus und legten ihn vor das Feuer. Wie Krumm bei einer flüchtigen Untersuchung feststellte, war die sauber vernähte Wunde nicht geplatzt.

»Er kommt zu sich«, sagte Kalle.

Krumm wartete, bis Bertis Augen wieder klar waren. Dann sagte er: »Wir haben dich geschafft, mein Junge. Und wir schaffen dich wieder und noch mehr, wenn du nicht hier liegen bleibst, klar?«

Berti nickte schwach, aber in seinen Augen stand blanker Hass.

»Außerdem«, sagte Krumm ungerührt, »holst du dir, wenn du aufstehst, bestimmt eine Embolie, und das ist in jedem Fall dein Tod.« Dieser medizinische Blödsinn würde bei Berti sicher mehr Eindruck schinden als jede andere Drohung.

Als Krumm mit Kalle das Haus verließ, begann plötzlich die Kirchenglocke zu läuten. Es war ein sehr ungeduldiges Läuten.

»Was ist denn das?«, fragte Krumm fassungslos.

»Die Glocke! Ich werd glatt verrückt!«, schrie Kalle.

»Aber ...« Krumm sprach nicht weiter. Er begann zu laufen, und der Junge folgte ihm. Sie rannten keuchend den Hang hinauf zur Kirche und betraten das winzige, nur von schwachem Tageslicht erhellte Schiff.

Da stand Maria und zog mit aller Kraft an dem Glockenstrang, der hinter dem Altar durch ein Deckenloch in den Raum herabhing.

»Was ist denn das?«, fragte Krumm, und er musste schreien, um sich verständlich zu machen.

Maria schüttelte den Kopf und läutete weiter.

»Hör auf!«

»Was ist?«

»Du sollst Schluss machen und mir erklären ...«

Endlich hörte das Läuten auf.

»So, jetzt möchte ich wissen, was hier los ist«, sagte Krumm.

»Dottore, das ist so: Immer wenn wir einen Verwundeten haben oder jemanden, der abgestürzt ist oder schwer krank, läuten wir die Glocke. Die hört man überall, und man kennt auch den Glockenton von Foroglio. Jetzt hat der Schneeräumer sie gehört, also macht er zuerst diese Straße. Dann kommt ein Krankenwagen und holt Berti ab. Und bei dem Wagen ist meistens ein Polizist, und der ...«

Krumm unterbrach sie. »Und warum hast du nicht geläutet, als die Bande hier auftauchte? Als Berti meine Frau in der Gewalt hatte? Als das Haus brannte? Oder als ich hinter ihm her war?«

»Wir haben es doch allein geschafft«, sagte Maria in aller Unschuld. »Ich wusste, dass Sie es schaffen würden, Dottore.«

Krumm starrte sie eine Weile an. Dann begann er laut zu lachen. Er konnte sich gar nicht wieder fassen, schlug sich auf die Schenkel, schlug Kalle auf die Schulter und wurde fast hysterisch vor Ausgelassenheit.

»Und ich Narr«, sagte er atemlos, »habe geglaubt, wir – wir wären eingeschlossen!«

# Teil XI

Sie feierten den Sieg über Berti: Krumm und Vera Reiter, Kalle, Malou und Maria. Der kleine John schlief. Sie redeten und tranken und lachten – bis die Frage auftauchte, was mit Berti geschehen und wie man ihn sicher bewachen sollte. Obwohl er geschlagen war, weckte er in ihnen noch immer ein Gefühl der Bedrohung.

»Wir können ihn in einen Stall sperren«, sagte Maria. »Oben neben der Kirche ist einer. Der Schneeräumer wird wahrscheinlich nicht vor Mittag hier sein.«

»Gut, dann erledigen wir das zuerst«, sagte Krumm. »Ihr Frauen bleibt hier. Komm, Kalle!« Er nahm die Schrotflinte, überzeugte sich, dass sie geladen und gesichert war, und ging mit den Jungen hinaus.

Wenige Schritte vor der Tür zu Marias Haus blieb er plötzlich stehen. »Wir haben nicht abgeschlossen. Oder hat das jemand von euch getan?«

»Keine Ahnung. Ich nicht.«

»Er ist nicht mehr da. Ich wette, dass er nicht mehr da ist!«

Er öffnete die Tür – und es war, wie er gesagt hatte. Berti war fort. Das kam ihm genauso lächerlich vor wie die Tatsache, dass Maria erst geläutet hatte, als alles vorbei war. Warum hatte er nicht daran gedacht, das Haus abzuschließen?

Er zog die Tür wieder zu, drehte sich um und sah, dass sein Wagen noch an derselben Stelle stand. Er fragte Kalle: »Was glaubst du, wohin er gelaufen sein kann?«

Kalle überlegte. Er gab sich keine Mühe, seine Angst zu verbergen. »Wie ich Berti kenne, wird er versuchen, die Bavona runter nach Bignasco zu gehen. Er will seine Haut retten.«

»Wie viel Vorsprung kann er etwa haben?«

»Höchstens eine halbe Stunde«, sagte Kalle, »mehr nicht.«

»Komm, wir versuchen es mit dem Wagen«, sagte Krumm. Er dachte: Warum mische ich mich da überhaupt noch ein, was geht mich das an? Berti ist jetzt eine Sache für die Polizei. Dann setzte er hinzu: »Ich will ihn fangen. Es ist meine persönliche Angelegenheit.«

»Erst müssen wir mal seine Spur haben.«

»Was ist?«, fragte Vera, die unbemerkt herangekommen war und jetzt hinter Krumm stand.

»Ich habe vergessen, die Tür abzuschließen«, sagte er. »Berti ist mal wieder verschwunden.«

»Wohin?«

»Das wissen wir eben nicht. Wir vermuten, er ist in Richtung Bignasco gegangen.«

»Du kannst nicht hinter ihm her. Du darfst nicht!«, sagte sie.

Er sah sie an und sah die Spuren der Erschöpfung in ihrem Gesicht.

»Ich tu's nicht zum Vergnügen«, sagte er. »Wenn Berti unterwegs zufällig auf einen Jäger trifft oder auf einen Ziegenhirten oder Straßenarbeiter, schlägt er ihn womöglich zusammen, nur um an seine Kleidung zu kommen. Ich muss hinter ihm her.«

Kalle lief voran über die Brücke, und Krumm folgte ihm. Bis hinter den Wagen liefen mehrere Spuren kreuz und quer durcheinander. Ein Stück weiter unten aber zweigte eine einzelne ab und führte pfeilgerade den Weg nach Bignasco hinunter.

Sie kehrten zum Wagen zurück, und da stand Vera, die ihnen nachgegangen war.

»Also los!«, sagte Krumm zu Kalle. »Du drehst bei dir die Scheibe herunter und nimmst das Gewehr. Wenn er uns hört, wird er vom Weg runterlaufen und sich verstecken. Aber diesmal hat er keine Chance.«

»Was wollen Sie machen?«

»Ich werde schießen«, sagte Krumm entschlossen. »Sobald er versucht, mich anzugreifen, werde ich schießen – und treffen.«

»Denk an uns und daran, dass wir drei Kinder haben wollen«, sagte Vera.

»Ich denke daran«, sagte Krumm. Einen Augenblick lang kam ihm das, was sie einander sagten, reichlich albern und sentimental vor. Aber wenn er ehrlich war, musste er zugeben, dass er haargenauso empfand und dass sie so miteinander reden mussten, wenn sie nicht lügen wollten. Er küsste Vera.

Der Wagen machte keine Schwierigkeiten. Sie kamen gut auf den Weg, wendeten und folgten der Spur.

»Angenommen, er schafft einen Kilometer in zwanzig Minuten«, sagte Krumm. »Dann müssten wir ihn in etwa drei Minuten erreichen.« Er fuhr im zweiten Gang, damit der Wagen nicht stecken blieb. Kalle starrte auf seine Uhr. Er hielt die Flinte so, dass der Doppellauf aus dem Fenster ragte.

»Da vorn geht eine Spur nach rechts!«, rief er plötzlich. »Berti muss uns gehört haben.«

Krumm bremste vorsichtig. Der Wagen stand.

»Wie ich Berti kenne«, sagte Krumm, »ist er, als er uns gehört hat, vom Weg runter zwischen die Erlen dort gelaufen, höchstens zehn oder zwanzig Meter entfernt. Wenn ich ...«

Er dämpfte die Stimme. »Wenn ich jetzt mit der Flinte den Wagen verlasse, wird er einen kurzen Bogen schlagen und dich hier angreifen. Also nehme ich die Schlüssel mit. Wir schließen ab und ziehen zuletzt noch ein Kabel von der Batterie runter. Dann gehen wir seiner Spur nach.«

Kalle wollte etwas sagen, aber Krumm sprach schon weiter: »Das alles wird er beobachten, und wir lassen's ihn auch deutlich sehen. Dann weiß er, dass er mit dem Wagen kein Glück hat, und wird weiterlaufen, zur Bavona runter.«

Krumm wusste, dass der Fluss an dieser Stelle dicht unter dem Berghang verlief, sich verengte und daher sehr reißend war.

Kalle stieg aus und lehnte sich an den Wagen, die Flinte schussbereit. Krumm schob sich ebenfalls vom

Sitz, sicherte die Türen und klappte die Motorhaube hoch. Er nahm ein Kabel von der Batterie ab und knallte die Haube wieder zu. Das Blech schepperte laut.

»Los jetzt!«, sagte er zu Kalle. »Gib mir die Flinte und halte dich ganz nahe hinter mir!«

Sie stolperten die flache Böschung hinunter.

»Sieh mal, da hat er gestanden«, sagte Krumm nach etwa zehn Metern. »Jetzt hat er nur noch ein paar Schritte Vorsprung.«

Unwillkürlich musste er an Thomas denken, seinen achtjährigen Sohn. Ob ihm diese Verfolgungsjagd Spaß machen würde? Thomas schwärmte für Verfolgungsjagden in Western. Aber die fanden auf dem Bildschirm statt und hatten nichts mit der harten Wirklichkeit zu tun.

Krumm fragte sich, ob Thomas erkennen würde, worum es hier ging. Und ob er dann nicht vielleicht panische Angst bekäme. Durfte man eigentlich noch guten Gewissens Kinder in diese verrückte Welt setzen?

Wenn er die Kinder zugesprochen bekam – und er zweifelte keine Sekunde daran –, hatte er eine ganze Menge Erziehung nachzuholen, das war sicher. Vera würde ihm dabei helfen ... Er riss sich von seinen Gedanken los und konzentrierte sich wieder auf den Weg.

Bertis Spur führte schnurstracks auf die Bavona zu, deren Rauschen immer lauter wurde.

»Bleib dicht bei mir!«, wiederholte Krumm. »Wenn die Spur hinter einem Felsen verschwindet, bleib stehen. Ich gehe dann um den Felsen herum. So kann er uns nicht entwischen.«

»Schon gut«, sagte Kalle. »Aber man sieht die Spur ohnehin zwanzig Meter weit.«

»Dazwischen kann eine Senke liegen«, warnte Krumm. »Die siehst du erst, wenn du davor stehst.«

Aber Berti hatte nicht angehalten. Er hatte keinen Haken geschlagen, sich nicht hinter einem Felsen versteckt und war auch nicht seitlich ausgewichen.

»Er wird den verrücktesten Weg nehmen, den es gibt«, sagte Krumm.

»Und welcher ist das?«

»Er wird versuchen, über die Felsen am Ufer zu gehen. Was haben seine Schuhe für Sohlen?«

»Ich weiß nicht genau. Gummisohlen, glaube ich.«

»Dann kann er Schwein haben.«

Und dann sahen sie ihn.

Sie standen am Ufer der Bavona und sahen Berti ungefähr zwanzig Meter entfernt durch das flache Wasser laufen. Wenn er so weiterlief, hatte er bald keine Schmerzen mehr in seinem verletzten Bein. Das eisige Wasser ließ die Füße sehr bald absterben wie einen toten Zweig.

»Berti!«, brüllte Krumm.

Der Junge drehte sich nach ihnen um und hob die Hand. Aber er antwortete nicht. Stattdessen sprang er auf einen Stein, der weiter vom Ufer entfernt lag, und von ihm auf den nächsten.

»Diesmal will er keinen Selbstmord begehen«, sagte Krumm. »Diesmal tut er's unfreiwillig.«

»Berti«, schrie Kalle, »hör doch auf damit!«

Krumm lief am Ufer entlang, bis er mit Berti auf gleicher Höhe war. »Mach keinen Blödsinn«, rief er ihm zu. »Komm zurück, oder ich schieße!«

Der Junge stand jetzt vor einem schräg ansteigenden Felsen, hinter dem das Wasser über einem tiefen Loch gurgelte und schäumte. Krumm wusste, dass solche Wirbel im Winter unbedingt tödlich waren, weil auch der Kälteschock noch hinzukam.

Berti begann, auf allen vieren den Felsen hochzukriechen.

»Dieser Blödmann!«, sagte Kalle. »Das kann doch nur ein Verrückter machen.«

»Vielleicht ist er verrückt«, sagte Krumm. »Wenn ich jetzt schieße, fällt er runter. Schieße ich nicht, und er versucht, auf der anderen Seite von dem Felsen runterzukommen, ist es dasselbe.«

»Berti!«, brüllte Kalle. »Du hast noch eine Chance!«

»Ich habe alle Chancen«, rief der andere zurück.

»Keine mehr«, sagte Krumm.

Berti hatte sich geschickt gegen den Strom gedreht und ließ sich jetzt langsam in das Wasser hinuntergleiten. Es reichte ihm bis zur Hüfte, aber er schien keinen Halt unter die Füße zu bekommen.

Sekundenlang hing er so – dann ließ er die Felskante los.

Im nächsten Augenblick war er verschwunden. Die Strömung riss ihn mit sich, drückte ihn nach unten und schleuderte ihn wieder hoch, gegen die Felsen.

»Los, komm!«, schrie Krumm und begann zu laufen. Er hatte sich an die Hängebrücke und das große Wehr flussabwärts erinnert. Dort würde Berti hängen bleiben.

Völlig außer Atem und mit zitternden Knien erreichte er das Wehr. Es wurde etwa zwanzig Zentimeter hoch vom Wasser überspült. Hart an der Kante lag Berti. Er war tot.

»Dieser Blödmann!«, sagte Kalle hilflos, als er keuchend herankam. Er blieb stehen und starrte auf den Toten hinunter, als habe er das alles noch nicht recht begriffen.

Krumm sagte: »Jetzt haben wir eine Leiche. Und was sollen wir damit machen?«

»Wie bitte?«

»Wir haben eine Leiche«, wiederholte Krumm sachlich. »Wenn es wieder schneit oder taut, steigt das Wasser und schwemmt ihn fort. Wir müssen ihn bergen. Nur kommen wir bei diesem Schnee nicht bis runter nach Bignasco. An den Steilwänden bilden sich Verwehungen, und dann die scharfen Kurven ... Der Wagen ist zu schwer, ich komme zu leicht ins Rutschen.«

»Warum nehmen wir ihn nicht mit zurück nach Foroglio?«

Krumm legte ihm die Hand auf die Schulter. »Ich möchte den Frauen nicht gern einen Toten mitbringen.«

»Das ist richtig«, sagte Kalle. Dann ging er ein paar Schritte beiseite und erbrach sich.

Krumm wartete geduldig, bis der Junge wiederkam. »Wir müssen ihn wenigstens bis zur Straße tragen. Nimm du seine Beine und geh vorn, dann siehst du ihn nicht.«

Kalle nickte. Er nahm den Toten an den Beinen, und Krumm fasste ihn unter den Armen. Berti war schwer, sie mussten öfter eine Pause einlegen. Dann hatten sie es geschafft und legten ihn neben dem Wagen in den Schnee.

»Da hinten kommt der Schneepflug«, sagte Kalle tonlos. Er schien jedes Interesse verloren zu haben.

Es war kein Schneepflug. Es war ein mächtiges Gebläse, das da herandonnerte und den Schnee tonnenweise von der Straße spuckte. Drei Männer saßen darin, einer davon war ein Polizist. Der schwere Diesel rumpelte bis dicht vor Krumms Wagen und stoppte.

Der Polizist stieg aus. »Was ist in Foroglio los?« Er sah Krumm an. Berti konnte er von seinem Standort aus nicht sehen.

»Ich heiße Krumm, bin Arzt«, sagte Krumm müde. »Wir haben einen Toten. Da liegt er.«

»Einen Toten?« Die Stimme des Polizisten wurde schrill.

»Er ist ertrunken.«

»Soso, ertrunken.« Der Beamte war unsicher. Es gehörte zu seiner Tätigkeit, den Schmuggel nach Italien in erträglichen Grenzen zu halten, mal eine Schlägerei zu schlichten oder einen betrunkenen Autofahrer aus dem Wagen zu holen. Aber ein Ertrunkener, ein Toter, machte ihn misstrauisch. »Warum hat in Foroglio die Glocke geläutet?«

»Wegen dieses toten Jungen«, sagte Krumm. »Er hat uns terrorisiert, er hat mich zusammengeschlagen und eine Frau zu vergewaltigen versucht. In Zürich hat er einen Mann erschlagen, soviel ich weiß.«

»In Zürich? Ist das etwa der Berti Furler?«

»Ja«, sagte Kalle, »so heißt er.«

»Aha«, sagte der Polizist befriedigt. Jetzt war die Sache unendlich viel einfacher, war sonnenklar. Er hatte den Mann, nach dem in allen schweizerischen

Kantonen gefahndet wurde. Zwar hatte er einen Toten, aber er hatte ihn. Er, der Polizist Emilio Canetti.

Aber da ergab sich sofort eine Frage: »Wie kriege ich ihn runter nach Bignasco?«

»Bei mir im Kofferraum«, sagte Krumm. »Nehmen Sie meinen Wagen, aber bringen Sie ihn morgen zurück nach Foroglio.«

»Der Furler ist doch in einem VW-Bus gekommen, nicht? Darin waren vier junge Leute und ein Kind.«

»Das ist richtig. Aber Berti hat die anderen gezwungen, mit ihm zu fahren. Und sie haben mir dann geholfen, ihn zu fassen. Ich werde das morgen zu Protokoll geben.«

Plötzlich erinnerte sich Krumm an Bertis Freundin Gitte. »Sagen Sie, ist gestern nicht ein junges Mädchen durch Bignasco gekommen?«

»Ja, stimmt«, sagte der Polizist eifrig. »Sie hat gesagt, sie hätte eine Tour gemacht und sich verlaufen. Jetzt arbeitet sie beim Postwirt in der Küche.«

»Um so besser. Hier sind meine Wagenschlüssel ... Komm, Kalle, wir gehen zurück nach Foroglio.«

Sie hörten, wie hinter ihnen zuerst Krumms Wagen startete und dann auch der Diesel der Schneeschleuder laut aufheulte. Aber sie drehten sich nicht mehr um.

»Komisch«, sagte Kalle. »Die Gitte geht einfach los, und jetzt wäscht sie Teller ab. Immer die Dämlichen kommen durch.«

»Weil sie keine Phantasie haben und sich die Gefahren gar nicht erst ausmalen. Den Seinen gibt's der Herr im Schlaf oder so.«

Sie gingen nebeneinanderher wie zwei Männer, die einen Berg besteigen wollen, um sich die Welt von oben zu besehen, mit sich und ihr recht zufrieden.

»Warum bist du so geworden?«, fragte Krumm. »Warum bist du mit Berti losgezogen?«

Kalle hatte anscheinend alle Furcht verloren und konnte es sich wieder leisten, seine Intelligenz auszuspielen. »Warum sind Sie so geworden, Doktor? Und warum sind Sie mit dieser Frau zusammen? Sie ist doch nicht Ihre richtige Frau.«

»Nein, wir lieben uns nur. Und du hast recht – warum bin ich so geworden?«

»Sie sind schon in Ordnung, Doktor«, sagte Kalle und lächelte. Er lächelte tatsächlich! »Sie sind Arzt, Sie haben studiert. Ich bin Autoschlosser. Meinen Sie, dass ich Chancen habe, eine Tankstelle zu kriegen oder wenigstens einen gut bezahlten Job? Jetzt, wo Malou das Kind hat, muss ich was suchen.«

»Fällt dir etwas spät ein, nicht?«

»Ja, ich weiß. Aber Berti ...«

»Und was ist mit dem Fixen?«

Kalle schüttelte den Kopf. »Schon eine ganze Weile nicht mehr. Hatte kein Geld. Und ich war auch nie so scharf auf das Zeug wie Berti. Eigentlich hab ich nur mal so probiert.«

»Dein Glück!«

»Meinen Sie, ich hab noch 'ne Chance?«

»Natürlich«, sagte Krumm. »Aber du darfst dich nicht wieder verkaufen, mein Junge.«

»Wie bei Berti?« .

»Wie bei Berti«, sagte Krumm und dachte daran,

dass er sich vor zehn Jahren auch verkauft hatte.

Kalle nickte und sagte mit einem verlegenen Grinsen: »Ich finde, ich hab mich ganz schön gehalten.«

»Das hast du«, sagte Krumm.

Er meinte es ganz ehrlich.

Als sie über die Brücke kamen, liefen ihnen die Frauen entgegen. Sie fragten alle gleichzeitig, und jede wollte etwas anderes wissen, bis Krumm ihnen mit einer Handbewegung das Wort abschnitt.

»Genug! Lasst mich mal! Also – Berti ist in den Fluss gestürzt, als er auf die andere Seite wollte. Er ist tot. Der Polizist fährt ihn runter nach Bignasco und bringt mir morgen meinen Wagen zurück. In einer halben Stunde wird der Schneeräumer hier sein. – So, das wär's. Und jetzt geht in Marias Haus. Ich möchte mit dieser Dame hier allein sein.« Er lächelte Vera an, und sie lächelte zurück.

Dann grinste er den anderen zu. »Ich habe in ein paar Stunden ein ganzes Leben gelebt. Und jetzt bin ich euern Anblick satt!«

Maria lachte. »Aber Sie werden sicher einen Grappa wollen.«

»Den gieße ich mir selbst ein, und ich mogle nicht, Ehrenwort. Ich werde dir jeden Tropfen bezahlen.«

Sie lachten und winkten hinter ihnen her, als Krumm mit Vera in der Kneipe verschwand.

Vera sagte: »Ich werde erst mal unser Bett bauen.«

»Bett! Bei idiotisch Verliebten nennt man das ein Nest, klar?«

»Also gut, Nest. Es ist heiß hier drin, nicht?«

»Dann zieh die dicken Sachen aus. Später wirst du es ohnehin tun müssen. Oder?«

»Ich fürchte, ja.« Sie lachte. »In deinen Augen ist das, was man als gefährliches Glitzern bezeichnet, wenn ich nicht irre.«

»Und es gefällt dir?«

»Ja. Sollte es nicht?«

Krumm setzte sich auf die Bank, um sich die Gummistiefel auszuziehen. Aber er zog sie nicht aus. Er saß da und starrte vor sich hin.

»Was ist?«, fragte sie.

»Ich muss dir erklären, warum ich gestern abend so gemein zu dir war.«

»Du musst nicht«, sagte sie. »Ich weiß es.«

»Du weißt noch nicht alles«, sagte er. »Das Schlimmste weißt du noch nicht.«

# Teil XII

Krumm hockte noch immer regungslos auf der Bank und machte keine Anstalten, seine Gummistiefel auszuziehen. »Nein«, wiederholte er, »du weißt noch nicht alles. Berti hat da oben am Wasserfall ganz klar erkennen lassen, dass er sich das Leben nehmen wollte.«

»Und du hast es geglaubt?« fragte Vera.

»Ich weiß nicht – ja, ich denke schon. Und als ich runterkam, hattest du mit Maria ein Bett für uns gebaut. Ich fand das beinahe unmenschlich, obszön, wenn du willst.«

Er begann umständlich, den rechten Stiefel auszuziehen.

»Für einen Arzt«, sagte er, »ist nichts schlimmer, als wenn ein Patient stirbt. Dann hat er das Gefühl, versagt zu haben. Und wenn er einen Totenschein ausfüllen muss, kommt er sich miserabel vor und fragt sich dauernd, was er falsch gemacht hat. Und hier hatte ich alles falsch gemacht.«

»Berti hat dich betrogen«, sagte Vera, »und ich wusste es. In einem sind wir Frauen euch Männern überlegen – wir spüren eher, ob etwas echt ist oder nicht. Und ich habe gespürt, dass irgendetwas nicht stimmte. Deshalb war ich die ganze Nacht auf ...«

»Du hast nicht geschlafen?«

»Nein. Ich habe darauf gewartet, dass Berti auftauchte. Ich habe gesehen, wie wenig dir das Trinken bekommen ist« – sie lächelte – »und wie du morgens aus der Kneipe kamst und zum Wagen gegangen bist und was du dort gemacht hast, Zweige unter die Räder gelegt und so. Und dann kam Berti den Weg vom Fall herunter. Und die ganze Zeit über habe ich mit der Flinte am Fenster gestanden ...«

»Du hast ...«

»Ja. Und wenn Berti auf dich losgegangen wäre, hätte ich geschossen. Ich hätte es getan.«

Krumm starrte sie an. »Er stand mit diesem Kettenstock vor mir. Warum hast du nicht geschossen?«

»Du brauchtest eine Chance, ihn zu besiegen. Ich stelle mir das vor wie bei einem – nun, einem Boxer, der niedergeschlagen wurde und den Mut verliert, wieder in den Ring zu steigen. Und du hast es geschafft. In Ascona hast du mir eine Chance gegeben. Hier konnte ich sie dir zurückgeben. Wir sind quitt.«

»Ja, und das ist gut so«, sagte Krumm glücklich. Er hatte den anderen Stiefel ebenfalls ausgezogen und blickte hoch und zum Fenster hin. »Sieh mal, die Schneeschleuder kommt!«

Sie beobachteten eine Weile, wie die große Maschine Schnee spuckend den Berg hochkroch und hinter der Biegung verschwand.

Erst dann sah er, dass Vera nur ihre Unterwäsche anhatte und darin ganz hübsch frivol aussah, und er grinste.

»Wenn meine Frau das sähe«, sagte er, »würde sie sich nicht etwa darüber aufregen, dass ich sie betrüge, sondern dass diese Kneipe hier so eklig nach Wein und Wurst und Käse stinkt. Das wäre ihr nicht fein genug.« Er konnte jetzt von seiner Frau sprechen, ohne irgendetwas zu empfinden.

»Aber sie sieht uns nicht. Und dich würde sie auch nicht gerade fein finden – in Unterhosen, Strümpfen und einem dicken Pullover!« Vera lachte. »Aber fein hin, fein her – ich muss mich waschen. Danach bist du dran. Inzwischen trink einen Grappa, während ich einen Kessel heißes Wasser mache. Aber nicht zuviel Grappa! Höchstens einen!«

»Einen?«, fragte Krumm empört. »Was sollen diese Befehle – einen Grappa, dann waschen, dann ...«

»Tu, was ich dir sage! Sonst bekomme ich Migräne, und Frauen mit Migräne sind wahre Besen.«

»Weiß der Himmel!«, sagte Krumm amüsiert. »Und wenn ich richtig vermute, muss ich mich umdrehen, während du dich wäschst, stimmt's?«

»Es stimmt«, sagte Vera. »Dreh dich zum Fenster, trink den Grappa und erzähl mir irgendeinen Witz. Er darf sogar anzüglich sein. Ich will nur lachen.«

Krumm goss sich ein Cola-Glas voll, drehte sich um und sah zum Fenster hinaus. Er fragte: »Geht das gut mit uns?«

»Was weiß ich!«, sagte Vera vergnügt. »Ich liebe dich, und das reicht.«

»Wie lange wollen wir eigentlich hier bleiben – ich meine, hier in Ascona?« fragte Krumm.

»Solange du willst. Wir müssen alles gründlich besprechen. Zuerst werde ich einmal meine Eltern anrufen und ihnen sagen, dass es mir wieder gut geht.«

»Geht es dir wirklich gut?«

»Du warst ein Schock für mich«, sagte sie mit einem nachdenklichen Lächeln. »Ein Schock wirkt heilsam.«

Er musste wieder an Berti denken, und er sagte: »Du, dieser Junge – er war verrückt! Ging in die Berge, ohne sie zu kennen, und in den Fluss, ohne ihn zu kennen. Er tut mir ein bisschen leid.«

»Dann denk nicht mehr daran. Denk an deinen Grappa, an mich oder daran, dass bald die ersten Blumen blühen werden.«

»Bist du immer so schnoddrig?«

»Nein«, sagte sie unsicher. »Nur wenn ich eigentlich heulen möchte. Vor Glück heulen. Was werden wir übrigens machen, wenn wir verheiratet sind?«

»Ich werde mir eine Stellung suchen«, sagte Krumm. Es kam ihm gar nicht zu Bewusstsein, dass sie von Heirat gesprochen hatte, so selbstverständlich war das für ihn.

»Und wenn ich Geld genug hätte, dir eine Klinik zu bauen?«

Er schwieg einen Moment. »Ich habe schon mal eine Klinik geheiratet«, sagte er dann zögernd. »Es war nicht sehr schön.«

»Aber diesmal wird es schön«, sagte Vera fest. »Ich werde dir auch nicht reinreden. Und ich gehe viel lieber mit dir ins Bett als etwa zum Bridge und so.«

»Eine Klinik kostet furchtbar viel Geld«, sagte Krumm vorsichtig.

Sie wurde fast zornig. »Ich habe dir doch gesagt, dass meine Eltern viel Geld haben. Und es kann ja auch eine kleine Klinik sein, oder?«

»Das werde ich nicht annehmen«, sagte er langsam. »Ich kann eine Praxis aufmachen, und später kann ich vielleicht eine Klinik ...«

»Liebst du mich?«

»Ja«, sagte er.

»Warum willst du dann nicht mit mir teilen? Ich nehme dich mit allem, was du hast. Dafür nimmst du mich mit allem, was ich habe. Geld interessiert mich nicht.«

Was sie sagte, behagte ihm nicht. »Können wir später noch einmal darüber reden?«

»Wie du willst. Du kannst dich jetzt umdrehen.«

Krumm goss die Waschschüssel aus und füllte sie neu. Dann zog er sich aus. »Du brauchst dich nicht umzudrehen.«

»Tu ich auch nicht. Ich muss doch sehen, was für ein ramponiertes Stück ich mir da eingehandelt habe. Zerschundene Füße, ein mordsmäßiger Bluterguss auf der Schulter, die aufgerissene Lippe noch immer nicht verheilt … Kannst du mich denn überhaupt küssen?«

»Vorsichtig«, sagte Krumm, »sehr vorsichtig ...« Und dann fiel ihm ein: »Ich habe kein Rasierzeug, ich werde dir dein ganzes Gesicht aufreiben.«

»Da steht das von Marias Vater.«

Aber der Alte hatte sich mit einem vorsintflutlichen Messer geschabt, und Krumm konnte nicht damit umgehen. Außerdem hatte er keinen Spiegel. »Ich schneide mir bestimmt die Gurgel durch.«

»Dann rasier ich dich eben«, sagte Vera.

»Na gut, noch sind wir ja nicht verheiratet.« Er war ein wenig misstrauisch, aber sie rasierte ihn mit schnellen, sicheren Bewegungen und schnitt ihn nicht ein einziges Mal.

»Hast du etwa auch so etwas wie Rasierwasser zur Hand?« fragte er, als sie fertig war.

»Nimm die Creme dort von mir«, sagte Vera und kroch unter das Laken.

»Wir dürfen Kalle und Malou nicht belasten, wenn die Polizei morgen kommt«, sagte er, während er sich das Gesicht wusch und nach dem Abtrocknen etwas Creme auftrug. »Was glaubst du, was die Leute sagen werden, wenn sie erfahren, was wir hier erlebt haben?«

»Ich weiß nicht. Wahrscheinlich werden sie uns nicht glauben. Deshalb ist es besser, wir machen unsere Aussage bei der Polizei und reden nachher nicht mehr darüber.«

»Das denke ich auch«, sagte er. »Es ist unsere Geschichte, und es ist zu viel von uns selbst darin. Also behalten wir sie auch für uns. In Ascona werden wir bei *Ivo* essen, und dann rufen wir meinen Anwalt an und sagen ihm, er soll herkommen. Wir müssen einen Schlachtplan ausarbeiten, wie ich bei der Scheidung vorgehen soll, damit ich meine Kinder bekomme.«

»Ein guter Vorschlag«, sagte Vera ernst. Und obwohl sie nicht lächelte, sah Krumm ihr an, dass sie sehr glücklich war.

»Zwei Kinder haben wir also bereits«, sagte er.

Jetzt lächelte sie. »Ja, aber wir wollten drei haben, denk daran!«

»Ich denke schon eine ganze Weile an nichts anderes ...«